Kathleen E. Woodiwiss

Née en Louisiane, le 3 juin 1939, elle a grandi à Alexandria dans une famille de huit enfants. Son père meurt subitement alors qu'elle n'a que douze ans. Elle épouse un officier de l'armée de l'air et, après la naissance de leur premier fils, tous trois partent au Japon où ils resteront trois ans. De retour aux États-Unis, ils s'installent dans le Kansas. C'est là qu'elle écrit *Quand l'ouragan s'apaise*. Son roman est refusé par plusieurs éditeurs avant d'être publié par Avon en 1972. C'est un énorme succès. En 1988, elle reçoit un prix décerné par l'association Romance Writers of America récompensant l'ensemble de son œuvre. Auteur de treize best-sellers, elle a vendu trente-six millions de livres. Elle est décédée le 6 juillet 2007 à Princeton (Minnesota). *Auprès de toi, pour toujours* est son dernier roman.

Pour Germaine
Très bon
BB

Auprès de toi, pour toujours

Du même auteur
aux Éditions J'ai lu

QUAND L'OURAGAN S'APAISE
N° 772
LE LOUP ET LA COLOMBE
N° 820
SHANNA
N° 1983
CENDRES DANS LE VENT
N° 2421
UNE ROSE EN HIVER
N° 1816
L'INCONNUE DU MISSISSIPPI
N° 2509
QUI ES-TU, BELLE CAPTIVE ?
N° 2998
A LA COUR DU TSAR
N° 4047
LA RIVIÈRE DE LA PASSION
N° 6701
UN MARIAGE DE CONVENANCE
N°7857

KATHLEEN E.
WOODIWISS

Auprès de toi, pour toujours

ROMAN

Traduit de l'américain
par Viviane Ascain

J'AI LU

Titre original
EVERLASTING

Éditeur original
William Morrow, an imprint of HarperCollins Publishers, New York

*Ce livre est dédié, en signe de
reconnaissance éternelle,
à toutes les lectrices de Kathleen,
quelle a imait tant.*

1

24 août 1135

Tout ce quelle savait de ce grand Écossais aux cheveux de jais, c'était qu'il s'appelait Raven Seabern, qu'il était surnommé « le corbeau », et qu'il était au service du roi.

Et voilà qu'il la dévisageait de nouveau… Mais elle, elle était lady Abrielle de Harrington, fille d'un défunt seigneur saxon, belle-fille d'un chevalier normand. Tous deux s'étaient illustrés en Terre sainte pendant la croisade, et si le roi d'Angleterre donnait cette fête à Westminster Castle, c'était justement en leur honneur. Elle réserverait donc à cet étranger insolent le seul traitement qu'il méritait : le mépris. Car ici, à la cour d'Henri Ier, elle faisait l'objet de l'admiration d'hommes autrement importants. Elle se tourna donc vers sa mère pour admirer avec elle la splendide grande salle du château. Deux imposantes cheminées sculptées, dont les flammes crépitaient haut, se dressaient à chaque extrémité. De riches tapisseries décrivant des scènes de bataille ou de chasse, où rivalisaient l'écarlate et l'or des armoiries royales, le bleu délicat d'une robe, le vert profond d'une forêt, égayaient l'austérité des lieux.

Jamais Abrielle n'avait pénétré dans un château où la richesse et le pouvoir s'affichaient de si somptueuse manière. Et c'était le roi en personne qui l'avait invitée.

Elle entendait profiter pleinement de cette fête, car de telles occasions étaient devenues rares depuis la mort de son père et les récentes difficultés de son beau-père. Cependant, l'insistance du jeune Écossais et la profondeur de ses yeux outremer la mettaient mal à l'aise. Il semblait détenir un mystérieux pouvoir qui attirait irrésistiblement le regard de la jeune fille dans sa direction. Jusqu'à présent, elle s'était suffisamment dominée pour se limiter à l'observer discrètement entre ses longs cils bruns ou lui jeter de brefs regards de côté. Non qu'elle en eût besoin pour savoir qu'il ne cessait de la dévisager – une évaluation minutieuse qui l'agaçait terriblement et lui donnait envie d'aller lui dire son fait.

Après tout, il n'était qu'un parmi les nombreux jeunes gens qui avaient montré de l'intérêt pour elle ces derniers jours. Depuis qu'elle était arrivée à la Cour avec sa mère, Elspeth, et son beau-père, Vachel de Gérard, les hommages des seigneurs en quête d'épouse n'avaient pas manqué. Vachel n'était pour le moment qu'un simple chevalier, mais tout le monde savait que cette nuit, le roi Henri allait enfin reconnaître ses mérites et honorer comme il convenait un homme qui avait montré tant d'héroïsme durant la dernière croisade en lui conférant un titre auquel seraient attachés des terres et de substantiels revenus. La dot de sa belle-fille s'en trouverait considérablement augmentée, d'où l'afflux de prétendants se bousculant à la porte de leurs appartements pour être présentés à celle-ci.

Tous ceux qui s'adressaient à ses parents avaient des intentions honorables. Ce n'était apparemment pas le cas de l'Écossais qui, malgré la fascination qu'il semblait éprouver pour Abrielle, gardait ses distances. Il venait d'ailleurs de gagner l'autre bout de la grande salle, où se tenait le roi Henri.

Grand et vigoureux, vêtu du kilt et du tartan aux couleurs de son clan, il devait avoir une trentaine d'années. Mais ce n'était pas uniquement sa haute taille et sa carrure impressionnante qui le distinguaient des autres nobles rassemblés autour du souverain. Il émanait de toute sa personne une assurance et une autorité qu'il portait avec autant de naturel que son costume traditionnel.

C'était du moins l'impression qu'avait la jeune fille, pour autant qu'elle pût en juger, ne l'ayant jamais vu de près ni n'ayant entendu le son de sa voix. Les autres jeunes gens venaient bavarder avec elle sous un prétexte ou sous un autre, mais l'étranger n'avait même pas cherché à lui être présenté. Que cette réserve ait un peu déçu Abrielle la troublait. Mais qu'attendre d'un inconnu, d'un émissaire envoyé par le roi David d'Écosse, d'un de ces barbares assoiffés de sang qui, au cours des siècles, avaient si souvent ravagé le nord de l'Angleterre où elle était née et où elle avait grandi ?

Cet homme était vraiment le dernier dont elle devait se soucier, surtout un soir pareil. Cette nuit allait en effet sceller son destin, pour le meilleur ou pour le pire. Si le roi se montrait généreux envers son beau-père, elle jouirait du plus précieux des trésors dont une jeune fille pût rêver : celui de choisir librement son époux parmi les plus beaux partis du pays.

Elle se retourna vers ses parents et admira leur calme. Ils attendaient tant de cette soirée, tous les trois !

En proie à des sentiments contradictoires, Abrielle, quant à elle, avait du mal à contenir son impatience. Au cours de ce banquet, on devait honorer tout particulièrement la mémoire de son père et son héroïsme pendant la croisade. Henri Ier avait en effet souhaité rendre hommage à Berwin de Harrington et à tous ses compagnons tombés en Terre sainte. Depuis des mois, les seigneurs saxons réclamaient une telle cérémonie. C'était leur façon de venger la mort de lord Berwin, tué par un chevalier normand au cours d'un combat singulier qui avait plongé sa famille et ses amis dans la peine.

Et Vachel, qui avait passé près de dix années à défendre Jérusalem avant de revenir en Angleterre et de devenir son beau-père, allait enfin voir sa loyauté envers son souverain récompensée.

Abrielle regrettait cependant de ne pas voir associé à cet hommage le souvenir de son défunt fiancé, Weldon de Marlé, l'un des plus valeureux croisés normands. À son retour, il avait entrepris de bâtir un magnifique château fort et était venu demander sa main à son beau-père. Mais le sort en avait décidé autrement et, peu de temps avant leurs noces, il avait fait une chute mortelle. Sa promise était restée aussi solitaire et désespérée qu'une véritable veuve, mais sans les doux souvenirs d'amour qui auraient pu la consoler.

Si son cher Weldon n'était pas là pour assister au triomphe de Vachel, hélas, son unique frère, Desmond, l'était, lui. Sa présence était désagréable à la jeune fille, qui trouvait répugnants son sourire mielleux et son regard lubrique.

Dès que Weldon le lui avait présenté, plusieurs mois avant leur mariage, il s'était attaché à ses pas comme un petit chien. Mais depuis la mort de son aîné, sa propension aux visites intempestives avait crû de façon si alarmante qu'Abrielle envisageait de s'en ouvrir à ses parents. Jamais elle n'aurait imaginé, quand elle avait appris la funeste nouvelle, qu'elle allait se retrouver en butte à ses assiduités. S'il était sans le sou avant la mort de son demi-frère, il paraissait à présent bien décidé à utiliser la fortune dont il avait hérité pour se rapprocher d'elle.

Pour l'instant, il fixait la jeune fille de ses yeux globuleux dans un visage luisant de sueur, et cette attention lui portait sur les nerfs.

Heureusement, elle savait pouvoir compter sur le soutien de sa meilleure amie, Cordelia de Grayson, qui assistait aux festivités avec sa famille. Cordelia, une riche héritière, recevait son content d'hommages masculins, et Abrielle espérait bien que, plus tard dans la soirée, elles auraient l'occasion d'échanger quelques confidences ainsi que leurs impressions sur leurs soupirants respectifs.

Cordelia regardait avec satisfaction les nobles de la Cour se montrer empressés envers son amie. Et comment résister à ces yeux d'émeraude translucide, à ce teint de rose et à ce flot de boucles cuivrées qui cascadait sur ses épaules ? Seule la gentillesse naturelle et le tempérament généreux d'Abrielle surpassaient sa beauté.

Lord Weldon avait déjà plus de quarante ans lorsqu'il avait demandé la main de la jeune fille. Il avait néanmoins été subjugué par son charme et son éclat. Cordelia connaissait suffisamment son amie pour savoir que celle-ci avait été sincèrement ravie de leurs fiançailles, et qu'elle avait beaucoup souffert de la mort de son promis. Elle était heureuse de voir qu'elle avait maintenant surmonté son chagrin et commençait à s'intéresser à d'autres hommes.

Lorsque la sonnerie d'une trompe annonça le début du banquet, les deux damoiselles, accompagnées de leurs parents, gagnèrent leur table juste au pied de l'estrade royale. Abrielle se savait particulièrement en beauté pour cette cérémonie en l'honneur de son père et elle en était heureuse, car elle se trouvait exposée à tous les regards. La robe qu'elle portait avait été cousue pour les noces d'Elspeth et de Vachel, trois ans plus tôt, mais les riches broderies bleu foncé enrichies de fils d'or et de perles, qui avaient demandé des semaines de travail acharné à une armée de servantes, n'avaient rien perdu de leur éclat.

L'or et les domestiques ne manquaient pas à cette époque, mais depuis que leur famille connaissait de cruelles difficultés, la mère et la fille avaient rarement l'occasion de porter de si splendides atours. Du vivant de Berwin elles avaient vécu sur un grand pied, et elles jouissaient encore d'une belle aisance quand elles étaient allées vivre chez Vachel. Mais le père de celui-ci, Willaume de Gérard, lui avait emprunté de grosses sommes et était mort avant de les lui restituer. Il avait également omis de mentionner cette dette sur son testament et avait laissé tous ses biens à son aîné Alain, pourtant responsable de ses difficultés financières.

Comme tous ses compagnons, Vachel était revenu de croisade considérablement appauvri pour trouver les nobles restés au pays jouissant sans vergogne des honneurs et des largesses accordés par le roi. Il avait besoin d'un titre pour redresser ses affaires et offrir à sa femme la vie confortable qu'elle méritait et à laquelle elle était habituée. Jamais il n'aurait pu rêver meilleure épouse, surtout après les déconvenues d'un premier mariage désastreux, et il craignait par-dessus tout de perdre son amour et son respect. Mais ce soir enfin, la reconnaissance du souverain pour toutes ces années de bons et loyaux services allait lui permettre d'asseoir sa situation.

Tandis qu'ils s'installaient à table, Abrielle découvrit, stupéfaite, l'étranger assis à la place d'honneur aux côtés du souverain, plaisantant et riant avec ses commensaux comme s'il avait grandi à la Cour.

— Tu as raison de regarder du côté de la table royale, il y a un homme pas désagréable à regarder, lui chuchota Cordelia à l'oreille tandis qu'elles se rinçaient les mains dans la coupe d'eau chaude que leur tendait un serviteur.

Abrielle détourna vivement les yeux en rougissant.

— Le roi est trop vieux pour moi ! s'exclama-t-elle.

— Ne fais pas l'innocente ! Tu n'es pas la seule à observer le bel Écossais. Il s'appelle Raven Seabern, on le surnomme « le Corbeau », et c'est un ambassadeur du roi David d'Écosse à la cour d'Angleterre.

— Il y a un Écossais à la table royale ? demanda Abrielle ingénument, avant d'ajouter : Cordelia, s'il y a un homme qui ne mérite aucune attention de notre part, c'est bien celui-ci. Henri Ier a beau avoir épousé la sœur du roi David pour sceller la paix entre les deux royaumes, le ressentiment envers nos voisins demeure profond, surtout dans le Nord, tu le sais aussi bien que moi. Les combats sur la frontière ont été trop sanglants pour qu'on les oublie du jour au lendemain.

— Je n'en suis pas si sûre, répliqua Cordelia, les yeux pétillants de malice. Tu ne crois pas qu'un bel homme peut faire oublier ses origines à une femme ? Ou qu'un accent plaisant et un sourire masculin suffisent à éclairer une soirée ?

Abrielle s'autorisa un soupir indulgent, mais le malaise qu'elle sentait sourdre en elle depuis un moment perdurait. Elle avait surpris des regards peu amènes en direction de la table royale et craignait qu'une algarade entre ces hommes fiers n'interrompe les festivités.

— Je ne comprends pas comment tu peux parler aussi légèrement d'un tel sujet, chuchota-t-elle en se penchant vers Cordelia pour ne pas être entendue de leurs parents. J'ai l'impression d'être déloyale rien qu'en le regardant. Il y a suffisamment d'hostilité entre Saxons et Normands dans ce pays, je ne me vois pas épouser un ennemi d'hier qui pourrait le redevenir demain.

— Qui t'a parlé de mariage ?

— Pas toi, en tout cas, sourit Abrielle. Je suis peut-être trop sérieuse. Tu as raison, ce soir, nous sommes ici pour nous divertir.

— Alors divertis-toi ! Tu le mérites plus que n'importe qui.

On apportait les premiers plats, et les deux jeunes filles s'extasièrent devant les paons et les cygnes farcis qui paraissaient prêts à s'envoler de leurs plateaux d'argent. Chaque nouveau mets, plus délicieux que le précédent, procurait son lot de surprises, et la conversation s'en ressentait un peu. Abrielle ne pouvait s'empêcher d'éprouver une sourde appréhension.

Que leur réservait le reste de la soirée ? Pour la première fois depuis la mort de Weldon, son avenir lui apparaissait riche de possibilités. Elle glissa un coup d'œil à ses parents et lut dans leur regard rayonnant d'affection qu'ils partageaient ses espérances.

À sa grande surprise, elle entendait très clairement ce qui se disait à la table royale, et Cordelia lui donna un discret coup de coude lorsqu'un baron demanda à Raven Seabern d'où lui venait son surnom. La voix grave, un peu rocailleuse, de l'Écossais lui arracha un frisson. Elle n'aurait pas dû écouter les conversations des autres, cela ne se faisait pas, mais l'étranger parlait d'une voix sonore, et elle ne pouvait pas ne pas l'entendre.

— Quand ma mère m'attendait, elle fut réveillée une nuit par un tapotement à la fenêtre. Comme le bruit persistait, elle se leva et ouvrit les volets. Un corbeau entra dans la chambre et alla tranquillement se percher sur le bras d'un fauteuil. « Grand Dieu, s'écria-t-elle, tu te crois chez toi ? » Le corbeau partit à tire d'aile et revint un instant plus tard en lui rapportant un rameau de son rosier préféré. Mon père n'était pas rentré, et elle craignait qu'il n'ait fait une chute de cheval ou qu'il n'ait été attaqué par des brigands. Elle vit dans cette branche un signe du destin, fit atteler une charrette et partit à sa rencontre avec deux hommes d'armes et un valet. Le corbeau voletait devant eux, comme pour leur indiquer le chemin. Il les conduisit à la rivière, où une partie du pont de bois s'était effondrée. Coincé entre deux rochers, mon père gisait, sans connaissance, à côté du cadavre de son cheval. Il était pratiquement mort de froid, mais ils parvinrent à le réchauffer et à le ramener à la vie. Après cette nuit, ma mère a voué une reconnaissance éperdue à ces volatiles. Toute mon enfance, elle m'a appelé « mon petit corbeau », et le surnom m'est resté.

Tous les auditeurs éclatèrent de rire, y compris Abrielle, mais sa gaieté s'évanouit d'un coup lorsque, comme s'il l'avait entendue, Raven plongea son regard dans le sien. Autour d'eux, les conversations avaient repris, mais elle demeurait captive des profondeurs insondables de ces yeux outremer. Elle avait soudain l'impression qu'ils étaient seuls au monde. Jamais elle n'avait connu pareille sensation, et la lueur étrange qui dansait au fond de ce regard farouche lui disait qu'il ressentait la même chose.

— Et le corbeau, qu'est-il devenu ? demanda une voix qui parut très lointaine à la jeune fille, mais suffit à rompre le charme.

— Oh, ma mère l'a fait frire dès le lendemain ! répondit l'Écossais sans quitter Abrielle des yeux.

Celle-ci ne put dissimuler sa stupéfaction, et le roi éclata d'un rire sonore, bientôt imité par tous ses proches. Henri Beauclerc avait suivi le regard de Raven, et remarqué la mine horrifiée de la jeune fille.

— Il plaisante, n'ayez crainte ! s'exclama-t-il d'une voix de stentor.

Abrielle rougit en se retrouvant le centre de toutes les attentions. Elspeth la considéra avec un étonnement affectueux, tandis que son beau-père, un peu inquiet, lui adressait un discret signe de mise en garde. Cette soirée était d'une importance capitale pour lui, et il ne voulait aucun incident, ce qu'elle comprenait parfaitement.

Elle vit l'expression du jeune homme changer, mais ne savait trop comment l'interpréter. Avait-il, lui aussi, compris qu'elle n'était pas une femme pour lui ?

— Pardonnez-moi cette plaisanterie. Le corbeau est resté avec nous, et a veillé sur mon père aussi attentivement qu'un chien de garde, la rassura-t-il. Vous voyez donc que même un oiseau de proie peut s'apprivoiser, pour peu qu'on lui en donne l'envie, conclut-il.

Abrielle fut soulagée lorsque l'Écossais se détourna pour répondre à une remarque du souverain, mais le trouble qu'elle avait éprouvé ne se dissipa pas pour autant.

Quand le banquet s'acheva enfin et que le roi se leva, les centaines de dignitaires, de barons et de chevaliers ainsi que leurs familles observèrent un silence respectueux. La jeune fille vit son beau-père prendre discrètement la main d'Elspeth et la presser.

Henri rendit longuement hommage au courage et à l'héroïsme des Saxons qui avaient combattu en son nom, et tout particulièrement à Berwin de Harrington. Abrielle sentit son cœur se gonfler de fierté, tandis que les yeux de sa mère s'embuaient de larmes. Vachel ne montra aucune jalousie. Il aimait suffisamment Elspeth pour la partager avec ses souvenirs. Le souverain en vint enfin à ce qui allait décider de l'avenir d'Abrielle et de sa famille.

— Des centaines d'hommes, Normands ou Saxons, ont combattu en notre nom les Infidèles qui menaçaient la Terre sainte. La Couronne leur en est profondément reconnaissante et souhaiterait que chacun puisse recevoir une récompense à la mesure de son dévouement, mais l'intérêt d'un petit nombre ne peut prendre le pas sur celui du royaume tout entier. Pour garder sa puissance, l'Angleterre ne peut dilapider son trésor. Pour le moment, nos soldats se contenteront donc de notre gratitude et de l'assurance que leurs mérites ont été appréciés à leur juste valeur. Ce soir, nous allons célébrer leurs exploits par des danses et des chansons.

Sur un signe du roi, les ménestrels entonnèrent un chant plein de gaieté. Abrielle n'en croyait pas ses oreilles. Puisqu'on ne pouvait plus puiser dans le trésor de la Couronne, les longues années que son beau père avait passées au loin ne seraient jamais récompensées ? Alors que d'autres, souvent moins valeureux, s'étaient vus couverts de richesses et d'honneurs ?

Elle avait la gorge nouée et les yeux brillants de larmes qui ne demandaient qu'à jaillir. Mais elle savait que beaucoup à la longue table l'observaient en chuchotant, aussi choisit-elle de s'absorber dans la contemplation du hanap posé devant elle. C'était là le dernier présent que lui avait fait son père peu de temps avant sa mort. Il était en argent richement ouvragé, orné de la devise familiale en caractères runiques. Elle le serra fort dans sa main pour puiser du courage dans le souvenir du défunt et de toute la lignée de nobles saxons dont ils partageaient l'héritage. Puis elle se risqua à regarder ses parents.

Main dans la main, ils semblaient pétrifiés. Les yeux secs, le menton haut, sa mère défiait du regard quiconque oserait émettre la moindre remarque. Son beau-père était moins habile à dissimuler. Il n'était visiblement pas préparé à une telle déception, et la jeune fille sentit son cœur chavirer devant la détresse de l'homme qui les avait sauvées, Elspeth et elle. Comment allait-il surmonter pareil coup du sort ?

Vachel arrivait à peine à réfléchir tant ses pensées étaient confuses. D'autres avaient reçu à sa place la récompense qu'il avait dûment gagnée, et jamais il ne jouirait des honneurs qui lui étaient dus. Si le roi évitait de le regarder, il sentait braqués sur lui les yeux de douzaines de curieux, apitoyés souvent, amusés parfois, mais toujours inquisiteurs, comme si le malheur qui le frappait n'était qu'un prétexte pour alimenter les potins qui agitaient la Cour.

Il avait fait son possible pour dissimuler aux yeux du monde la ruine qui menaçait sa famille, mais le bruit ne tarderait pas à s'en répandre. Il lui serait impossible de dédommager les chevaliers qui l'avaient suivi, et même de continuer à entretenir sa maisonnée. Mais ce qu'il ne pouvait supporter, c'était d'entraîner dans sa chute sa femme bien-aimée et la belle-fille qu'il chérissait.

Les nobles les mieux à même d'assurer à Abrielle une position digne d'elle allaient se détourner et chercher ailleurs une fiancée capable de leur apporter une belle dot. Sa pupille serait obligée de réduire ses ambitions et de se contenter d'un homme de peu. Pis, elle risquait de se trouver la proie de prédateurs sans scrupules qui chercheraient à jouir de sa beauté plutôt que de lui accorder les égards dus à une épouse. Peut-être même ne trouverait-elle pas du tout de mari, et l'humiliation de la fille briserait le cœur de la mère.

Comment rester à Westminster après un tel affront ? Tout ce qu'il désirait, c'était s'en aller remâcher au loin son amertume et son désespoir.

Abrielle regardait d'un air absent les serviteurs débarrasser les tables et replier les tréteaux pour dégager un espace pour les danseurs.

Quelques heures plus tôt, elle était la jeune fille la plus courtisée du palais et les soupirants se pressaient autour d'elle. Mais le cœur des hommes était aussi capricieux que la destinée. Le sort lui avait ravi son père avant l'heure, puis son noble fiancé, et voilà que maintenant l'ingratitude du roi lui enlevait la seule liberté dont elle disposait : celle d'épouser celui qu'elle choisirait.

Assise aux côtés de ses parents, elle regardait les jeunes gens qui se disputaient le moindre sourire de sa part si peu de temps auparavant éviter son regard. Ils cherchaient de riches héritières, et elle n'avait plus aucune chance de l'être un jour.

Un sentiment d'insécurité s'empara d'elle, insidieux. Peut-être n'avait-elle aucune qualité si seule sa richesse comptait lorsqu'il s'agissait de trouver un époux.

Un jeune homme qui, la veille encore, avait fait le pied de grue pendant des heures devant sa porte dans l'espoir de l'apercevoir, se précipita pour inviter Cordelia à danser. Cette dernière était bien évidemment au supplice, et Abrielle la rassura en lui adressant son plus radieux sourire.

Elle sentit la main de sa mère recouvrir la sienne et se tourna vers elle.

— Maman, comment Vachel a-t-il pris ce coup ?

— Il ne me dira rien tant que tout le monde nous observe, mais je sais qu'il souffre, et cette injustice me peine énormément. Quant aux conséquences pour toi…

— N'en parlons pas. Pas ici. De toute façon, sourit Abrielle, je suis sûre que tout finira par s'arranger, et que cette horrible soirée ne sera bientôt plus qu'un pénible souvenir.

Mais l'expression d'Elspeth était si pleine de doute que la jeune fille préféra tourner les yeux vers la foule des danseurs de crainte de ne pouvoir retenir ses larmes plus longtemps.

C'est alors qu'elle surprit le regard de Desmond de Marlé. Il la dévisageait avec une impudence et une impudeur qu'il ne cherchait plus à dissimuler. Lui n'en avait certes pas après sa fortune, mais le désir obscène qui se lisait dans ses yeux soulevait le cœur d'Abrielle.

C'était donc le sort qui lui était maintenant réservé ? Devenir la compagne d'un homme qui verrait en elle un bel objet à posséder, à exposer pour susciter l'envie ?

Et il n'était pas le seul, constata-t-elle avec une horreur grandissante, à en juger par les silhouettes masculines qui sortaient furtivement des coins reculés de la vaste salle, et se rapprochaient d'elle tels des rats prêts à se jeter sur un morceau de fromage oublié.

Ce soir, Vachel était là pour veiller sur elle, mais combien de temps pourrait-il la protéger, maintenant qu'il n'avait plus aucun crédit à la Cour ?

Du coin de l'œil, elle vit Raven se diriger vers Cordelia, qui passait d'un danseur à l'autre. Son cœur se serra de manière inexplicable. Mais après tout, se dit-elle en hâte, pourquoi se sentirait-elle offensée que le bel Écossais danse avec une jeune fille aussi merveilleuse que Cordelia ? Qui était sa meilleure amie de surcroît. Elle s'efforcerait plus tard, dans l'intimité de sa chambre, de démêler l'écheveau de ses sentiments. Pour l'heure, elle s'inquiétait que le jeune homme ait approché Cordelia sans lui avoir été présenté, et sans s'être présenté à son père auparavant. Un tel comportement ne lui disait rien qui vaille quant à ses intentions envers son amie.

En attendant, elle afficha son plus radieux sourire afin que personne ne puisse deviner le tumulte qui l'agitait. Elle se rendit soudain compte qu'ils ne dansaient pas, mais paraissaient absorbés dans une conversation dont elle aurait bien aimé connaître le sujet, intriguée par les regards furtifs qu'ils lui adressaient de temps à autre. Tout à coup, ils pivotèrent et la regardèrent ouvertement. Abrielle retint son souffle.

Lorsqu'ils se dirigèrent vers elle, elle fut à la fois horrifiée et – à sa grande honte – excitée. Cordelia avait sans doute voulu lui rendre service en persuadant un jeune homme de l'inviter à danser, mais le cavalier qu'elle lui avait choisi avait décidément des manières par trop désinvoltes. Certes, au fond de son cœur, elle aurait été ravie de danser avec le bel Écossais, mais pas dans ces circonstances.

Elle chercha assistance du côté de ses parents, mais ceux-ci discutaient à voix basse sans lui prêter attention. Elle n'avait, à l'évidence, rien fait pour attirer l'attention de l'étranger, pourtant, il venait vers elle avec une assurance tranquille qui faisait s'écarter la foule sur son passage.

Malgré elle, elle ne put s'empêcher d'admirer la façon dont son costume traditionnel, avec son kilt au-dessus du genou et le long tartan épinglé à l'épaule, mettait en valeur sa silhouette virile, sa large carrure et ses longues jambes, comme s'il avait été cousu directement sur lui.

Cependant, comme il se rapprochait, ce fut son visage qui retint son attention. Il semblait avoir été sculpté par un artiste éminemment doué : le nez aquilin, les pommettes saillantes, la mâchoire volontaire, sans oublier le magnétisme du regard bleu outremer. Seule la bouche, aux lèvres pleines et sensuelles parfaitement dessinées, apportait une touche de douceur dans ce visage de prédateur.

Il s'arrêta devant elle.

Cordelia souriait, mais Abrielle, qui la connaissait bien, perçut sa nervosité.

— Abrielle, l'ambassadeur du roi d'Écosse a demandé à t'être présenté, commença Cordelia, qui savait parfaitement que ce n'était pas là une façon de faire qui respectait les convenances. Puis-je te présenter…

— Raven Seabern, my lady, coupa l'étranger en s'inclinant.

— Abrielle de Harrington, répondit-elle en faisant une révérence.

Il était décidément plus doué qu'elle pour cacher ses véritables sentiments, songea-t-elle. À le voir, personne n'aurait pu deviner qu'il ne l'invitait à danser que parce que Cordelia avait usé de ruses pour l'en convaincre.

— Et votre père était l'un de ces valeureux guerriers que nous honorons ce soir ? dit-il.

Elle acquiesça sans oser regarder son beau-père, qui aurait amplement mérité un tel honneur, lui aussi. Elle était soulagée qu'il soit occupé à autre chose, car il aurait été contrarié de la voir parler à un homme qui ne s'était pas présenté à lui, comme l'exigeait la bienséance. Un Écossais, qui plus est.

— Je lui ai demandé s'il y en avait d'autres comme lui, là-bas, en Écosse, mais il n'a pas de frère, expliqua Cordelia sur le ton de la plaisanterie.

Raven esquissa un sourire avant de répondre :

— Je n'ai que mon père, et depuis la mort de ma mère, il est souvent d'humeur morose, mais votre beauté serait certainement de nature à lui réchauffer le cœur.

Abrielle cilla. Raven était-il en train de badiner effrontément avec Cordelia ? Devant elle ?

— Ne voyez aucun sous-entendu dans ma question, messire, gloussa Cordelia d'un air mutin. Ce n'était que simple curiosité de ma part.

La musique venait de reprendre, et le moment qu'Abrielle redoutait tant était arrivé. L'Écossais allait certainement l'inviter, et lui refuser cette danse constituerait une offense publique. C'était pourtant ce qu'elle rêvait de faire, car sa fierté se cabrait à la pensée qu'il agissait uniquement par obligation. La fortune lui avait peut-être tourné le dos, mais elle refusait de devenir un objet de pitié. Elle cherchait frénétiquement un moyen de préserver à la fois l'honneur et la fierté quand il lui demanda de sa voix profonde :

— Voulez-vous m'accorder cette danse, my lady?

— Vous me faites un grand honneur, messire, mais vous apprécieriez certainement plus de danser avec la partenaire que vous aviez choisie en premier, murmura-t-elle en désignant discrètement son amie, qui bavardait avec une vieille dame de sa connaissance.

— Vous avez entièrement raison, et c'est pourquoi je suis devant vous, priant le ciel pour que vous ayez pitié d'un pauvre Écossais maladroit et acceptiez de l'empêcher d'apparaître comme un balourd.

Abrielle ne put retenir un sourire devant l'habileté avec laquelle il venait de retourner la situation. Elle s'était irritée qu'il l'ait prise en pitié, et voilà qu'il venait lui demander ouvertement son aide. Il n'était peut-être pas doué pour la danse, comme il le prétendait, mais il possédait un véritable talent de diplomate. Incapable de résister à son sourire enjôleur, à supposer qu'elle en ait eu envie, elle prit la main qu'il lui tendait sans plus faire de façons.

À peine l'eut-il touchée que Raven Seabern comprit qu'il venait de commettre une terrible erreur.

Il l'entraîna sans mot dire vers le cercle que formaient des couples de tous âges. Les pas étaient suffisamment simples pour qu'il puisse les suivre sans difficultés, même si beaucoup avaient à cœur de faire assaut de virtuosité, le rire sonore du roi Henri disant assez le plaisir qu'il prenait à voir ses hôtes se divertir. Visiblement, le souverain préférait ce genre de divertissements aux devoirs qu'imposait parfois la solennité de sa charge.

Depuis le début de la soirée, le jeune homme avait passé le plus clair de son temps à contempler Abrielle. Dès qu'il l'avait aperçue, il avait éprouvé le plus grand mal à en détacher les yeux. Sa chevelure blond vénitien, qui flottait librement sur ses épaules comme il sied à une jeune fille, ajoutait une touche flamboyante à la douceur de ses traits. Ses lèvres roses invitaient au baiser, et sa peau laiteuse appelait la caresse de ses doigts tremblants. Jamais il n'avait rencontré plus éblouissante créature.

Il l'avait observée avec tant d'attention qu'il avait pu lire sur son visage les sentiments qui l'avaient tour à tour agitée. Ainsi, l'espace d'un instant, il avait vu une détresse sans nom chasser l'attente joyeuse qui animait ce ravissant visage quelques secondes auparavant. Le banquet achevé, il s'était obligé à rester à l'écart et avait admiré avec quelle crânerie elle se tenait aux côtés de ses parents tandis que les jeunes nobles la délaissaient. À ce moment-là, il avait compris que le beau-père de la jeune fille s'attendait probablement à une récompense. Il avait dû éprouver une vive déception à se la voir refuser par le roi, et la douce jouvencelle en avait été affectée elle aussi. Mais pour quelle raison ? Quels secrets cachait cette famille ?

Ces questions le taraudaient et il n'avait pu se retenir d'aborder Cordelia de Grayson, au mépris des convenances, afin de lui demander de le présenter à la mystérieuse jeune fille.

Cordelia ne demandait visiblement qu'à aider celle qui paraissait être sa meilleure amie en lui présentant un cavalier. Mais tandis qu'il s'avançait vers elle, il avait vu se refléter dans les yeux d'alguemarine de la belle Abrielle, intérêt, incertitude, soupçon, peur, et surtout fierté. Une fierté qui lui interdisait d'accepter une invitation que sa compagne avait quémandée pour elle, quand bien même c'était avec les meilleures intentions du monde. Elle ne voulait visiblement pas de ses attentions et, s'agissant d'une autre, cette rebuffade aurait simplement réveillé ses instincts de prédateur. En l'occurrence, le rejet d'Abrielle, accompagné d'un sourire d'une douceur mordante, l'atteignit profondément. Il rencontrait rarement des femmes mal disposées à son égard, et il était plus rare encore qu'il s'applique à leur changer les idées.

Mais Raven Seabern était accoutumé à obtenir ce qu'il voulait, et c'était danser avec cette beauté qu'il voulait.

Ils avaient donc dansé, virevoltant, se séparant et se retrouvant au rythme de la viole et du hautbois. Leurs mains s'étaient réunies à plusieurs reprises et, chaque fois, il avait ressenti comme une brûlure.

À un moment, il l'avait soulevée, et lorsqu'il l'avait sentie frémir sous ses doigts, lorsque son regard s'était voilé, il s'était demandé, émerveillé, si elle aussi ressentait la même attirance incompréhensible.

La danse s'acheva trop tôt à son goût, et il ne lui resta plus qu'à raccompagner sa cavalière auprès de ses parents. La mère de la jeune fille lui sourit et son beau-père le salua d'un signe de tête. Abrielle, quant à elle, plongea dans une révérence impeccable. Sans lui accorder un regard.

Après ce qu'ils venaient de partager, cette soudaine réticence ne fit que l'intriguer davantage.

Malheureusement, il n'aurait sans doute jamais le loisir d'élucider ce mystère, car dès le lendemain matin, le service de son roi l'emmènerait plus loin encore de ses chères landes d'Écosse, dont il ignorait quand il les reverrait.

Il salua donc courtoisement la jeune fille, puis alla prendre place dans un coin où il pouvait continuer de l'observer à loisir, et veiller sur elle si nécessaire. Il ne doutait pas que son beau-père en fût parfaitement capable, mais ce soir, le sire de Gérard avait visiblement ses propres préoccupations, et Abrielle semblait constituer un objet de convoitise pour nombre d'hommes peu recommandables. L'un d'eux, gras et particulièrement repoussant, venait justement de s'incliner devant elle. Quand Vachel fit mine de s'interposer, sa belle-fille l'arrêta d'un geste et, malgré une répugnance visible, s'en alla au bras du nouveau venu. Raven décida de surveiller étroitement ce douteux personnage jusqu'à la fin de la soirée.

Jamais Abrielle n'aurait pu imaginer danseurs plus différents. Alors que l'Écossais évoluait avec la grâce et la légèreté d'un chevalier rompu au maniement de l'épée, Desmond de Marlé, le demi-frère de son défunt fiancé, écrasait lourdement les pétales de fleurs disséminés sur le sol, quand ce n'était pas ses pieds.

Ses mains moites agrippaient les siennes avec trop de force, et lorsque la danse exigea qu'il la prenne par la taille, elle aurait juré qu'il la palpait comme on tâte un fruit mûr avant de le cueillir. Il la dévorait des yeux avec une avidité non dissimulée, et si elle n'avait craint un éclat de Vachel, elle aurait pris la fuite.

— Je passerai vous rendre visite demain, my lady, lui chuchota Desmond à l'oreille.

— Mais… c'est impossible, messire, balbutia-t-elle, cherchant une excuse plausible. Mon beau-père a peut-être pris d'autres engagements dont il ne m'a pas parlé.

— Après ce qui s'est passé ce soir, je sais dans quelle situation il se trouve, rétorqua Desmond sans prendre la peine de baisser la voix.

Abrielle tressaillit, et regarda autour d'elle avec inquiétude.

— Je vous en prie, messire…

— Il se pourrait qu'il trouve précieuse l'amitié d'un homme de mon influence.

— Dans ce cas, messire, allez lui parler directement. J'insiste !

— J'irai, ne vous inquiétez pas, belle Abrielle.

Quand la musique cessa, il ne se donna même pas la peine de la reconduire auprès de ses parents.

— Ma fille, cet homme épouvantable… commença Elspeth dès qu'elle les eut rejoints.

— Surveillez vos paroles, mon épouse, on pourrait nous entendre, l'interrompit Vachel.

Se mordillant la lèvre, Abrielle reprit sa place auprès d'eux. Oh, comme elle aurait voulu que cette horrible soirée s'achève ! Quand bien même cela ne signifierait pas pour autant la fin de ses tourments. Elle lirait toujours l'inquiétude dans le regard de sa mère et la fierté blessée dans celui de son beau-père. Et rien n'apaiserait l'angoisse qui la rongeait.

Et comme si cela ne suffisait pas, Raven Seabern ne la quittait pas des yeux. Elle n'y voyait aucune invite particulière, contrairement aux regards qu'il jetait parfois à d'autres représentantes du beau sexe, ce qui confirmait ses soupçons, à savoir que cette danse n'avait rien signifié pour lui. Et pourquoi en aurait-il été autrement, du reste ? Il l'avait remarquée alors qu'elle pouvait encore espérer devenir une riche héritière, puis il avait demandé à lui être présenté après que Vachel eut perdu tout espoir d'obtenir un titre. Elle ignorait ce qu'il savait exactement de la situation de son beau-père, mais s'il l'avait invitée, c'était pour faire plaisir à Cordelia. Quoi qu'il en soit, il avait dû juger qu'elle ne valait pas la peine qu'il s'intéresse davantage à elle. Attitude qu'elle trouvait fort cruelle.

L'intervention du roi la tira de ses pensées moroses. Il avait fait arrêter les danses et demandé à un serviteur de poser sur le sol, au centre de la salle, deux épées croisées. Sur un geste de leur souverain, les musiciens attaquèrent une gigue entraînante. À la grande surprise d'Abrielle, il pria Raven de s'avancer.

Ce dernier s'inclina courtoisement avant de se lancer dans une danse endiablée au-dessus des épées. Le voir sauter si haut, jouer de la pointe du pied et du talon à une cadence diabolique sans jamais effleurer les armes constituait un spectacle confondant de virtuosité. Un pauvre Écossais maladroit, vraiment ! L'admiration d'Abrielle était partagée par toute l'assistance, et en particulier par nombre de jeunes filles qui se poussaient du coude en gloussant chaque fois que le kilt de l'ambassadeur des Highlands se soulevait dangereusement haut.

— Grand Dieu, j'ai l'impression qu'il ne porte rien dessous ! s'étrangla Cordelia qui avait rejoint Abrielle.

Celle-ci s'écarta du cercle des admiratrices pour dissimuler le trouble qui s'était emparé d'elle. À sa grande surprise, son amie se détacha de ce spectacle passionnant pour la rejoindre. Elle se mordait les lèvres d'un air soucieux.

— Allons, dis-moi ce qui te tracasse, la pria Abrielle.

— Je t'ai vue danser avec Desmond de Marlé.

Abrielle haussa les épaules en guise de réponse.

— Des bruits inquiétants courent sur son compte. Tu sais qu'il a déjà été marié deux fois, et que ses deux épouses sont mortes en couches ?

— Les pauvres femmes.

— Tu ne crois pas si bien dire ! Elles lui avaient toutes deux apporté une belle dot, et quand ton promis s'est tué en tombant dans l'escalier, son demi-frère a hérité de toute sa fortune. Cela ne te paraît pas suspect ?

— Les gens pensent que Desmond serait responsable de la mort de Weldon ? C'est ce que tu essaies de me dire ?

— Ce ne sont que des hypothèses, mais il n'empêche qu'il est le principal bénéficiaire de son décès.

— Et moi, la principale victime, soupira Abrielle. Mais on ne peut pas vivre dans le passé, n'est-ce pas ? ajouta-t-elle en carrant les épaules. Un autre demandera ma main, j'en suis sûre.

L'expression de Cordelia était si pleine de compassion qu'Abrielle sentit les larmes lui monter aux yeux.

Ses parents lui signifièrent enfin que l'heure de se retirer avait sonné. Cette soirée, qui avait débuté sous les meilleurs auspices et qui devait voir l'accomplissement de tous leurs espoirs, s'achevait de la plus sombre façon qui soit. Cordelia et sa famille quittèrent le château, et lorsque Vachel exprima son désir de prendre l'air pour se changer les idées, la mère et la fille se retrouvèrent seules dans les appartements qui leur avaient été attribués.

Elspeth se mit au lit sans attendre, laissant sa fille ruminer de sombres pensées. Abrielle s'aperçut soudain qu'elle avait oublié le hanap d'argent, cadeau de son père. Il devait toujours se trouver dans la salle du banquet, et si elle ne voulait le perdre définitivement, il lui fallait aller le chercher sans tarder.

Sans songer une seconde aux périls qu'elle courait à se promener seule dans les corridors obscurs du château où pouvaient s'attarder des fêtards éméchés, elle se précipita hors de la pièce sans même prendre le temps de prévenir sa mère.

Elle retrouva l'objet précieux sur une crédence de la grande salle, s'en saisit et se dirigea vers l'escalier.

Quand elle prit conscience d'une présence derrière elle, il était trop tard.

2

Aussi rusé qu'un serpent, Desmond bondit hors de sa cachette et étouffa promptement sous sa paume moite les cris d'Abrielle.

Elle eut beau se débattre, lui donner des coups de pied et de poing, il l'entraîna dans l'une des pièces qui ouvraient sur la salle d'armes et la jeta à terre avant de s'abattre sur elle. Terrifiée, la jeune fille parvint à lui lacérer le visage de ses ongles et tenta de tourner la tête pour échapper à son haleine fétide. Mais il lui saisit la mâchoire d'une poigne de fer, et l'obligea à ouvrir la bouche pour l'embrasser tout à son aise.

Aucun de ses soupirants n'avait jamais embrassé Abrielle, pas même lord Weldon, et, bien entendu, personne ne l'avait jamais brutalisée. L'idée que cet homme qui lui répugnait veuille la prendre de force, et ait de bonnes chances d'y parvenir, la fit se défendre avec une ardeur redoublée.

Elle le mordit et le griffa avec l'énergie du désespoir pour tenter de se libérer, mais il l'écrasait de tout son poids, et ses jupes la gênaient. Dans la lutte, elle lâcha le hanap d'argent qui roula avec fracas sur le sol.

— Du calme, ma jolie ! intima le ruffian d'une voix dure. Si tu as deux sous de bon sens, tu vas te tenir tranquille et te laisser…

Ses paroles se perdirent dans le tourbillon d'un tartan virevoltant. Abrielle se retrouva libre de ses mouvements aussi subitement qu'elle avait été attaquée. L'espace d'un instant, elle vit les yeux de Desmond s'agrandir de terreur tandis que des mains invisibles le soulevaient de terre sans effort.

Raven Seabern, sa chevelure de jais flottant sur ses épaules, avait refermé la main gauche sur le cou de son assaillant et lui martelait le visage sans pitié. Les gémissements de Desmond et les craquements sinistres provoqués par le poing vigoureux de l'Écossais emplirent Abrielle d'un soulagement mêlé de frayeur. Durant ce qui lui parut un interminable moment, elle fut incapable de faire le moindre mouvement, puis, se ressaisissant enfin, elle s'assit pour tenter de remettre un peu d'ordre dans ses vêtements. Ses jupes étaient relevées et coincées sous elle, laissant exposées à la vue ses jambes et une partie de ses hanches. Elle réussit à les rabattre, mais pas assez rapidement pour échapper au regard de son sauveur, qui se figea soudain.

La fureur qui lui déformait les traits laissa la place à une émotion étrange. Desmond profita de cette distraction momentanée pour se libérer. Sans se soucier de le retenir, Raven arracha du mur une draperie qu'il tendit à la jeune fille.

La décence commandait qu'il se détourne et regarde ailleurs, ce qu'il fit, au bout d'un moment. Abrielle se couvrit en hâte avant de se relever.

— Êtes-vous blessée, my lady ? s'enquit-il en lui faisant de nouveau face.

Incapable d'articuler une parole, Abrielle se contenta de secouer la tête négativement avant de s'enfuir à son tour. Elle n'avait plus qu'une idée en tête : rejoindre sa mère au plus vite.

Après son départ, le jeune homme remarqua le hanap d'argent abandonné sur le sol. Il le ramassa, et gagna l'escalier. Il attendit un moment sur le palier avant de frapper, pour laisser à la jeune fille le temps de retrouver ses esprits et de raconter sa mésaventure à ses parents.

— Qui est là ? s'enquit la voix tendue d'Elspeth.

— Le chevalier écossais, Raven Seabern, my lady.

La porte s'entrouvrit, et Elspeth lui jeta un regard prudent.

— Je crains que ma fille ne soit pas en état de venir vous remercier comme vous le méritez, et son père ne sera pas de retour avant un moment, mais soyez assuré de mon éternelle gratitude. Sans vous, cet abominable ruffian serait parvenu à ses fins, j'en ai peur.

— J'ai retrouvé le hanap de votre fille, expliqua-t-il en le lui montrant.

Ses appréhensions envolées, Elspeth ouvrit grand la porte, un sourire tremblant aux lèvres.

Je vous en remercie du fond du cœur, messire, car Abrielle y tient beaucoup, et moi aussi. Il appartenait à son défunt père, et il est depuis des générations dans la famille. Quand elle s'est aperçue qu'elle l'avait oublié en bas, elle est descendue le chercher sans plus réfléchir. Bien entendu, elle ne pouvait deviner qu'elle se ferait attaquer par cet horrible personnage. Vous l'ignorez sans doute, mais ma fille a été fiancée à lord Weldon de Marlé et depuis la mort de ce dernier, son demi-frère la poursuit de ses assiduités.

— Vous m'avez dit que vous attendiez votre mari, my lady ? Peut être vaudrait-il mieux, pour votre sécurité, que je monte la garde sur le palier jusqu'à son retour. Au besoin, poussez un meuble contre la porte.

— Nous nous sentirions effectivement plus tranquilles si vous restiez jusqu'à l'arrivée de mon époux. Au cas où ce misérable essaierait de forcer notre porte. Il veut ma fille à tout prix, semble-t-il, alors qu'elle l'a en horreur. Je ne sais comment vous remercier de votre protection... et de votre bonté. Vous êtes vraiment un envoyé du ciel, car non seulement vous êtes venu au secours de mon Abrielle, mais vous proposez de nous protéger alors que vous nous connaissez à peine.

— Je vous connais à peine, c'est exact, mais je ne connais que trop le genre de ruffian qui s'est attaqué à votre fille. Je me suis méfié de lui dès que je l'ai vu, et je me sens tout naturellement enclin à défendre ceux à qui il s'en prend. Je vais maintenant vous souhaiter une bonne nuit. Essayez de vous reposer si vous le pouvez.

Après avoir refermé la porte, Elspeth rejoignit sa fille, toujours en larmes, dans la chambre contiguë à la sienne.

— Raven Seabern va monter la garde sur le palier jusqu'au retour de Vachel, annonça-t-elle en lui caressant affectueusement le dos. Cet Écossais me paraît un homme d'honneur. Et très séduisant, de surcroît. Encore plus que lord Weldon. Mais il est vrai que ton fiancé avait dépassé quarante ans lorsqu'il est mort.

Toutes deux demeurèrent silencieuses, perdues dans les tristes pensées suscitées par l'évocation du défunt.

— Je sais que ce n'est pas convenable pour une dame de parler ainsi, mais, depuis quelque temps, je me disais – et je me le dis d'autant plus après ce qui s'est passé ce soir – que si quelqu'un menaçait cette canaille de représailles violentes au cas où il se risquerait à t'approcher, peut-être garderait-il ses distances.

— Je ne pense pas que ce soit une bonne idée. Quelle importance, de toute façon ? Nous allons bientôt quitter Londres.

Un instant, elle fut tentée de raconter à sa mère ce que Cordelia lui avait rapporté au sujet de la mort de Weldon, mais cela n'aurait fait que la bouleverser davantage. Le risque était grand, en effet, que son beau-père provoque Desmond en duel ; or son père avait déjà trouvé la mort de cette façon stupide. Et puis, après tout, il ne lui était rien arrivé puisque l'Écossais avait surgi à temps.

À bonne distance du palais, Desmond pansait ses plaies physiques et morales, et commençait à préparer sa revanche. À peine avait-il échappé à la poigne de fer de cet arrogant étranger qu'il s'était précipité hors du château, courant à toutes jambes jusqu'à son logis, où il avait fait seller en hâte sa monture avant de s'enfuir au galop.

Il avait vu ses plans contrecarrés et s'était ridiculisé cette nuit, mais il trouverait bien une autre occasion, et il n'oublierait pas qu'il devait son échec à ce maudit Raven Seaborn.

Il était tard lorsque Vachel regagna ses appartements. Après avoir tourné et retourné dans sa tête les choix limités qui s'offraient à lui, son humeur était particulièrement sombre.

— Que faites-vous ici ? gronda-t-il en apercevant l'Écossais assis en face de sa porte.

— Desmond de Marlé s'est attaqué à votre fille, expliqua ce dernier en se redressant d'un mouvement souple.

Le sang de Vachel se figea dans ses veines.

— Que lui a-t-il fait ? Comment va-t-elle ? L'a-t-il... souillée ? ajouta-t-il d'une voix hésitante.

— Je ne lui en ai pas laissé le temps, et j'ai eu tôt fait de renvoyer ce rat se terrer dans son trou. J'ai proposé à votre femme de monter la garde devant votre porte jusqu'à votre retour. Vous allez probablement trouver que je me mêle de ce qui ne me regarde pas, mais je vous conseille de veiller attentivement sur votre famille tant que cet immonde personnage rôde dans les parages.

Vachel n'était effectivement pas d'humeur à se laisser dicter sa conduite, surtout par un étranger. Son amertume et sa rancœur avaient décuplé lorsque, au cours de la soirée, il avait aperçu l'un des soupirants les plus assidus d'Abrielle faire le joli cœur auprès d'une riche héritière. Il se reprochait de ne pas avoir été là pour la protéger, et commençait à se demander s'il ne méritait pas ce qui lui arrivait.

— Je peux veiller sur les miens sans que vous interveniez, rétorqua-t-il pourtant.

Raven n'avait aucune envie de se lancer dans une polémique. Il se contenta de hausser un sourcil éloquent avant de s'incliner poliment pour prendre congé.

— J'ai cru que vous ne reviendriez jamais ! sanglota Elspeth en se jetant dans les bras de son mari dès qu'il eut refermé la porte derrière lui.

— Racontez-moi ce qui s'est passé, implora ce dernier en l'étreignant.

— Je suis tellement reconnaissante à cet Écossais d'avoir veillé sur nous en attendant ton retour, conclut-elle une fois son récit achevé. Qui sait ce qu'aurait fait Desmond s'il nous avait trouvées seules ici ?

— Je l'imagine mal venir jusqu'ici et forcer notre porte. Il est par trop lâche.

— Vous pensez que je prends ce qui vient de se passer trop à cœur ? s'exclama sa femme, les yeux étincelants de colère. Croyez-moi, Vachel, cet individu méprisable n'aura pas un instant de répit tant qu'il n'aura pas possédé Abrielle. Sans l'intervention de cet Écossais, il l'aurait violée !

— Je vous prie de m'excuser pour vous avoir laissées seules toutes les deux, dit son mari. De toute évidence, si j'avais été là, rien ne serait arrivé, mais rien de ce que je pourrais dire ou faire à présent n'y changera quoi que ce soit. Je n'ai pas beaucoup dormi depuis notre arrivée ici, ajouta-t-il après un soupir, et, si vous n'y voyez pas d'inconvénient, nous poursuivrons cette conversation demain.

Il se sentait visiblement si coupable qu'Elspeth murmura :

— Ne nous querellons pas. Je suis certaine que notre situation s'arrangera avec le temps. Il suffit d'attendre…

Allongée sur son lit, Abrielle écoutait les voix étouffées de ses parents. Elle ne distinguait pas leurs paroles, mais elle devinait leur anxiété, car elle éprouvait la même. Les tremblements convulsifs qui l'avaient agitée s'étaient calmés, mais elle ne parvenait pas à chasser de son esprit l'horrible scène, et la nausée la prenait dès qu'elle se remémorait les mains moites de son agresseur sur sa chair innocente.

Jamais elle ne remercierait assez Raven Seabern. Elle se rappelait avec un soulagement infini son arrivée intempestive, et son beau visage convulsé par la fureur. Jamais elle n'oublierait avec quelle facilité il avait réglé son compte à l'ignoble Desmond. Elle éprouvait pour lui plus que de la gratitude, elle le sentait confusément, et préférait ne pas trop analyser ses sentiments.

Il éveillait en elle des émotions inconnues et elle s'en inquiétait. Sa détresse et son désespoir l'empêchaient-ils de combattre de bas instincts qu'elle aurait jusque-là étouffés ? Pourquoi ne pouvait-elle se contenter de lui être reconnaissante ? Certes, il était venu à son secours et avait monté la garde devant sa porte, mais il n'avait pas recherché sa compagnie de toute la soirée. Et il ne l'avait invitée à danser qu'à la demande de Cordelia. En outre, il était écossais, un peuple dont tous les siens se méfiaient, et voilà qu'elle se laissait aller à une attirance coupable pour lui.

Un mois s'était écoulé depuis la cérémonie en l'honneur des héros saxons. Les pensées d'Abrielle dérivaient souvent du côté de Raven Seabern, et chaque fois qu'elle se remémorait son regard outremer, son profil aquilin et son sourire enjôleur, elle était de nouveau la proie de ces étranges émotions qui l'avaient tellement troublée.

Elle ne pouvait cependant ignorer la triste réalité de sa situation. La détresse matérielle dans laquelle se trouvait sa famille allait l'obliger à prendre une décision dont elle paierait le prix sa vie entière. Elle ne pouvait en vouloir à Vachel, qui n'avait fait que son devoir en veillant au bien-être de ses hommes et de son père quand il était revenu des croisades.

Willaume de Gérard, qui n'avait pas remboursé son fils avant sa mort et qui avait négligé d'inscrire sa dette sur son testament, était seul responsable de leur ruine.

Puisque le roi n'avait pas voulu récompenser la vaillance de son fidèle serviteur, le sort de Vachel et d'Elspeth reposait désormais entièrement sur les épaules d'Abrielle.

Desmond de Marlé était venu demander officiellement sa main et, bien entendu, ses parents l'avaient laissée libre de son choix.

Il avait proposé à sa famille une confortable somme d'argent, payable le jour du mariage, et offert des garanties écrites faisant de sa fiancée son unique héritière, à l'exception de deux legs, l'un en faveur d'un neveu, l'autre en faveur de ses futurs beaux-parents.

Desmond n'était que le demi-frère de Weldon, et il n'avait jamais été particulièrement proche de son aîné, mais il avait hérité de toute sa fortune. Il était maintenant tellement riche qu'il pouvait se permettre de se montrer généreux pour obtenir ce qu'il voulait, en l'occurrence Abrielle, qu'il avait désirée au premier regard. La jeune fille ignorait l'existence de ce neveu, et s'expliquait mal que Weldon, qui était la générosité même, ne lui ait rien laissé.

Quand il avait formulé sa demande, Desmond ignorait sans doute combien ils étaient proches de la ruine. Pour retrouver sa prospérité d'antan, il suffisait à Vachel d'accorder à cet homme si puissant la main de sa belle-fille.

À présent, l'air soucieux, Elspeth regardait son mari arpenter la pièce.

— Vachel, commença-t-elle, je sais que notre situation est désespérée, mais…

Le regard farouche de son mari la fit taire. Elle posa la main sur son bras et le lui caressa tendrement. Elle n'ignorait pas qu'il pouvait se montrer obstiné, mais elle savait aussi qu'elle avait fait le bon choix lorsqu'elle l'avait épousé et qu'il aurait tout donné pour faire son bonheur et celui d'Abrielle. Il ne prendrait certainement jamais une décision qui ferait le malheur de sa belle-fille.

— Vachel, reprit-elle, si vous vous vouliez bien considérer la réputation de Desmond, vous sauriez que ce n'est pas un mari qui convient à Abrielle.

— Mais pour quelle sorte de monstre me prenez-vous ? s'exclama-t-il. Je ne pourrais plus me regarder en face si je devais l'obliger à une telle union ! C'est à elle, et à elle seule, que revient la décision. Il est si riche que leurs enfants ne manqueront jamais de rien, et c'est ce qui en fait un prétendant sérieux. Sans cela, je le mettrais dans le même sac que la bande de bouffons avides qui tournent autour de cette petite depuis que toute la Cour a vu le peu de cas que le roi faisait de moi.

— Je comprends votre dilemme, mon ami, mais il y a certainement une solution à nos difficultés.

Il eut un rire bref, empreint de dureté.

— À part un miracle, je ne vois pas laquelle ! Je partage la répugnance d'Abrielle pour cette canaille, et je ferai mon possible pour lui trouver un parti plus convenable. Mais il ne sera certainement pas aussi riche, et j'ai bien peur que nous n'ayons guère de choix.

Le désespoir qu'elle lisait sur le visage de sa mère fendit le cœur d'Abrielle, qui se détourna pour essuyer furtivement ses larmes. Elle méprisait Desmond, mais elle n'avait d'autre issue que d'accepter sa proposition si elle ne voulait pas voir souffrir ceux qu'elle aimait. Quoi qu'il en soit, s'il la désirait tellement, il allait devoir y mettre le prix et se montrer beaucoup plus généreux.

Elle n'avait pas de dot, et rien ne lui garantissait qu'elle puisse ne serait-ce que trouver un prétendant convenable. Seule la protection de Vachel et de ses hommes empêchait le premier venu de la prendre sans même se donner la peine de l'épouser, songea-t-elle en réprimant un frisson.

Un sourire vacillant plaqué sur le visage, elle s'approcha de ses parents.

— Puisque la décision m'appartient, je ferai ce qu'il faut, déclara-t-elle d'une voix chevrotante. Je refuse que ma famille sombre dans la misère.

— Non ! s'écria sa mère. Je t'en prie, nous trouverons un autre moyen !

— J'ai bien réfléchi, et je n'en vois pas d'autre.

Incapable de supporter plus longtemps la mine défaite de ceux qu'elle aimait, elle se hâta de leur expliquer ses intentions. Elle ignorait ce qui avait causé la mort de son premier fiancé, s'il s'agissait d'un accident ou si son frère et seul légataire en était responsable, mais il lui semblait évident que puisque le nouveau seigneur de Marlé voulait tellement la faire sienne, il serait prêt à payer une somme importante pour obtenir sa main, peut-être même à abandonner une part considérable des biens dont il avait hérité.

— Weldon était immensément riche, et je vous implore d'exiger beaucoup plus que ce que Desmond vous a proposé. Il ne mérite de toute façon pas de succéder à son frère.

— Et s'il accepte de se plier à nos exigences ? s'enquit Vachel d'une voix blanche.

La perspective qu'un homme aussi répugnant devienne l'époux de sa ravissante belle-fille lui soulevait le cœur.

— Je l'épouserai, déclara Abrielle sans enthousiasme.

Elspeth porta la main à son cœur et posa sur sa fille un regard noyé de larmes.

Vachel ne pouvait ignorer la détresse de sa femme, aussi se sentit-il obligé de prévenir sa belle-fille de l'étendue du sacrifice qu'elle s'apprêtait à consentir.

— Ce mariage pourrait se révéler beaucoup plus horrible que tu ne le penses, dit-il. Des rumeurs déplaisantes courent sur la façon dont Desmond traite les serfs dont il a hérité. Une fois vos vœux échangés, vous serez unis à jamais, vous ne ferez plus qu'un ; tu devras adopter sa façon de vivre, te soumettre à ses souhaits et à ses exigences, et je dois t'avertir que cela pourrait dépasser tout ce que tu imagines.

— En ce qui me concerne, la question est réglée, trancha Abrielle avec une détermination qu'elle était loin d'éprouver. Si Desmond veut faire de moi sa femme, j'y consens, mais à mes conditions. Ne lui donnez surtout pas l'impression qu'il peut marchander pour obtenir ma main. Attendez pour me demander mon accord que son offre vous paraisse suffisante, mais il ne faut à aucun prix qu'il devine que vous comptez m'en parler. Il devra ignorer que vous n'avez pas pris seuls votre décision.

— Tu as entièrement raison, approuva Vachel. De cette façon, il ne pourra jamais te reprocher le prix qu'il aura payé pour obtenir ta main. Tu fais preuve de beaucoup de sagesse.

En toute autre occasion, Abrielle aurait été fière du compliment de son beau-père, et l'en aurait remercié d'un sourire. Elle en fut incapable, car elle craignait que ce marché ne soit ni plus ni moins qu'un pacte avec le diable, et cette idée l'effrayait.

— Je regretterai peut-être ma décision, mais nous n'avons pas d'autre choix, dit-elle. Ne m'oubliez pas dans vos prières, je crois que j'en aurai besoin.

Le chevalier était profondément touché par l'ampleur du sacrifice de sa belle-fille, qui ne songeait qu'à leur bonheur, à Elspeth et à lui. Mais après avoir cherché en vain à arracher sa famille à la ruine, il ne pouvait s'empêcher d'éprouver un vif soulagement.

— Épouser Desmond de Marlé fera d'Abrielle l'une des femmes les plus riches d'Angleterre, plaida-t-il en serrant la main d'Elspeth dans la sienne. Et s'il venait à décéder, elle serait en mesure de choisir le mari de son choix, en dictant ses conditions, ce dont peu de femmes ont la possibilité.

Abattue à la pensée de voir son unique enfant épouser un personnage aussi vil, Elspeth se contenta d'un signe de tête résigné. Elle savait cependant que sans la protection de Vachel, Abrielle aurait chèrement payé la rançon de sa beauté.

À la mort de Berwin, elles s'étaient retrouvées sans défenseur, et sa fille constituait une proie enviable. Les conquérants ne s'embarrassaient pas de formalités avant de s'approprier une Saxonne sans le sou, même de haut lignage, et elle n'ignorait pas qu'un groupe de nobliaux normands pariait gros sur celui qui, le premier, débarrasserait sa fille de son pucelage. La rebuffade qu'avait essuyée un soupirant importun avait encore fait grimper les enchères, et seul le mariage d'Elspeth avec Vachel avait tenu à distance cette meute sans scrupules. Mais après la disgrâce du chevalier, ils ne demandaient qu'à revenir à l'assaut.

Abrielle, quant à elle, n'avait jamais douté de la détermination de son beau-père à la protéger, même au risque de sa vie. Elle savait qu'il éprouvait pour sa mère un amour sincère, et il lui avait toujours témoigné beaucoup d'affection. C'était maintenant son tour de faire tout ce qui était en son pouvoir pour aider sa famille.

Les yeux embués de larmes, Elspeth contemplait sa fille. Nul n'aurait pu deviner que ce visage à l'innocence encore enfantine cachait une loyauté sans faille et une détermination farouche digne du plus valeureux des guerriers. Malheureusement, ces qualités ne servaient pas à grand-chose à une jeune fille sans dot, et Abrielle s'apprêtait à sacrifier son bonheur pour sauver les siens.

Comment une mère ne se sentirait-elle pas bouleversée par tant de noblesse et d'abnégation ?

3

Abrielle était heureuse d'avoir son amie Cordelia auprès d'elle. Le mariage devait être célébré dans trois jours, juste après la grande chasse à courre où, tous les ans, les sires de Marlé rassemblaient le ban et l'arrière-ban de leurs vassaux et, naturellement, elle n'était pas pressée que l'événement s'achève.

— Il paraît que le gibier est abondant cette année, observa-t-elle tandis qu'elles quittaient le château pour une petite promenade.

— Beaucoup d'amis de lord Weldon sont très mécontents des nouvelles règles édictées par le nouveau seigneur et menacent de partir si on ne revient pas aux anciennes. Il se pourrait bien que la chasse n'ait pas lieu du tout, remarqua Cordelia.

À l'idée que la cérémonie puisse être avancée, Abrielle ne put réprimer un frisson.

Quelques-uns des familiers du défunt châtelain avaient déjà quitté les lieux, furieux des innovations que leur avait présentées Thurstan, le neveu de Desmond, un jeune homme froid et hautain qui regardait Abrielle avec une répugnance qu'elle ne s'expliquait pas. Les invités qui étaient restés ne cachaient pas leur colère devant les manières arrogantes du nouveau maître et de ses proches.

— Je n'ai jamais rencontré autant de parasites, reprit Cordelia.

Malheureusement, Abrielle devrait compter avec eux. Si elle ne voulait pas faire de sa vie un enfer, il lui faudrait composer avec les goûts de son fiancé et avec ses relations.

Elles échangèrent un regard entendu comme un nouveau groupe franchissait le pont-levis. En attendant leurs chevaux, ces anciens vassaux de Weldon se plaignaient amèrement des nouvelles règles édictées par Desmond, qui demandait à présent une somme considérable pour participer à une chasse précédemment ouverte à tous, et qui avait remplacé le conseil d'anciens autrefois chargé de désigner le vainqueur par un juge unique, son neveu Thurstan.

— Le départ de tant de nobles chevaliers est peut-être dû à une autre raison, hasarda Cordelia.

— La nourriture servie au château est chiche et peu attrayante, je le sais, concéda Abrielle.

— Promets-moi que tu y remédieras dès que tu seras la maîtresse des lieux. La cuisinière ressemble à une sorcière, et je ne serais pas étonnée qu'elle nous fasse manger des crapauds.

— Je ne m'explique pas que Desmond, qui tient tant à briller en société, se contente d'une table aussi médiocre, s'étonna la jeune fille.

Elle s'arrêta pour contempler le paysage et respirer l'air pur avec bonheur.

Elle comprenait que Weldon ait choisi cet endroit pour bâtir son château. De cette colline, on dominait toute la contrée. D'un côté, une petite rivière serpentait dans une épaisse forêt avant de passer sous le pont-levis où elles se tenaient. Une partie de ses eaux avait été détournée pour alimenter les douves et les puits du château, tandis que le cours principal poursuivait son chemin en direction du hameau où vivaient les serfs, assurant aux familles l'eau potable dont elles avaient besoin.

L'ancien seigneur avait personnellement supervisé la conception et l'édification de la forteresse qui devait protéger sa famille et ses descendants durant les décennies à venir. Une double enceinte protégée par des fossés et une palissade, deux ponts-levis et de multiples échauguettes en faisaient un refuge pratiquement inexpugnable en cas d'attaque. D'immenses magasins permettaient de stocker suffisamment de nourriture et de munitions pour soutenir un siège de plusieurs mois.

Mais la richesse du bâtiment et la beauté du paysage qui l'entourait disparurent soudain, remplacées par le visage de celui avec qui elle allait y vivre, et une tristesse poignante étreignit le cœur d'Abrielle.

La plupart de ses proches n'étaient pas encore arrivés, mais la jeune fille n'avait pas manqué de remarquer la réserve qu'observaient devant leurs hôtes ceux qui étaient déjà là, et elle les comprenait parfaitement. Les hommes de Desmond n'éprouvaient que mépris pour les Saxons, alors même qu'ils n'étaient pour la plupart que des gredins dépourvus de noblesse, de titres ou de richesse.

Presque toutes les dames s'étaient promptement retirées dans une salle du premier étage, loin de l'agitation du rez-de-chaussée et de la cour. Abrielle et Cordelia avaient aidé les plus âgées à gravir l'escalier en colimaçon et les avaient confortablement installées au coin du feu, avant de se faire renvoyer avec des regards entendus. Une fois les jeunes filles parties, les matrones avaient évoqué à voix basse les noces à venir et émis des suppositions quant au destin de la fiancée. Elles espéraient qu'elle ne connaîtrait pas le même sort que les deux précédentes épouses du maître des lieux, et se demandaient si, vu sa jeunesse et son intelligence, elle n'aurait pas la chance de lui survivre.

Cordelia se retourna en entendant un pas lourd ébranler les planches du pont-levis. Elle ignorait ce qui motivait l'air triomphant du sire de Marlé, mais il était visiblement très content de lui.

— Attention, ton amoureux vient chercher un baiser, chuchota-t-elle à l'oreille de son amie.

— Reste avec moi, supplia celle-ci entre ses dents, ou je serai tentée de prendre la fuite.

— Desmond a beau me répugner au-delà de toute expression, soupira la blonde jeune fille, je suis une amie fidèle et je ne t'abandonnerai pas.

Rassemblant son courage, Abrielle plaqua un sourire crispé sur ses traits, avant de pivoter pour faire face à l'homme bedonnant qui s'approchait à grands pas, suivi du jeune Thurstan. Ce dernier, qui avait provoqué la colère des chevaliers quelques instants plus tôt, paraissait également très satisfait. C'était du reste son seul point commun avec le seigneur des lieux. Il était, en effet, aussi grand et mince que son oncle était petit et gros, et sa mise dénotait une recherche dont son parent ne s'embarrassait guère.

Son vêtement noir était souligné au col et aux manches d'un liseré vert, et la fougère de cuir du même vert qui ornait le dessus de ses bottes en daim se retrouvait sur le fourreau de sa dague et sur l'aumônière pendue à sa ceinture.

Son élégance offrait un contraste saisissant avec l'allure misérable des serfs qui vaquaient à leurs occupations aux alentours du château. Alors qu'Abrielle les avait toujours vus propres, bien nourris et en bonne santé du vivant de Weldon, ils lui semblaient à présent pâles, sales et décharnés. Beaucoup arboraient des traces de fouet sur les bras et le visage, et tous paraissaient terrifiés par l'oncle et le neveu.

Apparemment, la saleté de leurs misérables haillons n'offensait pas l'odorat de leur maître, et la jeune fille se promit de remédier à cette situation déplorable dès qu'elle serait en mesure de le faire. Elle trouverait une consolation à son triste sort en améliorant celui de ces malheureux, et veillerait à ce que tous soient propres, vêtus et nourris correctement.

— Ma chère lady Abrielle ! lança Desmond, les bras tendus comme s'il espérait qu'elle s'y jette.

— Comment allez-vous, mon seigneur ?

— Merveilleusement bien, ma chère. Comment pourrait-il en être autrement quand j'ai devant moi la plus charmante, la plus exquise des jeunes filles, et que cette divine créature est sur le point de faire de moi le plus heureux des mortels ?

Se forçant à sourire, Abrielle abandonna à contrecœur sa main dans celle, affreusement moite, de son fiancé. Une envie de prendre la fuite proche de la panique la saisit lorsqu'il se pencha pour la couvrir de baisers mouillés. À l'idée que, dans quelques jours, elle n'aurait d'autres choix que de se soumettre à tous ses désirs, son cœur se souleva.

Elle préféra détourner la tête, mais ce fut pour croiser les étranges yeux jaune-vert ourlés de longs cils de Thurstan. Son visage aux traits réguliers et sa bouche aux lèvres pleines auraient été agréables n'eût été son sourire sardonique. Visiblement, ce garçon était fort perspicace, et Abrielle était presque certaine qu'il avait deviné la répugnance que lui inspirait son futur époux, et que cette découverte l'amusait énormément.

Agacée par l'impudence avec laquelle le jeune homme la dévisageait, elle prit sur elle et se tourna vers son fiancé sans prendre la peine de le saluer.

— Je commençais à me demander si vous vous étiez seulement aperçu de ma présence, messire, dit-elle. Vous étiez tellement occupé à régler une foule de détails concernant cette chasse que je me sentais un peu délaissée.

— Bannissez une telle idée de votre jolie tête, ma chère, gloussa Marlé. Je vous assure que vous n'êtes jamais sortie de mon esprit. Je compte les jours, les heures qui nous séparent de notre mariage, et s'il était en mon pouvoir de hâter la marche du temps, croyez bien que je m'y emploierais avec diligence.

En dépit de son enthousiasme avéré, Abrielle préféra chasser l'événement de ses pensées.

— Je ne sais pas si vous avez déjà rencontré mon amie Cordelia. Ses parents, lord et lady Grayson, ont eu la bonté d'accepter notre invitation. Ils sont allés saluer mon père et ma mère dans les appartements que vous leur avez si gracieusement attribués.

— Je n'avais pas encore eu le plaisir de vous être présenté dans les formes, mais j'ai entendu parler de votre famille, déclara le châtelain en s'inclinant cérémonieusement devant Cordelia.

— De même qu'ils ont entendu parler de vous, messire, fit-elle avec un demi-sourire accompagné d'un haussement de sourcils.

Le sous-entendu inquiéta Abrielle. Les deux jeunes filles partageaient certes la même répugnance pour le seigneur des lieux, mais Cordelia ne faisait pas toujours preuve de subtilité à l'égard des gens qui lui déplaisaient. Cela dit, elle n'avait pas besoin de se montrer prudente. Le destin ne l'avait pas privée de son père avant de lui enlever un fiancé riche et puissant, la laissant seule et sans défense dans un monde où la protection d'un homme était une question de survie pour une femme, quelle qu'elle soit. La responsabilité de sauver son beau-père de la ruine et sa mère de l'humiliation ne reposait pas sur ses frêles épaules. Bien entendu, Abrielle ne lui souhaitait pas un tel destin, elle aurait simplement aimé que le sort se montre moins rude envers elle, et qu'elle ne se trouve pas dans l'obligation de vendre son cœur et son corps pour sauver ceux qu'elle aimait.

À ce moment-là, une carpe bondit hors de la rivière qui coulait sous le pont-levis. La plupart des châteaux forts étaient entourés d'eaux stagnantes, et la jeune fille fut ravie de cette diversion bienvenue.

— Regarde, Cordelia ! s'écria-t-elle. N'est-ce pas merveilleux d'avoir un ruisseau poissonneux juste sous ses fenêtres ?

Quoique subtil, et impossible à discerner pour qui que ce soit d'autre, Cordelia perçut le changement dans la voix d'Abrielle. Elle devina sa nervosité, et en comprit la raison. Depuis quelque temps, en effet, il semblait que la présence de Desmond coïncidât toujours avec de curieux événements. C'est ainsi que des bijoux, de l'argenterie et des objets de prix avaient une fâcheuse tendance à disparaître, de même que les gens qui s'opposaient à lui, du reste. Bien sûr, rien ne permettait de l'accuser, mais tant de coïncidences étaient pour le moins étranges, et certainement peu faites pour diminuer l'antipathie que suscitait le personnage. Soucieuse de ne pas laisser deviner la répulsion que lui inspirait le sire de Marlé, Cordelia jugea préférable, pour le bien de son amie, de faire mine de guetter les fameux poissons de l'autre côté du pont.

Abrielle lui fut reconnaissante de son tact. Dans quelques jours, Desmond serait son mari, et elle ne pouvait se permettre d'offenser sa susceptibilité chatouilleuse. La mort de Weldon, puis celle de ses deux épouses successives avaient fait de son fiancé un homme puissant et surtout immensément riche, et elle ne pouvait s'empêcher de s'interroger sur cette série de décès providentiels.

— Souhaitiez-vous m'entretenir d'un sujet en particulier, Desmond ? demanda-t-elle, chassant ses sombres pensées.

L'usage de son prénom alla apparemment droit au cœur de l'intéressé qui afficha un sourire satisfait.

— Effectivement, ma chère. Comme vous le savez peut-être, messire Vachel m'a remis pour signature le parchemin de notre contrat de mariage. À part quelques détails ici et là, j'en approuve les termes et ne vois rien qui puisse retarder notre union, mais Thurstan, qui s'occupe de gérer mes affaires, m'a suggéré quelques petites modifications.

— Cela signifie-t-il que vous entendez revenir sur l'arrangement convenu avec mon beau-père ? Si tel est le cas, il faut que j'en parle sur-le-champ à mes parents, car il reste peu de temps avant nos noces. Nous avions cru comprendre que vous l'approuviez entièrement, puisque vous y aviez apposé votre sceau et que vous aviez vous-même fixé la date de la cérémonie. Ils seront certainement très surpris de vous voir soulever des objections alors que vous étiez arrivés à un accord.

— Rassurez-vous, il ne s'agit que de quelques rectifications mineures, et je suis certain que nous aurons largement le temps de nous mettre d'accord, le sire de Gérard et moi, et de faire corriger le parchemin dans les deux jours qui viennent.

Abrielle n'allait certainement pas laisser croire que sa famille serait prête à accepter n'importe quelle correction à une date si avancée. Elle était certes peu pressée d'épouser Marlé, mais l'annulation de leur mariage mènerait les siens à la ruine, et il lui fallait risquer le tout pour le tout.

— Vous ne l'avez peut-être pas remarqué, Desmond, mais mon beau-père n'est pas un homme facile, et il est extrêmement déterminé sur les termes de ce contrat. Si vous avez changé d'avis sur certains points, il faut l'en informer immédiatement. Je suis certaine qu'avant de prendre en considération vos demandes, messire Vachel voudra revoir les autres seigneurs qui ont récemment demandé ma main, mentit-elle effrontément dans l'espoir de faire reculer Desmond.

— Ce pourrait être une sage décision, suggéra Thurstan d'un ton suave.

— Ce n'est absolument pas nécessaire, ma chère ! déclara Desmond en foudroyant son neveu du regard. Les termes du présent contrat me conviennent parfaitement.

Abrielle retint un soupir de soulagement. À en juger par l'attitude du jeune homme, elle devinait qu'il avait dû s'inquiéter de la somme généreuse que son oncle avait consentie avant le mariage à sa future épouse et à sa famille, et surtout de la véritable fortune qu'il laisserait à sa veuve en cas de décès. Thurstan était, après tout, le seul héritier du châtelain, et il avait sans doute entretenu de grandes espérances après les deux veuvages de son mentor.

— Mon oncle, puis-je vous entretenir un instant ? insista-t-il, l'air soucieux. Je pense vraiment que vous auriez tout intérêt à amender ce contrat. Il faudrait reconsidérer…

— Ma décision est prise, trancha avec autorité le maître des lieux. Ces modifications ne sont absolument pas nécessaires. Vous pouvez disposer !

Le visage du jeune Marlé se contracta de colère lorsqu'il se vit congédié comme un vulgaire valet, et s'il avait pu tuer d'un regard, son oncle serait mort sur le coup. La main crispée sur le manche de sa dague, il tourna les talons sans un mot et disparut.

C'était la seconde fois que la succession d'un seigneur de Marlé lui échappait. Weldon avait promis de faire de lui son héritier, mais il était mort avant d'avoir eu le temps de modifier son testament, et voilà que Desmond allait dilapider sa fortune au profit d'une donzelle dépourvue de dot ! Thurstan, lui, savait comment traiter les femmes et les remettre à leur place, et il n'en avait pas fini avec son oncle.

Si le châtelain avait perçu la rancœur de son neveu, il ne parut pas s'en préoccuper le moins du monde.

— Vous ai-je dit à quel point vous êtes éblouissante aujourd'hui, ma chère ? roucoula-t-il, reportant son attention sur Abrielle. Vous surpassez en beauté toutes les dames que j'ai eu l'occasion de rencontrer jusqu'à présent.

— Je vous en prie, Desmond, je ne me sens pas digne de tels compliments, et ils m'embarrassent !

— Personne n'en est plus digne que vous, ma chère ! Au cours de mes voyages, je n'ai jamais vu créature plus ravissante, je vous assure.

— Alors, c'est que vous n'avez pas dû voyager bien loin, minauda Abrielle.

Ce n'était que la stricte vérité, mais il se serait fait tuer plutôt que de l'admettre. L'aventurier, celui qui avait pris la croix pour aller vaillamment s'illustrer en Terre sainte, qui y avait gagné de plus grandes richesses et une réputation de héros, c'était son demi-frère. Peut-être cette audace et cette assurance étaient-elles dues aux soins attentifs d'une mère aimante. D'après ce que Desmond avait entendu dire dans sa jeunesse, la comtesse de Marlé était une dame de haut lignage dont l'alliance avait considérablement augmenté le prestige et la puissance des Marlé, contrairement à sa propre mère, une humble suivante qui avait profité du chagrin de son seigneur, après la mort soudaine de son épouse, pour le séduire.

À l'aide de potions et de filtres dont elle avait le secret, elle lui avait si bien embrouillé l'esprit qu'elle s'était fait épouser après l'avoir persuadé qu'il l'avait violée dans une crise de délire. Elle s'était vantée de ses forfaits devant son fils et lui avait transmis, avant de mourir, sa connaissance des poisons et des drogues.

Desmond avait mis à profit ces pernicieux secrets pour obtenir ce qu'il convoitait ou se débarrasser de ceux qui se dressaient en travers de son chemin. Il ne savait même plus combien de personnes il avait empoisonnées, leur souvenir s'étant évanoui au fur et à mesure de son ascension, comme ces songes qui s'évaporent aux premières lueurs de l'aube.

Sa seule mais toujours fidèle complice était sa demi-sœur, Mordea, qui avait été élevée par les sorcières amies de leur mère. Nul ne soupçonnait les liens qui les unissaient, et il l'avait engagée comme cuisinière en chef, ce qui lui permettait de la surveiller.

Sa première épouse avait d'emblée constitué un fardeau, et il avait profité de son accouchement pour s'en débarrasser. Il lui avait administré une potion de son cru, et elle était morte d'hémorragie sans que personne ne s'en étonne. Les habitudes se prennent vite, et il avait eu l'idée de renouveler le procédé avec sa deuxième épouse, avec le même succès. Il avait ainsi hérité de leurs biens, qui n'étaient pas négligeables.

Personne n'avait jamais soupçonné la façon dont il s'était défait de son demi-frère. Quelques gouttes d'un cordial un peu particulier dans le vin de Weldon lui avaient permis de pousser sans difficultés dans l'escalier cet homme beaucoup plus grand et vigoureux que lui. Il avait pris grand plaisir à regarder ce corps athlétique rouler sur les marches escarpées et, quand la tête de son frère avait violemment heurté la pierre, il avait eu du mal à étouffer un rire triomphant.

Tout s'était déroulé si aisément ! Cette nuit avait marqué pour lui le début d'une nouvelle vie. Elle lui avait confirmé qu'il était maintenant seul maître de son destin, et qu'il pouvait plier choses et gens à ses moindres désirs.

4

— Allons donc rejoindre Cordelia, suggéra Abrielle à Desmond, surprise et soulagée à la fois que sa répugnance ne la fasse pas trembler.

Mieux valait avoir un tiers entre eux, et son amie constituait un rempart providentiel. Mais qui tiendrait ce rôle une fois qu'ils seraient mariés ? Contre toute attente, elle espérait réussir à dissimuler ses craintes et ses mauvais pressentiments, et parvenir à faire bonne figure.

Elle s'absorba dans la contemplation des douves pour se donner le temps de se composer un visage serein. Un baiser sur la joue constitua une véritable épreuve, et elle ravala un haut-le-cœur en sentant l'haleine fétide de son fiancé. Un instant, elle craignit de ne pouvoir feindre plus longtemps et fut tentée de courir se réfugier dans les somptueux appartements mis à sa disposition. Il fallait se faire une raison, il était trop tard pour reculer, même si les engagements pris devaient la plonger dans un abîme de désespoir.

Quand Desmond lui demanda un instant pour aller donner des instructions à ses serviteurs, elle le lui accorda avec joie. Cordelia ne fit aucune remarque tandis qu'Abrielle s'accoudait au parapet, l'air morose.

— J'aimerais attendre mes noces avec autant d'enthousiasme que nos visiteurs en montrent pour la chasse.

— Comment peux-tu épouser un homme à qui tu ne peux te fier ? Un homme que tout le monde méprise, à commencer par toi. Quand tu m'as écrit pour m'annoncer ton mariage, j'avoue que j'ai été effarée.

Abrielle jeta un coup d'œil par-dessus son épaule pour vérifier que son fiancé était toujours occupé.

— Je n'avais pas le choix. J'ai accepté pour sauver ma famille. La générosité de Vachel envers son défunt père et envers ses chevaliers l'a complètement ruiné, confessa-t-elle.

— Tu veux dire que tu vas épouser ce monstre pour réparer les actions inconsidérées de ton beau-père ?

— Ce n'est pas sa faute, protesta Abrielle, qui expliqua en deux mots l'injustice dont Vachel avait été victime de la part de son père. Il préférait affronter la ruine plutôt que de m'obliger à ce mariage. C'est moi qui ai choisi de leur épargner cette honte, à ma mère et à lui.

— Dire qu'on prétend que seuls les chevaliers font preuve de noblesse ! Tu pourrais rivaliser avec les plus valeureux, crois-moi, s'écria Cordelia, les yeux pleins de larmes, en serrant la main de son amie.

— Ne parle de cela à personne, recommanda Abrielle. Vachel ne voudrait surtout pas qu'on juge mal son père. Et puis, ce vieillard perdait un peu la tête à la fin de sa vie, il ne s'est peut-être pas rendu compte de ce qu'il faisait.

— Avec ta permission, j'en parlerai à mes parents. Ils ont beaucoup d'estime pour ton beau-père.

— À eux et à personne d'autre, concéda la jeune fille, le regard dans le vague.

— À quoi penses-tu ?

— J'ai honte de l'admettre, mais je méprise mon fiancé plus que n'importe qui au monde.

— Les épreuves se révèlent parfois moins terribles qu'on ne le craignait. Tu es vaillante, et je suis sûre que tu surmonteras ta peur. Tu étais terrifiée par l'eau quand nous étions enfants, mais tu m'as quand même sauvée d'une horrible noyade. Tu te souviens ? demanda Cordelia, émue. Si tu n'avais pas surmonté tes craintes, je ne serais pas ici aujourd'hui.

Le regard d'Abrielle s'embua tandis qu'elle se remémorait la scène. Aiguillonnée par la peur de perdre sa meilleure amie, elle avait trouvé la force de pénétrer dans l'eau glacée pour aller à son secours.

— Je sais qu'il me faut être courageuse, soupira-t-elle, mais pour le moment, l'avenir me paraît si noir que même la mort me semblerait préférable. La perspective d'épouser une créature aussi méprisable m'accable, et je me demande si j'aurai la force d'affronter les servitudes de la vie conjugale.

Cordelia se détourna pour cacher son trouble. Elle ignorait ce qu'elle ferait à la place de son amie et ne savait comment l'aider. Toute à ses pensées, elle ne remarqua pas le petit groupe de cavaliers qui approchait avant qu'ils atteignent le chemin menant au pont-levis. Ils étaient six, mais la jeune fille n'avait d'yeux que pour le beau chevalier à la chevelure argentée qui caracolait en tête sur un magnifique étalon noir au port aussi fier et majestueux que son maître. Il avait beau avoir près de cinquante ans, Cordelia était certaine de n'avoir jamais vu plus bel homme dans tout le royaume d'Angleterre.

— Abrielle, jette discrètement un coup d'œil derrière toi et dis-moi si tu as déjà vu ces gentilshommes, souffla-t-elle. Si j'en crois ce qu'on raconte, ton futur époux déteste autant les Écossais qu'il méprise les Saxons. Ces gens ignorent le danger qu'ils courent en s'aventurant sur les terres des Marlé.

Abrielle s'exécuta, et son sang se glaça dans ses veines. Elle tourna aussitôt la tête vers Desmond qui, à son grand soulagement, n'avait pas remarqué les nouveaux venus, occupé qu'il était à morigéner un serviteur apeuré à grand renfort de gesticulations

— Cordelia ! Regarde le deuxième cavalier ! À moins que je ne sois victime d'une hallucination, c'est Raven Seabern.

Le cœur d'Abrielle battait si fort qu'elle avait l'impression que sa poitrine allait éclater. À quoi pensait donc cet homme en faisant irruption sur les terres des Marlé comme si on allait le recevoir à bras ouverts ? Était-il outrecuidant au point de ne pas se rendre compte que sa présence, sans parler de celle d'Écossais en armes, allait exaspérer tous les nobles à la ronde ?

S'efforçant de se ressaisir, elle se risqua à examiner le grand chevalier qui se tenait aux côtés de Raven. Remarquant son intérêt, il la dévisagea à son tour, un éclair de malice au fond de ses yeux d'un bleu profond. Quand il la vit s'empourprer, il lui adressa un sourire étincelant qui révéla de magnifiques dents blanches sous son épaisse moustache. Une petite fossette semblable à celle que possédait Raven creusait son menton soigneusement rasé. Malgré son âge, il la détailla de la tête aux pieds et, une fois son examen terminé, lui décocha un clin d'œil coquin qui la fit sursauter.

— Voici un homme bien effronté, remarqua Cordelia en dissimulant son amusement. Penses-tu qu'il s'agisse de Seabern père ?

— Tout ce qui les différencie, c'est l'âge et la couleur des cheveux, répondit Abrielle d'un ton aigre.

Sans se départir de son sourire, l'étranger inclina la tête de côté en haussant un sourcil comme s'il se demandait ce qui avait éveillé l'intérêt des deux jeunes filles. Après quoi, il lança un coup d'œil à son fils. Tout naturellement, Abrielle suivit la direction de son regard, et croisa celui de son sauveur, ce qu'elle avait soigneusement évité de faire jusqu'ici.

Cette fois, il ne se permit pas de la dévisager aussi effrontément que lors de leur dernière rencontre, mais l'interrogation muette qu'elle lut dans ses yeux outremer suffit à la faire rougir jusqu'à la racine des cheveux.

Un flot de questions se pressait dans sa tête, à commencer par la raison de sa présence ici. Avait-il complètement perdu l'esprit, ou avait-il oublié qu'il avait fait prestement décamper Desmond le Couard quand il l'avait secourue ? Plus intéressant : avait-il appris ses fiançailles avec messire le Pleutre, et cela avait-il un rapport avec sa soudaine apparition ? se demanda-t-elle, la gorge nouée.

Elle inspira à fond, et s'efforça de tenir en bride son imagination. C'était une chose que Raven soit passé par hasard ce soir-là, l'ait entendue crier et soit venu à son secours ; c'en était une tout autre qu'il se soit détourné de sa route pour venir là où il n'était pas le bienvenu afin de… Quoi ?

Une chose était certaine en tout cas, il n'avait pas été invité. Après l'humiliation qu'il avait fait subir à Desmond, c'était la dernière personne au monde que celui-ci convierait à ses noces. Il devait être là sur ordre de son roi, pour une importante mission. Mais quelle que soit la raison de sa présence, cela ne la concernait en rien. Elle aurait pourtant aimé savoir pourquoi il avait jugé bon de se faire accompagner par son père.

Cordelia glissa un coup d'œil à son amie, tandis qu'un sourire malicieux lui retroussait les lèvres.

— Il me semble qu'une jeune fille convenable ne devrait pas s'amuser à troubler un vieux chevalier. Voyons, il pourrait être ton grand-père, et voilà que tu lui mets le cœur sens dessus dessous.

— Qui donc a le cœur sens dessus dessous ? rétorqua Abrielle en coulant un regard plein de sous-entendus à son amie. Tu me parais beaucoup plus attirée que moi par cet Écossais.

— C'est qu'il est très bel homme, ne put nier Cordelia.

— Dans ce cas, tu devrais peut-être demander à Seabern le Corbeau de vous présenter, ironisa Abrielle avec une légèreté feinte. Il te doit bien cela, après tout.

Quand elle eut retrouvé ses esprits, Abrielle se sentit submergée par une vague de tristesse. Elle refusait de se l'avouer, mais cette rencontre lui rappelait ce que sa vie aurait pu, aurait *dû* être : une vie pleine et heureuse, aux côtés d'un homme de bien, avec une famille à elle. C'était la vie qu'elle aurait dû partager avec Weldon de Marlé, un rêve qui était mort avec lui. Les rêveries romantiques n'étaient plus de mise désormais, à moins de vouloir ajouter à son malheur. Son union avec Desmond s'annonçait comme le contraire de tout ce qu'une jeune fille pouvait attendre du mariage, il fallait se faire une raison. Bientôt, elle occuperait ses journées et son esprit en se consacrant aux devoirs incombant à une châtelaine ; en attendant, elle ne pouvait cependant s'empêcher de se demander à quoi ressemblerait la vie auprès d'un homme comme Raven. Il ne s'agissait, bien entendu, que d'une pure curiosité intellectuelle, mais elle devait reconnaître qu'une telle union ne serait peut-être pas déplaisante.

Non pas qu'elle songe sérieusement à épouser un autre homme que le comte de Marlé, à supposer qu'un nouveau prétendant se présente. Elle s'était engagée à sauver sa famille, et elle n'était femme à revenir sur sa parole, même si cet engagement lui répugnait. En outre, le prêtre lui avait expliqué que des fiançailles liaient les promis tout aussi légalement qu'un mariage ; il ne lui restait donc plus qu'à faire contre mauvaise fortune bon cœur et à accepter le triste avenir qui l'attendait.

Les nouveaux venus échangèrent quelques mots, descendirent de cheval et, tenant leur monture par la bride, se dirigèrent vers elles. Abrielle aurait volontiers pris ses jambes à son cou, de même qu'elle aurait souhaité n'avoir jamais rencontré cet Écossais au visage d'ange déchu, qui portait un surnom de rapace et dont l'arrogance n'avait d'égale que la séduction.

Les Écossais ne les avaient pas encore rejointes que Desmond se matérialisa soudain au côté des jeunes filles. Vu ce qui s'était passé entre les deux hommes, Abrielle s'attendait au pire. Mais si elle crut déceler dans le regard de son fiancé une étincelle qui ne lui disait rien qui vaille, il arborait cependant un sourire forcé et un air de satisfaction qui l'étonnèrent autant qu'ils l'inquiétèrent.

Si le plus âgé des visiteurs avait enfin détourné son regard malicieux des demoiselles pour concentrer son attention sur le châtelain, son fils ne prenait pas la même peine. Il ne cherchait même pas à dissimuler son intérêt pour Abrielle, qui sentit ses joues s'empourprer de nouveau. Elle ne l'avait pas revu depuis la nuit terrible où il était venu à son secours. Ce soir-là, elle s'était enfuie sans le remercier, sous le choc de l'agression à laquelle elle venait d'échapper et honteuse de ses vêtements déchirés.

Comment allait-il réagir en apprenant ses fiançailles avec Desmond ? se demanda-t-elle, mal à l'aise. S'imaginerait-il qu'elle était avide de richesses au point de se vendre à son agresseur, dont la fortune n'était un secret pour personne ? À cette pensée, son malaise ne fit que croître. L'opinion de cet étranger n'aurait pas dû lui importer, elle le savait, mais elle s'en souciait néanmoins. Il fallait à tout prix que cela change. À la première occasion, décida-t-elle, elle le remercierait comme elle aurait dû le faire, et ils en resteraient là.

Après s'être galamment inclinés devant les deux jeunes filles, Raven et son père se tournèrent vers le maître des lieux.

— Messire de Marlé, commença le plus âgé des visiteurs, vous nous voyez très honorés de votre invitation.

Abrielle dissimula à grand-peine sa surprise. Quelle raison pouvait bien avoir le châtelain d'inviter à son mariage celui-là même qui l'avait humilié ? Le premier choc passé, elle devina qu'il n'avait pu résister à la possibilité d'exhiber sa fiancée comme un butin afin de montrer à l'étranger qu'il avait eu le dernier mot. Ce Corbeau de malheur était sorti vainqueur du combat, mais c'était lui, Desmond de Marlé, qui avait remporté le trophée, et dans quelques jours, la belle serait à lui pour la vie.

Mais au fond, qu'importait au farouche Écossais ? Il n'avait montré aucun empressement à lui faire la cour quand il en avait eu l'occasion, se rappela-t-elle avec un pincement au cœur, son invitation à danser étant tout sauf spontanée.

En vérité, Desmond avait plusieurs raisons de recevoir ces étrangers. Fréquenter des hommes influents et respectés pouvait se révéler utile... quand bien même ils étaient Écossais. D'après ses renseignements, le père avait toujours été très proche de la famille royale, et depuis cinq ans, le fils servait d'ambassadeur au roi David pour les missions les plus délicates.

Il comptait aussi donner une leçon à Raven et lui apprendre à se mêler de ses affaires. Il allait lui montrer que la plus belle femme d'Angleterre lui appartenait, que lui seul avait le droit de la toucher, quand et autant qu'il lui plairait. Rien qu'à cette idée, il sc rcngorgcait commc un paon. Pour un peu, il se serait frotté les mains.

— C'est vous qui m'honorez, messire, ainsi que votre fils, en assistant à mes noces et en vous joignant à nous pour cette partie de chasse. On m'a rapporté que vous étiez les meilleurs chasseurs des Highlands et nombre de mes amis brûlent de se mesurer à vous. Les paris vont bon train, et votre arrivée va encore les faire monter, j'en suis sûr. Deux prix récompenseront ceux qui auront abattu le plus beau cerf et le plus gros sanglier, et je ne doute pas que vous tiendrez une place d'honneur dans la compétition.

Abrielle baissa les yeux pour ne pas laisser deviner son scepticisme.

— Mais je manque à tous mes devoirs, reprit Desmond en se tournant vers les jeunes filles. Mesdemoiselles, vous vous souvenez sûrement de l'émissaire du roi d'Écosse qui assistait aux festivités à Westminster, mais je crois que vous n'avez pas encore fait la connaissance de son père, lord Cedric Seabern.

— Je n'ai jamais rencontré beautés aussi radieuses, dit en souriant ce dernier en s'emparant des doigts fuselés de Cordelia pour y poser les lèvres. Vous êtes certainement des créatures célestes descendues du firmament pour nous réchauffer le cœur, à nous autres, pauvres mortels.

— On dit que les bardes écossais n'ont pas leur pareil pour trousser un compliment, et vous semblez partager ce talent avec eux, minauda Cordelia en lui retournant son sourire.

Cedric laissa échapper un rire ravi.

— Pour un sourire de vous, belle demoiselle, je pourrais chanter vos louanges jusqu'à la fin des temps.

— Connaissez-vous mon amie, lady Abrielle de Harrington ? fit Cordelia en se tournant vers celle-ci.

— Une autre divine créature ! Le pays qui vous a vue naître ne peut être que le paradis sur terre, et je serais tout prêt à m'y installer.

À tout prendre, Abrielle préférait le badinage du père au silence arrogant et au regard hardi de son fils.

— Je vous remercie, messire, et je suis honorée de faire votre connaissance, mais je dois vous avertir que ces murs abritent pour l'heure un grand nombre de guerriers normands qui peuvent se montrer hostiles. Si j'étais à votre place, je me garderais d'y pénétrer à moins d'être familiarisé avec les armes.

Il y eut un silence embarrassé, puis Cedric sourit et répondit :

— Je vous remercie de votre sollicitude, mais c'est pourtant là que nous devons loger. Ne vous inquiétez pas, nous ne craignons rien, mon fils et moi.

Raven, qui se tenait un peu en retrait, fit un pas en avant pour baiser à son tour la main de Cordelia.

— Je suis heureux de vous revoir, my lady. Mon père dit vrai, je n'ai pas eu le bonheur de rencontrer pareille beauté depuis notre rencontre à Westminster.

Cordelia le remercia d'un sourire et désigna sa compagne.

— Peut-être vous souvenez-vous de mon amie, lady Abrielle.

Abrielle n'avait jamais raconté à Cordelia l'agression de Desmond et l'intervention chevaleresque du bel étranger. À son grand soulagement, celui-ci se contenta de la saluer, son attitude ne laissant rien deviner de ce qui s'était passé.

— Bien sûr, répondit-il. C'est un plaisir de vous revoir, lady Abrielle. Messire de Marlé est un homme heureux d'avoir obtenu la main d'une aussi éblouissante beauté. J'imagine combien de soupirants malheureux vont se lamenter sur votre perte.

Le jeune homme sentait sur lui le regard inquisiteur du maître des lieux, et ce fut ce qui le décida à prendre la main d'Abrielle. Les doigts de la jeune fille tremblèrent légèrement entre les siens tandis qu'ils les portaient lentement à ses lèvres.

Il aurait fallu être idiot pour ne pas avoir compris la raison de l'invitation de Marlé. Ce ruffian voulait parader devant lui avec sa future épouse, danser avec elle, la toucher, le narguer et voir quelle serait sa réaction. Eh bien, décida-t-il, il allait de son côté lui offrir un spectacle dont il se souviendrait.

La tête inclinée, il fit une pause à un cheveu de la petite main si douce, et, levant les yeux, soutint le regard de la jeune fille. Il percevait avec acuité sa présence, son parfum, la façon dont elle avait retenu son souffle tandis que le sien caressait sa peau délicate. Il espérait que Marlé était attentif, car il fallait être un maître pour obtenir une telle réaction d'une femme en faisant si peu, et Raven en était un. Il garda la main d'Abrielle dans la sienne une interminable seconde avant de l'effleurer enfin des lèvres, puis de la lâcher.

— Je vous remercie, messire, vous maîtrisez parfaitement l'art du compliment, rétorqua-t-elle sans se compromettre, soucieuse avant tout d'éviter un éclat entre son fiancé, dont elle sentait la tension, et Raven Seabern, qui arborait une expression suffisante.

— Mon père m'a appris la franchise, my lady, aussi croyez que je suis sincère lorsque j'affirme que lady Cordelia et vous-même êtes des joyaux rares qui me laissent béat d'admiration.

Pas suffisamment béat, toutefois, pour lui accorder un baiser comme il venait de le faire lorsque cela aurait pu avoir de l'importance, songea Abrielle.

Cordelia non plus n'était pas insensible à la prestance de Raven, et elle ne put résister au plaisir de faire enrager le bedonnant châtelain en mettant en valeur son invité.

— Qu'est-ce qui vous amenait à Westminster pour l'hommage à lord Berwin et aux autres barons ? s'enquit-elle d'un air innocent, comme si elle ne connaissait pas déjà la réponse. J'espère que je ne suis pas indiscrète.

— Je ne suis pas familier des palais, mais notre roi David me fait parfois l'honneur de m'envoyer en ambassade, et je vais là où le devoir m'appelle. Il est rare cependant que mes obligations me donnent l'occasion de rencontrer d'aussi charmantes jeunes filles.

Comme l'avait deviné Cordelia, ces échanges fleuris agaçaient prodigieusement leur hôte, qui commençait à donner des signes d'impatience.

— Ayez la bonté de vous présenter à mon intendant, intervint-il, afin qu'il vous mène à vos appartements. Nous ferons plus ample connaissance ce soir, lorsque nous festoierons dans la grande salle. Nous partirons de bon matin pour chasser le cerf, tandis qu'après-demain ce sera le tour du sanglier. Ceux qui rapporteront les plus belles prises recevront leur prix le soir même. Après cette chasse, soit dans trois jours, lady Abrielle et moi célébrerons notre union. Nous donnerons un grand banquet, qui réunira tout le comté. Vous y serez, bien entendu, nos hôtes d'honneur.

Selon Abrielle, Desmond perdait son temps. L'Écossais n'avait jamais manifesté un intérêt sérieux pour elle, aussi, en quoi son sort pouvait-il l'intéresser et, a fortiori, le rendre jaloux ? Elle pouvait bien épouser le diable, il s'en moquait comme d'une guigne. Cette farce cruelle ne blessait qu'elle.

— Nous sommes heureux d'être vos invités, assura Raven qui s'inclina, la main sur la poitrine. Vous pouvez compter sur notre présence à chacune de ces réjouissances.

Il regarda autour de lui comme pour admirer le paysage, mais seule Abrielle l'intéressait. Il avait gardé un souvenir ébloui de la jeune fille et aucune autre n'avait jamais été si près de lui ravir son cœur. Il sentait en elle une certaine froideur qu'il ne s'expliquait pas. Elle était fiancée, certes, mais pour une raison qui lui échappait, elle se donnait beaucoup de mal pour éviter jusqu'à son regard.

Le maître de céans offrit la main à sa future épouse, qui ne put s'empêcher de comparer ce geste à celui, semblable, de Raven quelques instants plus tôt. Le contraste était saisissant entre la grâce et l'aisance du guerrier altier et la lourdeur pataude du châtelain.

Son contact lui répugnait, et elle dut prendre sur elle pour lui sourire aimablement. Si seulement l'Écossais n'avait pas accepté la perfide invitation de Marlé, elle ne se serait pas laissée aller à des rêveries stupides, ne se serait pas imaginée mariée à un homme aussi jeune, beau et insolent que lui. Une fois de plus, elle dut faire un effort pour se rappeler qu'il n'avait jamais manifesté le désir de lui faire la cour. Il n'avait même pas demandé à être présenté à ses parents ! S'il songeait à prendre femme, il devait chercher un beau parti, richement doté, comme les autres. Et comment le lui reprocher ? Si elle-même consentait à épouser Marlé, c'était bien parce qu'il avait hérité de la fortune de Weldon.

Bombant le torse, le châtelain salua les Écossais comme s'il les passait en revue, puis entraîna Abrielle à sa suite. Quand ils pénétrèrent dans la cour, les invités se pressèrent pour les saluer et leur offrir leurs vœux de bonheur. Abrielle laissait son fiancé répondre, un sourire contraint sur les lèvres. Elle se sentait étrangère à elle-même et à tout ce qui l'entourait, telle une marionnette dont Desmond aurait tiré les ficelles.

Elle aurait voulu se cacher dans un trou de souris pour pleurer toutes les larmes de son corps, et n'aurait pas été plus désespérée en montant à l'échafaud.

La nuit était déjà bien avancée, mais Abrielle ne parvenait pas à trouver le sommeil. Elle se sentait oppressée. Seuls quelques jours la séparaient de la funeste cérémonie qui l'unirait au sire de Marlé pour le meilleur et pour le pire, jusqu'à ce que la mort les sépare.

Le pire lui paraissait l'emporter, et elle n'osait imaginer ce qui l'attendait pour satisfaire à ses obligations conjugales. Les sanglots l'étouffaient, mais elle n'osait s'y abandonner de peur de réveiller ses parents, qui dormaient dans la chambre contiguë. N'y tenant plus, elle sauta à bas de son lit et se précipita hors de sa chambre pour jouir enfin de quelques instants de solitude.

Frissonnant dans les courants d'air, elle s'arrêta au détour d'un corridor qui menait au donjon. Seule la clarté de la lune à travers les vitraux colorés éclairait le dallage de lueurs sanglantes. Ici au moins, elle pouvait pleurer sans crainte, et malgré le froid, elle trouva un peu de réconfort dans cette solitude. Mais sa tranquillité fut de courte durée.

En effet, au bout de quelques minutes, elle perçut une présence. Quelqu'un l'observait, tapi dans l'ombre, elle en était sûre. Alarmée, elle scruta les ténèbres qui l'entouraient. Qui pouvait l'espionner ainsi ? Desmond ? Depuis son arrivée, il ne lui laissait que de rares instants de répit, s'arrangeant pour qu'elle ne soit jamais seule longtemps et l'accablant de ses prévenances.

L'avait-il suivie cette nuit en espérant la surprendre comme il l'avait fait à Westminster ? Avait-il tellement hâte de la posséder qu'il ne pouvait même pas lui laisser ces quelques malheureuses journées de paix et d'intimité ? Peut-être s'agissait-il d'un inconnu, d'un domestique ou d'un garde ? Elle ne savait ce qui l'effrayait le plus, d'un soudard ou de son fiancé.

— Desmond ? appela-t-elle doucement en s'efforçant de ne pas laisser transparaître sa peur dans sa voix.

Desmond régnait ici en maître absolu, et même si elle criait, personne ne viendrait s'interposer entre le châtelain et elle. Il ne fallait pas non plus espérer qu'un sauveur passerait opportunément par là pour l'aider. Même Raven Seabern hésiterait sans doute à intervenir une seconde fois.

Elle ne devait compter que sur elle-même. Après tout, c'était elle qui s'était mise dans ce mauvais pas. Elle était convaincue que l'importun était bien son fiancé, même s'il n'avait pas répondu quand elle l'avait appelé. Cela lui ressemblait de rester tapi dans l'ombre pour jouir de sa peur. Il s'imaginait peut-être qu'elle tomberait dans ses bras de soulagement quand il consentirait à se montrer.

Eh bien, elle allait l'attendre de pied ferme, et s'il se permettait la moindre privauté, elle lui rappellerait qu'il lui devait protection, comme à tous ceux qui étaient sous son toit, et que l'honneur commandait qu'il patiente jusqu'à la bénédiction nuptiale. S'il refusait de l'écouter, elle prendrait la fuite avant qu'il ait eu le temps de la toucher.

Le silence s'éternisait. Abrielle était à bout de nerfs lorsque retentirent des pas lents mais décidés. Une ombre passa devant le rayon de lune, obscurcissant un instant la fenêtre à meneaux. Instinctivement, elle empoigna le bas de sa chemise de nuit, prête à s'enfuir au premier geste suspect.

— Desmond ? répéta-t-elle un peu plus fort. Est-ce vous ?

— Non, lady Abrielle, ce n'est que moi, répondit une voix trop grave, trop masculine, et bien trop caressante pour appartenir au châtelain. J'espère que vous n'êtes pas trop déçue.

5

Elle n'était certainement pas déçue, mais elle aurait été incapable de définir l'étrange sentiment qui l'avait saisie en reconnaissant Raven, dont la haute silhouette se découpait à la pâle clarté de la lune. Pourquoi éprouvait-elle cette étrange appréhension ? Puisque l'intrus n'était ni le seigneur des lieux ni un inconnu quelconque, elle aurait dû être soulagée.

Les convenances et la simple prudence auraient voulu qu'elle batte en retraite, mais elle ne fit pas un mouvement, comme si une force invisible la clouait au sol, comme si plus rien n'existait que le séduisant jeune homme qui la contemplait sans chercher à dissimuler son intérêt. Quel étrange pouvoir possédait-il donc pour qu'un seul de ses regards suffise à embraser sa chair ? Une jeune fille convenable aurait dû se réfugier sagement dans ses appartements, mais Abrielle se sentait irrésistiblement attirée vers lui.

— Alors, êtes-vous déçue ? insista-t-il. Si tant est que vous ayez quitté la chaleur de votre lit pour un rendez-vous galant, je suis un bien pauvre substitut, j'en conviens. Comme vous l'avez peut-être remarqué, j'ai peu en commun avec l'homme de vos rêves. Je parle de notre hôte, bien entendu, précisa-t-il comme elle battait des paupières, l'air perdu.

— C'est vous qui avez des raisons d'être déçu, j'en ai peur, messire.

— Comment pourrais-je être déçu alors que le ciel a eu la bonté de récompenser ma promenade nocturne par la vision céleste de la plus belle femme du monde ?

— Vous êtes bien le fils de votre père, rétorqua-t-elle en levant les yeux au ciel pour dissimuler le trouble que suscitaient ces paroles. Mais comme vous n'avez pas d'auditoire à impressionner, vous pouvez faire l'économie de tous ces beaux compliments. Je n'ai rendez-vous avec personne, voyez-vous, ni avec notre hôte ni avec qui que ce soit.

— Êtes-vous sûre de me connaître assez pour savoir qui je cherche à impressionner ? murmura-t-il en se rapprochant dangereusement.

— Je n'ai nul besoin de vous connaître mieux, de cela je suis sûre.

— Au temps pour moi, fit-il, une trace d'amusement dans la voix. Cela dit, je m'explique mal votre présence en tenue légère dans ce corridor plein de courants d'air, à une heure où la plupart des fiancées s'abandonnent à de doux rêves d'amour.

— Vous me voyez pleine d'admiration pour votre science des fiancées, messire. Je ne peux parler que pour moi-même, et il se trouve que je n'arrivais pas à trouver le sommeil. J'ai pensé qu'un peu d'air frais m'apporterait peut-être ces doux rêves d'amour auxquels vous faites allusion, mais je me suis aventurée plus loin que je n'en avais l'intention.

— Il est facile d'aller trop loin dans un si beau château, concéda-t-il.

Il fit un pas en avant, et le cœur d'Abrielle s'emballa de plus belle.

— En effet. Je devrais dominer ma nervosité, mais un mariage suscite tant d'heureuses espérances…

Ces paroles faillirent rester coincées dans sa gorge, mais Raven ne devait à aucun prix deviner dans quelle situation désespérée se trouvait sa famille. Elle avait perdu son père, son premier amour, sa fortune, sa position dans le monde et tous ses rêves d'avenir, mais elle ne céderait pas ce qu'il lui restait de fierté !

— Pardonnez mon impertinence, my lady, mais je crois me souvenir que, lors de notre dernière rencontre, le sire de Marlé tentait de vous molester. Est-ce là ce qui suscite en vous tant d'heureuses espérances ? Ou me suis-je mépris, cette nuit-là ? Je n'aurais peut-être pas dû venir à votre secours.

Abrielle se hérissa, d'autant qu'il paraissait se délecter de son embarras.

— Ce qui s'est passé cette nuit-là n'était… qu'un malentendu entre le sire de Marlé et moi, balbutia-t-elle. Il a été éclairci depuis, fort heureusement.

Le visage de Raven se durcit tandis qu'il rétorquait d'un ton cinglant :

— Un malentendu ? Il avait peut-être oublié qu'il n'avait pas encore demandé votre main, que vos parents n'avaient pas encore accepté sa demande, que vous n'étiez donc pas fiancés et que, de toute façon, cela ne lui aurait donné aucun droit sur votre personne, pas même celui de vous effleurer.

— C'était un effet de son impatience, articula Abrielle d'une voix blanche en s'efforçant de faire bonne figure.

— J'espère que vous ne pensez pas vraiment ce que vous dites, ou, pis, que vous ne vous imaginez pas qu'une telle « impatience » est normale chez un homme, gronda-t-il, tremblant de colère. Un homme d'honneur sait se contenir, quel que soit le désir qui le dévore. Un homme d'honneur sait que certaines choses se méritent et valent la peine qu'on patiente.

Pour des raisons qui n'avaient rien d'honorables, ces paroles réchauffèrent le cœur de la jeune fille. Tout en lui, de sa fureur contenue à la ferveur de son ton, disait assez qu'il était cet homme d'honneur. Mais elle se devait de défendre son futur époux, quoi qu'il lui en coûtât.

— J'ose espérer que vous n'insinuez pas que mon fiancé ne se conduit pas de façon honorable.

— Peu importe ce que je pense. La question qui compte est : que pensez-vous de lui ? répondit-il avec, dans le regard, une compassion inattendue.

C'était plus qu'elle n'en pouvait supporter.

— Oh, par pitié ! s'exclama-t-elle. Si vous avez une si piètre opinion de lui, pourquoi avez-vous accepté son invitation ?

— Par curiosité, pour ne rien vous cacher.

— Vous vouliez connaître ses raisons ?

Il eut un sourire sardonique.

— Non. Elles me paraissent évidentes. S'il désirait ma présence, c'était pour exhiber sa conquête devant moi.

C'était bien ce qu'elle pensait, mais il n'avait pas besoin de le savoir.

— Ce château n'est pas loin de la frontière écossaise. Peut-être voulait-il simplement montrer sa bonne volonté au roi David.

— Dans ce cas, c'est le roi qu'il aurait dû inviter. Vous regrettez déjà d'être venu ?

Il hésita longuement, et la gêne entre eux devint palpable.

— Non, my lady. Pour vous revoir, j'étais prêt à braver cent fois pire.

Jamais Abrielle n'avait senti une telle chaleur dans sa voix, et elle ne pouvait avoir aucun doute sur sa sincérité. Elle aurait voulu se jeter dans ses bras, mais cet élan céda vite la place à la colère. Comment osait-il tenter ainsi une jeune fille sur le point de se marier ?

— Il me semble que maintenant, c'est vous qui manquez à l'honneur, siffla-t-elle avant de faire volte-face.

Raven la suivit à distance tandis qu'elle courait se réfugier dans ses appartements. Il attendit pour tourner les talons le bruit du loquet retombant de l'autre côté de la lourde porte de chêne. Pourquoi la sécurité de la jeune fille lui importait-elle tant ? Pourquoi perdait-il tout sens de la bienséance dès qu'elle était à proximité ?

Il se remémora alors sa silhouette gracile se découpant au clair de lune, sa chevelure d'or roux flottant sur ses épaules, et l'émoi qu'il avait éprouvé alors s'empara de nouveau de lui. Il avait toujours eu du succès avec les femmes et n'avait rien d'un novice en la matière, mais jamais aucune ne l'avait troublé comme Abrielle. Il lui suffisait de la regarder pour abandonner toute prudence, et peut-être – comme elle l'avait suggéré – abdiquer un peu de ce sens de l'honneur dont il s'enorgueillissait.

Dieu, elle avait raison, et il se méprisait d'être si faible. S'il avait eu une once de bon sens, il aurait immédiatement quitté ce château. Pourquoi s'infliger la torture de la voir, parée de ses plus beaux atours, sortir de la chapelle au bras de Desmond de Marlé ?

Il devrait partir, mais il ne le ferait pas. Il aurait l'air de fuir, et jamais personne n'avait vu Raven

Seabern prendre la fuite. Il resterait, quoi qu'il lui en coûtât, et il accorderait à son hôte sa misérable revanche. Comme ambassadeur du roi d'Écosse, il avait appris à tenir ses émotions en bride. Il mènerait la bataille la plus dure qu'il ait jamais dû affronter et regarderait sans ciller la seule femme qui lui ait jamais fait battre le cœur en épouser un autre.

Les premiers rayons du soleil auréolaient de rose les bois environnant le château. Dans l'immense cour extérieure, des serfs aux joues creuses et au regard terne s'affairaient devant des tréteaux chargés de nourriture. Dès que les chasseurs avaient terminé, ils se hâtaient d'emporter les restes et beaucoup enfournaient discrètement quelques miettes dans leur bouche.

Les participants s'interpellaient d'une table à l'autre, évaluant l'équipement de chacun, échangeant plaisanteries et vantardises au milieu d'éclats de rires sonores. La horde de chiens qui couraient en tous sens pour se disputer le moindre déchet de viande ajoutait à la cacophonie.

Au milieu de toute cette agitation, certains chasseurs plus expérimentés se distinguaient par leur calme. Après s'être sobrement restaurés, un peu à l'écart du tumulte, ils inspectaient sans mot dire leurs flèches et leurs javelots. Les deux Écossais étaient bien entendu de ceux-là.

Raven aiguisait en silence la pointe de ses javelots pour la chasse au sanglier du lendemain. Il n'avait pas oublié la rencontre de la nuit passée, et l'émouvante image d'Abrielle dansait encore devant ses yeux. Il ne pouvait plus ignorer le désir farouche qu'elle lui inspirait. Pour que cette fleur délicate puisse s'épanouir, il faudrait l'entourer de soins attentifs, et il doutait fort qu'un misérable tel que de Marlé en soit capable. Le jeune homme craignait fort qu'elle ne survive pas longtemps à cette déplorable union.

— Nous n'avons pas eu beaucoup l'occasion de parler, ces derniers temps, mon fils, commença Cedric tout en inspectant soigneusement la lame qu'il venait d'affûter. Je profite donc de ces quelques instants de tranquillité. Je t'avais prévenu que le sire de Marlé chercherait sans doute à se venger de toi, et la façon dont il te regarde me laisse à penser que j'avais raison.

— Vous ne trouvez pas cette soudaine affection qu'il ressent à mon endroit convaincante ? ironisa Raven.

— Pourrais-tu expliquer à ton vieux père pourquoi tu as absolument tenu à venir te jeter dans la gueule du loup ?

— Vous n'êtes pas veuf depuis si longtemps que vous ne puissiez admirer un joli visage, père. Vous avez vu par vous-même combien la belle est séduisante.

— Tu parles de lady Cordelia, j'espère.

— Non, c'est Abrielle qui m'a volé mon cœur.

— C'est bien ce que je craignais, soupira Cedric. Il m'a suffi de voir comme tu la regardais pour le deviner, et c'était avant même de surprendre les regards qu'elle te lance à la dérobée. Aurais-tu oublié que nous sommes ici pour assister à son mariage avec le seigneur du château ?

— Je n'ai pas demandé à être invité, père. C'est Marlé qui a pris l'initiative. Il est vrai que j'aurais donné cher pour ne pas voir cette malheureuse unie pour la vie à cette canaille, mais ils sont promis l'un à l'autre, et je suis bien obligé d'en prendre mon parti, rétorqua Raven alors que tout son être s'insurgeait. Évidemment, je me demande ce qu'il a en tête, enchaîna-t-il, pressé de changer de sujet. Je ne pense pas qu'il ait réellement de mauvaises intentions envers nous, mais si c'est le cas, cela pourrait se révéler intéressant. Et peut-être amusant.

— Je ne sais pas si Abrielle apprécierait que ces noces tournent à l'affrontement, objecta le vétéran. Bien sûr, tu aurais le droit de te défendre, mais comme de Marlé a presque le double de ton âge et de ton poids, et que tu as deux têtes de plus que lui, je ne sais pas si la bande de ruffians qui l'entoure trouverait le combat équitable.

— Oh, je n'ai aucune intention de le provoquer, rassurez-vous ! En outre, la fiancée m'a fait clairement comprendre qu'elle ne veut pas de mon aide. Pourtant, je me sens... coupable.

— Tu n'as rien à te reprocher, fils. Tu ne sais même pas pourquoi elle a jeté son dévolu sur Marlé.

— Parce qu'elle n'avait pas le choix, j'imagine.

— Quelles que soient ses raisons, ce n'est pas notre affaire.

Raven hocha la tête sans répondre. Il s'était dit cela cent fois, sans jamais réussir vraiment à s'en convaincre.

Abrielle passa la première journée de chasse en compagnie des autres dames. Elles étaient venues saluer le départ des chasseurs et les encourager. Certaines avaient donné à un mari, un fiancé ou un soupirant un gage de leur tendre affection, que l'heureux élu arborait fièrement à la manche.

Elle remarqua bien vite que les hommes s'écartaient, que les conversations cessaient dès que les Écossais apparaissaient. Les compagnons de Desmond, quant à eux, ne se privaient pas de brailler des plaisanteries de mauvais goût. Abrielle adressa une supplique muette à son fiancé, qui les fit taire d'un geste impérieux. Ce calme précaire ne disait rien qui vaille à la jeune fille, pas plus que le regard inquisiteur de son futur époux.

Le soir venu, les chasseurs déposèrent leur butin devant Thurstan. Il était évident que Cedric l'avait emporté, et de loin, mais les hésitations et la répugnance du jeune homme à lui remettre le prix n'échappèrent pas à Abrielle.

Au souper, personne ne voulut s'asseoir à la même table que les deux Écossais. Ces derniers ne parurent pas s'en offusquer, et ils mangèrent avec appétit. Mais l'hostilité des Normands comme des Saxons était palpable, et Abrielle échangea avec Cordelia un regard soucieux.

— Ce n'est pas une façon de traiter des invités, chuchota-t-elle.

— Tu ne peux pas intervenir, tu n'es pas encore châtelaine, rétorqua son amie.

— Je le sais, mais ces gens se comportent comme si les Seabern nous avaient personnellement attaqués, alors qu'ils viennent des Hautes Terres, et non de l'autre côté de la frontière. Et je ne tiens pas à ce qu'une bagarre vienne tout ruiner.

— Si le mariage était repoussé, tu ne serais pas contente ?

— Cordelia ! s'indigna lady Grayson, qui avait surpris l'échange.

— Je ne tiens pas à ce que la cérémonie soit différée, assura Abrielle d'un ton ferme, bouleversée par l'expression désespérée de son beau-père. Mais puisque ce château sera bientôt le mien, les amis de Desmond doivent apprendre à se conduire correctement. En outre, si une bagarre éclate, pense que nos pères seront obligés de prendre parti.

— Tu as raison, ma chérie, intervint Elspeth. Nous savons de quoi sont capables les hommes quand ils se laissent entraîner à de stupides querelles. Souviens-toi comment ton père a relevé ce défi qui nous l'a enlevé.

— Il ne faut pas que cela se reproduise, décréta Abrielle qui se leva pour se diriger vers la table la plus proche.

Raven s'arrêta de manger. Elle voguait gracieusement au milieu de cette assemblée tumultueuse avec l'assurance d'un navire amiral, et tout s'apaisait sur son passage. Elle s'arrêta à chaque table, adressant un sourire à chacun. Il ne distinguait pas ses paroles, mais aux coups d'œil furtifs que beaucoup leur jetaient, à son père et à lui, il devina quel était l'objet de la conversation.

— Ferme la bouche, mon fils, sinon tu vas gober toutes les mouches du château !

— Que fait-elle ?

— Elle calme ses invités.

Le jeune homme s'obligea à observer les réactions de Desmond. Son visage s'était illuminé lorsque Abrielle s'était levée. Il croyait sans doute qu'elle venait le rejoindre, mais lorsqu'il la vit se diriger vers d'autres tables, il se rembrunit. Le regard qu'il lança aux Écossais quand il comprit de quoi il retournait était si venimeux que des hommes moins aguerris seraient rentrés sous terre.

Raven faisait de son mieux pour ignorer ce qui se passait, mais c'était un exercice difficile tant il était captivé par la jeune fille, ses gestes, ses expressions. Durant le mois écoulé, il n'avait pu la chasser un seul instant de ses pensées, et depuis qu'il se trouvait sous le même toit qu'elle, il ne rêvait que de la prendre dans ses bras, de la caresser, de la faire sienne. Il devait faire appel à toute sa science de la diplomatie pour demeurer impassible. Desmond était peut-être un rustre, mais ce n'était pas un imbécile, et ses dispositions n'avaient rien d'amicales. Si un regard avait pu tuer, l'héritier des Seabern serait tombé raide mort dans l'instant, il le savait.

À son grand soulagement, Abrielle ne vint pas jusqu'à leur table. Elle se dirigea vers son futur mari, à qui elle adressa son plus radieux sourire. Raven aurait donné tout l'or du monde pour pouvoir défier ce châtelain vaniteux et gagner le droit de plonger le regard dans ces yeux d'aigue-marine.

Devinant les sentiments qui agitaient son fils, Cedric lui décocha un coup de genou sous la table en manière d'avertissement. En réponse, le jeune homme feignit de se concentrer sur son repas.

Desmond, quant à lui, s'empara de la main de sa promise et y déposait un baiser. Il y eut quelques plaisanteries lestes dans l'assistance, et la jeune fille rougit.

Mais le maître des lieux ne parvenait pas à oublier le mal qu'elle s'était donné pour calmer l'hostilité des invités envers les étrangers. Son plan pour se venger de Raven Seabern en paradant devant lui avec sa fiancée ne se déroulait pas comme prévu. Il savait certes que l'Écossais brûlait toujours pour Abrielle, mais c'était le cas de tous les hommes présents, et son adversaire cachait ses ardeurs plutôt mieux que les autres.

Pis, Desmond avait remarqué avec quel soin la jeune fille évitait de croiser le regard de Seabern, comme si elle craignait ce qu'elle pourrait ressentir.

Il ne pouvait le supporter et allait devoir modifier ses plans. Son neveu Thurstan tenait en réserve une poignée d'hommes de main résolus, et il était temps de les faire intervenir. Que deux guerriers vigoureux succombent à un quelconque poison ne manquerait pas de susciter des rumeurs, tandis qu'une attaque de brigands ferait un trépas tout à fait crédible.

Le crépuscule approchait lorsque Raven et Cedric arrêtèrent leurs montures de l'autre côté de la rivière. Ils se trouvaient encore assez loin du château, là où le courant était plus fort et où le cours d'eau se divisait en une multitude de ruisseaux peu profonds. Ils avaient aperçu la veille un groupe de sangliers encore jeunes, mais suffisamment gros pour être abattus.

Avec la multitude qui battait la campagne depuis deux jours, le gros gibier était allé chercher refuge à bonne distance. Le père et le fils avaient donc décidé de s'éloigner, non seulement pour améliorer leurs chances de trouver des proies dignes d'eux, mais aussi pour se mettre à l'abri d'une flèche ou d'un javelot égarés. Ce terrain humide et accidenté ne présentait aucune difficulté pour ces Highlanders aguerris, habitués aux montagnes escarpées et aux marécages imprévisibles. Mais ceux qui avaient eu quelques velléités de les imiter avaient bien vite renoncé.

La lumière déclinait déjà quand les deux hommes repérèrent les traces d'un sanglier de taille imposante. Ils avaient suivi sa piste jusqu'à un ruisseau qui se perdait dans d'épais taillis ombragés d'arbres centenaires. En silence, Raven signala à son père une branche cassée au pied d'un mélèze, puis se pencha sur le côté pour sonder les fourrés de son épieu. Il découvrit un vieux mâle aux superbes défenses qui avait trouvé refuge derrière le tronc. Un grommellement furieux déchira le silence tandis que le solitaire s'élançait.

Le jeune homme fit pivoter sa monture pour lui faire face. L'animal s'immobilisa un instant pour observer de ses petits yeux injectés de sang cette présence menaçante, puis se mit à fouailler frénétiquement le sol de son boutoir, projetant des mottes de terre de tous côtés, avant de charger.

Raven n'eut que le temps de faire faire un écart à son cheval tandis que le sanglier le dépassait et s'enfonçait sous la basse ramure d'un arbre.

Lorsqu'il revint à la charge, le jeune Écossais l'attendait de pied ferme. Le javelot frappa sa cible de plein fouet, embrochant la bête qui se débattit en poussant des grommellements désespérés. Il recula en titubant, ses mouvements s'espacèrent et, avec un long cri d'agonie, il s'abattit lourdement sur le sol.

Raven se dressa sur ses étriers, prêt à mettre pied à terre, lorsqu'un javelot l'effleura, lui balafrant la joue. Sans se soucier du sang qui perlait sur son visage, il suivit des yeux la trajectoire du javelot. Le trot précipité de cavaliers qui traversaient le ruisseau le fit se retourner, prêt à livrer bataille. Il éperonna sa monture pour arracher la lance fichée dans un tronc derrière lui, l'assura dans sa paume et chargea, suivi de Cedric, les deux brigands casqués et masqués qui les attaquaient.

Le premier décrocha la lourde hache qui pendait au flanc de sa jument et la brandit au-dessus de sa tête en se ruant sur Raven.

La lance levée au-dessus de l'épaule, le jeune homme l'attendait de pied ferme. Voyant le père s'élancer pour protéger le fils, l'autre malandrin obliqua pour l'intercepter, une lourde masse d'armes tournoyant au-dessus de sa tête.

La claymore de Cedric étincela tandis qu'il la tirait de son baudrier avant d'éperonner son cheval. Avec un cri de guerre qui glaça d'effroi son adversaire, il fondit sur ce dernier. La longue épée écossaise décrivit un cercle étincelant, et la tête du gredin vola dans les airs.

Sans prêter attention au corps décapité qui s'effondrait, entraîné par la masse d'armes, Cedric fit volte-face à l'instant où l'autre brigand était transpercé par le javelot de Raven.

— Il t'en a fallu du temps pour venir à bout de cette canaille, plaisanta-t-il après s'être assuré que le jeune homme n'était pas blessé.

— Honneur aux anciens! Je ne voulais pas vous vexer en vous prenant de vitesse. Et puis, j'étais désarmé ; il fallait que j'aille récupérer le javelot dans l'arbre, ce qui m'a ralenti.

— La belle excuse!

Mais Cedric avait beau feindre un cœur léger, cette tentative d'assassinat sur la personne de son fils l'emplissait d'une rage froide.

— Qui sont ces misérables, selon toi? reprit-il. Et qui peut les avoir envoyés?

Raven mit pied à terre, attacha les montures de leurs assaillants à un arbre et entreprit de débarrasser les cadavres de leurs casques.

— À mon avis, ce sont de simples soldats. Quant à savoir qui les a envoyés, à part le seigneur de Marlé, je ne vois pas qui pourrait nous en vouloir. Cela dit, j'ai du mal à croire qu'un homme sur le point d'épouser une jeune fille aussi délicieuse qu'Abrielle ait des idées de meurtre.

— Je te rappelle qu'en venant au secours de cette jeune fille, tu l'as non seulement humilié, mais tu as mis en lumière sa lâcheté.

— Et j'imagine que voir sa fiancée calmer l'hostilité de ses invités n'a pas dû arranger son humeur !

— La façon dont il te regardait ne m'a pas plu du tout, admit Cedric.

— Vous croyez qu'il doute de la loyauté de sa promise au point de tuer ?

— Pour ma part, c'est de la vision de cette jeune fille que je doute. Qu'une aussi jolie personne consente à épouser cet abominable crapaud me donne envie de pleurer !

— N'est-ce pas la preuve qu'elle doit se trouver dans une situation désespérée ? Nous ne savons pas tout. Je suis sûr que si le sire de Gérard a accepté ce mariage, c'est qu'il n'avait pas le choix.

— Quelles sont tes intentions, à présent ? Si nous prolongeons notre séjour dans cette hospitalière demeure, il faudra s'attendre à affronter d'autres fripouilles du même genre.

— Avec le même résultat ! Je ne veux parler que pour moi, père, mais je compte rester, et même après le mariage. Si les choses tournent mal, Abrielle aura besoin de protection.

— Certes, mais pas forcément de la tienne.

— Je reste, répéta Raven, l'air buté.

— Marlé ne sera pas long à trouver d'autres sbires pour t'assassiner, insista Cedric. Quand on lui aura ramené ces pauvres bougres, il sera encore plus déterminé à t'éliminer.

Raven réfléchit un moment avant de déclarer :

— Quoi qu'il en soit, je tiens à lui rapporter ces cadavres. Je veux qu'il sache qu'il faudra plus de deux soldats pour venir à bout de nous. Avec de la chance, cela lui fera craindre pour sa vie. Je compte me donner un peu de temps, mais, tôt ou tard, j'aurai une explication avec ce ruffian. Ses relations avec sa fiancée ne me regardent peut-être pas, mais ces deux-là, ajouta-t-il en désignant les malandrins, si!

— Qui sait? le crapaud aura peut-être une attaque en voyant que nous nous sommes débarrassés de ses soudards.

— Une attaque mortelle ne serait pas pour me déplaire. Lady Abrielle serait libre.

— Libre d'en choisir un autre, tu veux dire?

— Vous savez, père, vous lisez si aisément dans mes pensées que je me demande parfois pourquoi je me donne la peine de les exprimer à voix haute.

— Peut-être que, dans quelques années, tu seras aussi avisé que moi, grommela Cedric. En attendant, suis mes conseils pour les questions d'importance. Pour le reste, fais ce qu'il te chante.

— Telle est bien mon intention.

6

Raven mit pied à terre devant le pont-levis et fit signe à son père de l'attendre avec les chevaux qui transportaient les corps de leurs assaillants et la dépouille du sanglier. On les avait aperçus de loin et, aussitôt, un groupe de jeunes gens se précipita pour voir de quoi il retournait. Les ignorant, il les contourna et poursuivit son chemin. Il voulait des explications, et une seule personne était à même de les lui fournir. Et si la conversation prenait un tour violent, tant mieux !

Sire Colbert, l'un des chevaliers superbement ignorés par Raven, se prévalait d'une lointaine parenté avec le maître des lieux pour adopter une attitude autoritaire avec ses camarades. Il montrait surtout un profond dédain pour tous ceux qui n'étaient pas de sang normand, et pour les Écossais encore plus que pour les Saxons, ce qui n'était pas peu dire. Seule trouvait grâce à ses yeux la future épousée, dont la beauté l'avait ébloui.

Il franchit le pont-levis comme s'il était le roi en personne, se planta devant Cedric et lui intima d'un ton comminatoire de déposer les corps sur le sol afin qu'ils soient visibles de tous.

— Faites-nous voir ce que vous avez ficelé là ! Et si vos victimes sont des gens à nous, nous vous montrerons ce qu'il en coûte de s'attaquer aux nôtres. Avant la fin du jour, vos sales têtes d'Écossais orneront le bout de nos piques !

— Bien parlé ! renchérit un godelureau. Donnons à ce maudit Highlander la leçon qu'il mérite !

— Et sur qui comptes-tu pour t'aider dans cette tâche, mon garçon ? s'enquit Cedric en posant négligemment la main sur la poignée de sa claymore. J'aime autant t'avertir que ton groupe de freluquets et toi-même ne suffiront pas à venir à bout d'un vieux briscard de ma trempe.

— Qu'en dites-vous, les amis ? s'entêta l'autre en redressant le menton avec hauteur. Ne me faites pas croire que ces meurtres vous indignent moins que nous ! Donnons-leur la leçon qu'ils méritent !

— Quelle explication avez-vous à nous fournir ? intervint Colbert, agacé de se voir voler le premier rôle.

— À toi, aucune, ni à cette bande de blancs-becs qui se pressent derrière toi tel un troupeau de moutons bêlants.

— Vous allez me répondre, ou, par Dieu, nous planterons vos têtes au bout d'une pique ! gronda Colbert avant de faire signe à ses compagnons.

Prenant tout son temps, Cedric sortit sa claymore de son baudrier et se campa solidement sur ses jambes.

— Eh bien, qui veut être le premier à tâter de cette lame ? lança-t-il avec un large sourire.

Les têtes brûlées échangèrent des regards dubitatifs. Nul besoin d'être grand clerc pour deviner qu'ils avaient en face d'eux un guerrier expérimenté, quand les meilleurs d'entre eux n'avaient jamais connu que des tournois et des joutes amicales. Leurs belles résolutions s'évanouirent en un instant et ils battirent prudemment en retraite.

— Tenez bon, que diable! s'emporta Colbert en voyant ses compagnons s'égailler comme des lapereaux apeurés. À nous tous, nous n'aurons pas de mal à venir à bout de ce vieillard.

— Je n'en suis pas si sûr, marmonna l'autre jeune fier-à-bras en tournant les talons.

Dans la cour, Thurstan se rafraîchissait avec un groupe d'invités lorsque Raven se dirigea vers lui à grandes enjambées.

— Vous désirez me parler? s'enquit-il en se carrant sur son siège.

— C'est de votre oncle que j'étais en quête, mais vous ferez l'affaire.

Le ton hautain et la mine dédaigneuse du neveu de Marlé le confortèrent dans ses soupçons. Ce n'était pas l'envie de le corriger, verbalement ou à la pointe de l'épée, qui lui manquait, mais il avait appris à se dominer pour attendre le moment opportun.

— Mon père et moi avons rapporté deux cadavres. Ils sont attachés sur leurs chevaux, si vous avez envie de les voir.

— Et pour quelles raisons voudrais-je les voir?

— Pour sauvegarder les apparences, par exemple. Votre oncle pourrait vouloir feindre quelque inquiétude lorsque des hommes de main se mettent en tête de trucider deux de ses invités.

— Pourquoi le seigneur de Marlé s'intéresserait-il aux agissements de deux voleurs?

— Qui a parlé de voleurs? Ces canailles étaient armées pour la guerre, c'étaient des soldats.

— Si je comprends bien, vous suggérez que des hommes d'armes de mon oncle ont pris sur eux de s'attaquer à nos invités?

— Faites l'effort d'écouter un peu plus attentivement, intima Raven en décochant dans les jambes négligemment étendues de son interlocuteur un coup de pied si violent que Thurstan faillit tomber de son siège. Je ne le suggère pas.

Le neveu de Desmond comprit qu'il était allé trop loin. Devant les autres invités tout au moins, il lui fallait maintenir un semblant de décorum.

— Je vais aller les voir, lâcha-t-il en se levant.

Desmond se doutait que les Écossais ne seraient pas des proies faciles, mais son neveu avait choisi deux guerriers réputés pour leur ruse et leur bravoure. On leur avait promis une bonne récompense en cas de réussite, et de tuer leurs familles en cas d'échec. Il fit de son mieux pour cacher sa stupéfaction lorsque, après s'être frayé un chemin parmi la foule des curieux, il se retrouva nez à nez avec les Seabern père et fils.

— Que se passe-t-il ? demanda-t-il sèchement. Qu'avez-vous fait ? ajouta-t-il en se tournant vers Cedric.

— J'allais vous poser la même question, messire, rétorqua tranquillement celui-ci. Connaissez-vous ces gens ? Ils ont tenté de nous tuer pendant que nous traquions un sanglier.

— Les aviez-vous provoqués ?

— Nous ignorions leur présence jusqu'à ce qu'ils se ruent sur nous les armes à la main.

— Mon mariage a lieu demain, et vous l'endeuillez sans raison avec cette absurde tuerie ! s'emporta Desmond.

Dans mon pays, quand on a en face de soi un homme qui s'est mis en tête de vous assassiner, cela constitue une bonne raison de l'occire sans lui laisser le temps de mettre son projet à exécution. Ces soudards voulaient notre mort, il n'y a aucun doute là-dessus. Ce qu'il nous reste à découvrir, c'est la raison de leur geste. Et puisque nous ne les connaissons ni d'Ève ni d'Adam, nous nous sommes dit que vous auriez peut-être une idée.

— L'espoir d'une bourse bien garnie me paraît une motivation suffisante, intervint Thurstan. Je continue à penser que ce sont des voleurs.

Par-dessus l'épaule du châtelain, Raven aperçut Abrielle, Cordelia et leurs mères qui traversaient le pont-levis.

— Vos invitées approchent, murmura-t-il à l'adresse de Desmond.

Le maître des lieux fit promptement demi-tour pour se porter à la rencontre de ces dames.

— Je vous conjure de regagner vos appartements, mesdames ! Les Écossais ont ramené deux corps et, bien que je ne veuille pas vous effrayer, je manquerais à tous mes devoirs si je ne me souciais en premier lieu de votre sécurité. Rentrez vous mettre à l'abri tant que je n'ai pas éclairci cette sombre histoire.

Toute la journée, Abrielle avait éprouvé un pressentiment funeste, et l'hostilité non dissimulée des amis de Desmond envers les deux Highlanders ne faisait que confirmer ses appréhensions. Si Raven et son père avaient tué ces hommes, c'était parce qu'ils les avaient attaqués. C'était du moins ce qu'elle supposait. Elle ne les connaissait pas, après tout, et ne devait pas se laisser abuser par leur bonne mine.

À présent, Raven la regardait, remarqua-t-elle, mais son expression n'était pas celle d'un homme prêt à supplier qu'on le croie.

— Mais qui a été tué ? s'enquit-elle, se rendant compte trop tard que son fiancé ne l'avait pas quittée des yeux alors même qu'elle pensait à un autre. S'inquiétant de ce qu'il avait pu lire sur son visage, elle s'exhorta à la prudence.

— Je n'ai pas encore d'explication à cette tragédie, c'est pourquoi je vous conjure de regagner vos appartements, insista Desmond.

La jeune fille jugea préférable de ne pas le contrarier. Elle aurait tout le temps d'apprendre le pourquoi et le comment plus tard.

— Nous allons vous laisser tirer cela au clair, dit-elle, docile, avant de tourner les talons, entraînant ses compagnes à sa suite.

Dès qu'elles furent suffisamment loin, Thurstan prit la parole :

— Je vais jeter un coup d'œil à ces hommes afin de voir s'ils sont de la région. Je propose de les emporter ensuite sans délai de crainte que d'autres dames ne s'aventurent par ici.

— Vous aussi devriez y jeter un coup d'œil, messire, suggéra Raven au châtelain.

Les deux Écossais détachèrent les cadavres et les déposèrent sur l'herbe, tandis que la foule des curieux ne cessait de grossir.

— Je n'ai jamais vu ces individus, ni sur les terres de mon oncle ni sur les miennes, déclara Thurstan.

— Ni moi non plus, renchérit Desmond.

— Si quelqu'un reconnaît l'un d'entre eux, je vous remercie de nous dire d'où il venait, lança Cedric en parcourant la foule des yeux, s'attardant sur un groupe de serfs massés craintivement à l'écart.

Sous le regard impérieux de leur seigneur et de son neveu, les pauvres hères gardèrent un silence prudent. Ils se seraient fait hacher menu plutôt que de reconnaître que les deux malandrins venaient d'un hameau voisin. Devinant qu'il n'en tirerait rien, Cedric les congédia d'un geste.

— Vous pensez donc qu'il s'agit de deux brigands qui se sont introduits sur vos terres et ont choisi au hasard pour les détrousser deux hommes bien armés, reprit Raven.

— Suggérez-vous qu'ils auraient pu avoir un autre motif ? s'offusqua Desmond.

— Le devrais-je ? rétorqua le jeune Écossais avec un calme plus inquiétant qu'une explosion de colère.

— Qu'est-ce que vous insinuez, enfin ?

— Je ne fais que m'interroger, messire.

— Dans ce cas, nous allons enterrer ces gens au plus vite afin de ne pas gâcher les festivités, décréta Marlé. Après tout, s'ils voulaient vraiment vous assassiner, ils l'ont payé de leur vie.

— À votre guise, mais s'ils ont de la famille dans les environs, il serait normal de les informer de leur sort.

— Nous venons de vous dire que nous ne les avons jamais vus, mon oncle et moi, s'énerva Thurstan. Mais si cela ne vous suffit pas, je vais faire exposer leurs corps chez les serfs. Si personne ne vient les réclamer, nous les ferons enterrer.

— Je doute fort que nous apprenions jamais pourquoi on s'en est pris à vous, observa Desmond en se tournant vers Cedric, puisque vous avez éliminé fort opportunément les seules personnes qui auraient pu nous éclairer. Si tant est qu'ils en voulaient vraiment à votre vie, bien entendu, car nous n'avons que votre parole et celle de votre fils…

— Je ne mens pas, gronda Cedric tandis que sa main se posait de nouveau sur la poignée de sa claymore.

Le seigneur du château signifia d'un geste qu'il se désintéressait de la question, puis regagna le château au pas de charge. L'échec des deux malandrins le mettait dans une rage folle. Il devait maintenant trouver d'autres hommes de main plus habiles, et il lui faudrait certainement y mettre le prix. Mais pour se débarrasser définitivement des Écossais il était prêt à tout…

Vachel, qui avait observé toute la scène en silence, s'en retourna pensivement. Il avait promis à sa famille de leur raconter comment l'incident s'était terminé, mais il se demandait s'il devait leur faire part de ses doutes. Depuis leur arrivée au château, un sombre pressentiment le tourmentait. De ceux qui l'avaient plus d'une fois protégé au cours des croisades.

Le sire de Marlé ne lui inspirait aucune confiance, et il ne pouvait se résoudre à confier Abrielle à un être aussi veule. Mais comment faire, maintenant que le contrat de mariage était signé ? Dieu seul aurait pu leur venir en aide, et les délier de leur promesse, mais il doutait qu'il le fît.

D'une main tremblante, Abrielle referma la fenêtre qui donnait sur le pont-levis. Heureusement, les jeunes têtes brûlées qui entouraient Thurstan s'étaient dispersées. Ils allaient se préparer pour le banquet qui marquerait la fin de la chasse, mais voir les Highlanders remporter les deux trophées ne manquerait pas d'attiser leur rancœur.

Des questions la taraudaient. Desmond avait-il réellement essayé de faire assassiner ses deux invités ? Était-elle sur le point d'épouser un homme prêt à tuer pour obtenir ce qu'il voulait ? Elle aurait toute la vie pour éclaircir ce mystère.

— Qui est là ? s'enquit-elle comme un léger coup à la porte la tirait de ses sombres pensées.

— Cordelia, chuchota la voix de son amie.

Abrielle alla lui ouvrir en hâte. La jeune fille se glissa dans la pièce, non sans s'être préalablement assurée que personne ne l'avait vue.

— Crois-tu que Desmond ait voulu tuer les Écossais ? demanda-t-elle sans détour dès qu'elle eut refermé le battant derrière elle.

— Je me refuse à croire que l'homme que je vais épouser est capable d'une telle noirceur. Cela dit, il est le seul qui ait une raison de leur en vouloir, admit Abrielle.

— Et Thurstan ?

— Thurstan voit certainement d'un mauvais œil ma famille et moi recevoir la plus grande partie de la fortune de son oncle, mais quel rapport avec les Seabern ? C'est ma faute, soupira-t-elle. Jamais je n'aurais imaginé, lorsque Raven m'a secourue cette nuit-là, que cela mettrait sa vie en danger.

— Raven t'a secourue ? répéta Cordelia, perplexe. De quoi parles-tu ?

Abrielle se serait giflée. Elle était si soucieuse qu'elle avait oublié que jamais elle n'avait parlé de cet incident à son amie. À présent, elle n'avait d'autre choix que de tout lui raconter. Ce qu'elle fit.

— Les Écossais feraient mieux de partir sur-le-champ, conclut-elle. S'ils restent jusqu'à la fin des festivités, ils risquent fort d'être assassinés dans leur lit.

— Ce serait donc pour les tuer que Marlé les aurait invités ? Quelle duplicité !

— Je ne suis pas certaine que tel était son but au départ. Quand les Highlanders sont arrivés, j'ai pensé qu'il voulait simplement montrer à Raven qu'il avait finalement gagné. Maintenant, je ne sais plus quoi penser !

— Desmond a-t-il des raisons de croire que ton sauveur a des vues sur toi ? interrogea Cordelia.

— Mais nous sommes fiancés ! Notre contrat de mariage est signé ! Je ne peux plus me dédire, il n'a donc aucune raison d'être jaloux.

— Rappelle-toi que c'est de Desmond de Marlé que nous parlons…

Abrielle laissa échapper un soupir.

— Il doit bien y avoir moyen de lui prouver que Raven ne s'intéresse pas à moi. Cela apaiserait sa jalousie. Peut-être que si Raven s'intéressait à une autre… À toi, par exemple.

— Et comment comptes-tu t'y prendre pour le convaincre de badiner avec moi ?

— Il faudrait que tu prennes l'initiative, bien sûr. Pendant le banquet de ce soir. C'est un diplomate confirmé, je suis certaine qu'il devinerait très vite la raison de ce manège.

— Tu devrais peut-être lui expliquer…

— Certainement pas ! coupa Abrielle. Il n'est pas question que je me retrouve seule avec lui.

— Tu n'as pas confiance en toi ? hasarda son amie d'un air narquois.

— Tu ne t'en rends peut-être pas compte, mais si l'une de ces têtes brûlées qui infestent le château nous surprenait, ce serait la mort certaine pour les Écossais.

— Je ne faisais que te taquiner afin d'alléger un peu ton fardeau, Abrielle. Tu sais que je ferai n'importe quoi pour t'aider ! Sois tranquille, je vais m'occuper de Raven comme tu le souhaites.

— Merci, murmura Abrielle en étreignant son amie.

— Tu fais montre de beaucoup de noblesse en te sacrifiant pour ta famille, mais le prix me paraît terriblement élevé, avoua Cordelia. Je ne voudrais être à ta place pour rien au monde. Franchement, Raven Seabern ferait un fiancé mieux assorti que ce tonneau à pattes de Desmond !

— Je t'en prie, Cordelia ! Ni toi ni moi ne savons rien de ce Seabern, en dehors du fait qu'il possède un physique avantageux et qu'il n'a pas froid aux yeux. En dépit de sa conduite chevaleresque, et de l'intensité de son regard lorsqu'il le pose sur moi, je ne parviens pas à oublier qu'il n'a jamais essayé de me faire la cour avant mes fiançailles. Il n'a même pas demandé à m'être présenté dans les formes. Cela me désole de le dire, mais je pense qu'il cherche une fiancée fortunée. Sans dot, je ne lui suffis pas.

Les larmes aux yeux, elle ajouta, au désespoir :

— Oh, Cordelia, pourquoi ne puis-je lui suffire ?

7

Les chasseurs pénétrèrent dans la grande salle par petits groupes, qui avec leurs familles qui avec leurs amis. À peine installés à l'une des longues tables ornées de guirlandes, des serviteurs se précipitaient pour leur offrir gobelets de vin ou chopes de bière fraîche, selon leurs goûts.

La plupart des invités se montraient arrogants et ne cachaient pas leur dépit d'avoir été battus par les Écossais. Quelques-uns cependant saluèrent courtoisement ces derniers tandis qu'on les conduisait aux places réservées aux vainqueurs, tout près de la table seigneuriale. Deux chevaliers n'hésitèrent pas à se lever pour boire à leur santé, une initiative qui rencontra peu d'écho.

Ces hommages isolés suffirent cependant à attiser la rancœur de Desmond qui, vêtu comme un prince, présidait aux agapes. La présence des Seabern à si peu de distance lui paraissait un défi supplémentaire, médité par quelque ennemi imaginaire dans le seul but de l'humilier.

Un murmure approbateur s'éleva lorsque Abrielle fit son apparition en compagnie de ses proches. Ensorcelé par la beauté des dames, Desmond en oublia son ressentiment, et le sourire que lui adressèrent les deux jeunes filles acheva de dissiper sa mauvaise humeur.

Son admiration était partagée par tous les hommes présents, quel que soit leur âge.

La robe de sa promise était faite d'une superposition d'étoffes arachnéennes couleur d'or qui scintillaient à la lumière des torchères. Les femmes ne pouvaient dissimuler leur envie, ni les hommes leur fascination. Le passage d'Elspeth, vêtue d'une robe de soie brodée dont les plis soulignaient sa silhouette juvénile, souleva d'amers regrets chez l'un de ses anciens soupirants, qui n'avait cessé de jalouser Vachel depuis qu'elle le lui avait préféré.

Avec leurs chevelures de miel et leurs yeux bleus, Cordelia et sa mère, Isolde, suscitaient presque autant de regards admiratifs que la fiancée, et le large sourire de Reginald de Grayson disait assez sa fierté.

Raven était tout aussi captivé que les autres par la beauté d'Abrielle, mais il le cachait avec plus d'habileté. Il ne pouvait malheureusement se mentir à lui-même ; un seul regard d'encouragement de la jeune fille aurait suffi pour qu'il oublie toute prudence, la soulève dans ses bras et s'enfuie avec elle au triple galop. Mais pas une seule fois ses yeux émeraude ne se posèrent sur lui.

— Vous êtes la plus belle dame qu'il m'ait jamais été donné de contempler, ma chère ! s'écria Desmond en s'avançant, les bras tendus, à la rencontre de sa fiancée. Je ne peux que remercier le ciel de ma bonne fortune. Croyez-moi, dès que nous serons mariés, je serai le plus heureux des mortels.

Réprimant un frisson en songeant à ce moment funeste, Abrielle parvint à esquisser un faible sourire et se laissa conduire en silence à la table d'honneur.

Une fois de plus, au cours du dîner, elle fut frappée par l'allure misérable des pauvres hères qui les servaient, et ne pouvaient espérer un véritable repas. Cela dit, même en ce soir de fête, la nourriture était tout juste mangeable, et elle jura de se mettre en quête d'un nouveau cuisinier dès qu'elle serait châtelaine.

— Normands ou Saxons, prêtez-moi votre attention ! clama le châtelain en se levant une fois les tables débarrassées. Comme le savent tous ses sujets, après la mort tragique de son fils dans le naufrage du *White Ship*, il y a déjà quelques années, notre bon roi Henri a choisi sa fille Mathilde pour lui succéder. Si notre seigneur bien-aimé venait à décéder, c'est donc l'impératrice Mathilde, Maud comme l'appellent familièrement ses sujets, qui monterait sur le trône. Tous les nobles de ce royaume ont juré fidélité à notre future souveraine, et le roi David d'Écosse s'est engagé à la reconnaître comme reine d'Angleterre. Pourtant, beaucoup murmurent qu'il aspirerait secrètement à régner sur notre pays, au détriment de l'héritière légitime.

Des murmures indignés s'élevèrent dans l'assistance, tandis que tous les regards convergeaient vers les Seabern.

La ficelle était grossière, aussi, se levant à son tour, Raven déclara-t-il d'une voix forte :

— Je n'ai jamais entendu dire que mon souverain convoiterait le trône d'Angleterre. Le roi David prêtera hommage à l'impératrice Mathilde comme il l'a fait envers son père, j'en suis convaincu. Son grand-père Malcolm Canmore était un homme très aimé et respecté chez nous, et si vous pensez que certains risquent de se montrer déloyaux envers Maud, cherchez plutôt dans votre pays.

— Vous nous assurez donc que vous serez loyal à l'impératrice quand elle fera valoir ses droits sur le trône d'Henri ? jappa Desmond.

— Je serai toujours loyal à mon pays et à mon roi, répliqua Raven sans hésiter. Je ne vois pas pour quelle raison nos clans tenteraient de barrer la route à Mathilde. Nous la considérons comme une des nôtres.

— Vous autres Écossais avez le don de vous engager pour ensuite mieux manquer à votre parole une fois notre méfiance endormie !

— Contrairement à vous, nous n'avons pas pour habitude de dissimuler.

— Vous me traitez de menteur ? s'indigna Marlé en vacillant.

Il avait beaucoup bu, beaucoup mangé, et son équilibre était précaire. Il n'eut que le temps de s'agripper au rebord de la table pour ne pas tomber. Sa vue se brouillait, les Écossais lui paraissaient soudain beaucoup plus de deux.

— Vous me traitez de menteur ? répéta-t-il d'une voix pâteuse.

— Ce n'est pas moi qui le dis, c'est vous, messire.

— Qui… dit… quoi… ? ânonna péniblement le maître des lieux.

Écœuré, Cedric se leva.

— Si vous voulez bien nous excuser, messire, nous sommes debout depuis l'aube et la fatigue commence à se faire sentir, dit-il. Nous pourrons peut-être terminer cette conversation une autre fois.

— Votre fils ne m'a pas l'air bien vigoureux. Les rigueurs de notre climat ne lui conviennent pas ? ironisa le châtelain en tentant d'imiter l'accent du vieux guerrier.

Sans daigner répondre, le père et le fils traversèrent la salle dans un silence tendu.

— Attendez ! cria une voix.

— Mais que fait-elle ? s'alarma lady Grayson comme sa fille bondissait sur ses pieds pour rejoindre les Seabern.

— Nous avions prévu de… détourner l'attention de Desmond des Écossais, expliqua Abrielle en balbutiant. Nous voulions lui montrer qu'il n'avait aucune raison d'être jaloux, et donc d'en vouloir à Raven Seabern. Mais après ce qui s'est passé…

— Abrielle, tu n'avais pas à t'immiscer entre ton fiancé et ce jeune Écossais, la morigéna Elspeth.

— Mais dans l'esprit de Desmond, le mal est déjà fait ! se défendit sa fille. Il s'imagine que je m'intéresse à Raven Seabern.

— Et dans le tien ? s'enquit Vachel.

— Dans mon esprit, mon devoir est plus clair que jamais, répliqua-t-elle sombrement.

Elle reporta son attention sur Cordelia, visiblement absorbée dans une conversation animée. Les deux étrangers souriaient et semblaient avoir retrouvé leur bonne humeur. La jeune fille les salua d'une petite révérence, et ils se séparèrent enfin. Abrielle coula un regard discret en direction de Marlé ; hélas, ce dernier était si occupé à boire qu'il n'avait rien remarqué.

— Tu n'aurais pas dû, chuchota-t-elle quand son amie eut regagné sa place. Mais puisque tu l'as fait, que t'a dit Raven ?

— Oh, il s'est montré très courtois, mais je n'ai pas vraiment badiné avec lui. C'est son père que je trouve irrésistible ! Mais bon, j'ai fait en sorte qu'on croie que je m'intéressais au fils. Cela se voyait, j'espère ?

— Oui, admit Abrielle à contrecœur. Je te remercie de tes efforts.

— Il avait beau sourire, j'ai eu l'impression que notre stratagème ne plaisait pas à Raven.

— Voilà qui ne m'étonne pas ! C'est le genre d'homme qui se croit invincible. Tout ce que j'espère, c'est que son père a un peu plus de bon sens et qu'il l'engagera à quitter les lieux le plus rapidement possible.

Cordelia eut une grimace sceptique.

— J'ai bien peur que tu ne te fasses des illusions. Ils sont aussi fiers l'un que l'autre, et ce sont des guerriers dans l'âme.

Abrielle était tellement préoccupée par les dangers qu'encouraient les deux Écossais qu'elle mit un temps fou à s'endormir. Et quand elle eut enfin trouvé le sommeil, celui-ci ne lui procura qu'un pauvre répit, car Raven hantait ses rêves. Elle sourit lorsqu'il repoussa une mèche retombant sur son front, soupira lorsque sa main lui frôla la joue… puis se réveilla en sursaut en comprenant qu'il ne s'agissait pas d'un rêve.

Raven Seabern était bel et bien penché au-dessus d'elle.

— Ne criez pas, chuchota-t-il en posant sa large paume sur sa bouche, ou vous allez ameuter toute la maisonnée.

Repoussant sa main, elle se redressa dans son lit en prenant soin de remonter la couverture jusqu'au menton.

— Comment osez-vous vous introduire dans ma chambre, messire ! articula-t-elle, indignée. La veille de mon mariage, qui plus est !

— Vous avez bien osé braver tous les habitants de ce château pour venir à mon secours, ce soir, lady Coredlia et vous, rétorqua-t-il. Je voulais vous en remercier, et vous prier de ne plus prendre de tels risques.

— Je ne l'ai pas fait pour vous ! contra-t-elle vivement. C'est juste que je ne tiens pas à ce qu'une éruption de violence gâche mon mariage.

— Vous m'en voyez extrêmement touché, sourit-il, la main sur le cœur.

— Il n'y a pas de quoi, cingla-t-elle. Et ne sous-estimez pas Desmond… La jalousie le rend fou, et il est capable de tout.

— Je le crois volontiers. Il l'a du reste suffisamment prouvé ces jours derniers.

— Cette attaque dont vous avez fait l'objet, votre père et vous, m'a horrifiée, assura-t-elle, radoucie. Ces hommes auraient pu vous blesser… ou pis…

— Ils n'étaient que deux, lui rappela Raven, terre-à-terre. Je veux bien en affronter une douzaine pour que vous vous inquiétiez de mon sort comme vous le faites en ce moment.

— Il faut que vous partiez.

— Je ne cours aucun danger, mon père monte la garde dans le couloir.

— Je ne parle pas seulement de ma chambre. Il faut que vous quittiez ce château ! Dès demain. Ou cette nuit même ! Avant qu'il ne vous arrive malheur.

— Vous voulez vraiment que je parte ? murmura-t-il en se rapprochant d'elle.

Sa voix à la fois douce et rauque suffit à embraser le corps de la jeune fille. Incapable de prononcer un mot, elle le contemplait, subjuguée, ses cheveux de jais nimbés d'un rayon de lune, ses yeux luisant d'un éclat farouche et tendre à la fois. Que lui voulait-il au juste ? Pourquoi tenait-il tant à l'aider ?

— Oui, répondit-elle finalement. Partez sur-le-champ. Je ne veux pas avoir votre mort sur la conscience.

— Moi non plus, assura-t-il. Mais pensez plutôt à ce que votre conscience dira de cela.

Quand la bouche de Raven se posa sur la sienne, Abrielle sombra dans un abîme de délices. Ce baiser suave et cependant si ardent l'enfiévra de la tête aux pieds.

Il ne chercha pas à pousser son avantage, mais quand leurs langues se frôlèrent, elle s'enflamma tout entière, se pressa contre lui pour réclamer plus. Les lèvres de Raven s'attardèrent encore un instant sur les siennes, puis il s'écarta lentement et repoussa avec douceur ses mains agrippées à ses épaules.

— Je m'en vais maintenant, mais je ne quitterai pas le château. C'est une question d'honneur, à présent, déclara-t-il en se redressant.

Abrielle n'aurait su dire ce qui l'ennuyait le plus : qu'il ait eu le front de l'embrasser ou qu'il semble si peu affecté par ce baiser, contrairement à elle.

— D'honneur ou d'arrogance ? Vous faites preuve de beaucoup d'audace, messire. J'aurais pu crier et…

— Vous auriez pu, mais vous ne l'avez pas fait, coupa-t-il. Et vous ne le ferez pas. Avant de retourner dans les bras de Morphée, prenez le temps de vous demander pourquoi.

Sur ce, il s'inclina et se dirigea vers la porte.

Qu'il se fasse prendre, ce serait bien fait pour lui ! se dit-elle, agacée. Mais elle tendit l'oreille jusqu'à ce qu'il soit en sûreté dans le couloir. Alors seulement, elle se laissa aller contre ses oreillers.

Fixant le plafond, elle espéra qu'il aurait quitté ses rêves en même temps que sa chambre.

Elspeth avait revêtu la robe de brocart ciel rehaussée de broderies des années auparavant, alors qu'elle s'apprêtait à épouser Berwin de Harrington. Aujourd'hui, l'enfant née de cette union allait la porter pour ses noces, et le vêtement lui allait à ravir.

Tout avait été fait pour mettre en valeur la beauté de la jeune épousée, et elle était resplendissante. Sa chevelure cuivrée avait été tressée de rubans et rassemblée sur la nuque. Un diadème d'or finement ciselé retenait un voile arachnéen rebrodé de fleurs.

La pâleur de la fiancée et le tremblement de ses mains avaient échappé à tous, sauf à sa mère, qui avait du mal à retenir ses larmes devant la détresse de sa fille.

— Je prie Dieu qu'il fasse un miracle, chuchota Elspeth. Mais je ne vois pas comment il pourrait t'arracher aux bras de ce scélérat. Vachel espère que sa richesse te fera oublier ses défauts, mais je crains que rien n'ait un tel pouvoir.

— Je vous en prie, maman, ne pleurez pas, ou je vais fondre en larmes à mon tour ! J'ai besoin de votre soutien. Il faut que nous fassions bonne figure.

Elspeth s'essuya furtivement les yeux comme leurs amies approchaient.

— Courage ! lui chuchota Isolde à l'oreille. Je suis sûre que Dieu vous prendra en pitié, votre fille et vous, et viendra à votre secours.

— Je n'ose plus y croire. Il reste si peu de temps ! Je sais que nous n'avons pas le choix, mais l'idée que Desmond de Marlé épouse ma petite fille me répugne. Il est si méprisable, et elle mérite tellement mieux.

— Ne vous inquiétez pas, maman, je suis certaine que Desmond me traitera bien, murmura Abrielle dans un ultime effort pour la rassurer.

Elsepth la remercia d'un sourire vacillant, et balbutia :

— Je crois qu'il est temps de rejoindre la chapelle.

— Cordelia et moi allons partir en avant, expliqua Isolde. Reginald nous attend à l'intérieur.

Vachel patientait dans la pièce contiguë. Depuis le début de la matinée, il s'était efforcé de dissimuler les doutes qui l'étreignaient, mais lorsque sa femme fit son entrée avec Abrielle, son visage défait ne fit que les raviver. Il avait l'impression d'être le dos au mur, un couteau sous la gorge. Retrouverait-il un jour le bonheur sans nuages qu'il connaissait depuis son mariage si son épouse se rongeait les sangs au sujet de sa fille ?

— Tu es vraiment ravissante, mon petit, murmura-t-il en prenant les mains de sa belle-fille.

— Il est temps, intervint Elspeth. Le marié va finir par s'impatienter.

— Je n'en doute pas ! grinça Vachel.

8

Abrielle dut prendre sur elle pour ne pas s'enfuir à toutes jambes. Aux yeux de ceux qui ne la connaissaient pas intimement, elle paraissait d'un calme olympien, elle le savait, et c'était ce qu'elle voulait. Le miracle tant attendu n'avait pas eu lieu. Elle avait remonté la nef d'un pas gracieux et, le moment venu, prononcé d'une voix claire les vœux qui la liaient à jamais à Desmond de Marlé.

Un nœud se forma au creux de son estomac lorsqu'elle posa la main sur le bras que son époux lui tendait. Si ce simple contact lui répugnait, comment allait-elle supporter la nuit qui l'attendait ?

Sous les acclamations des invités, ils traversèrent la grande salle où étaient dressées les tables du banquet. Abrielle s'efforçait de faire bonne figure, et elle y parvint sans trop de peine jusqu'à ce que son regard croise celui de l'homme adossé contre un mur, à l'écart.

Le visage fermé, les bras croisés sur la poitrine, Raven Seabern ne la quittait pas des yeux. Il avait fière allure, la claymore au côté, son tartan retenu sur l'épaule par une fibule d'or aussi étincelante que son regard, ses cheveux d'ébène lui frôlant les épaules.

Il lui fallait oublier ce qui s'était passé entre eux durant la nuit, s'exhorta-t-elle. Elle était mariée désormais, elle avait juré fidélité à son époux et devait tenir parole. Il ne lui restait plus qu'à veiller à ce que Raven ne vienne pas battre en brèche ses bonnes résolutions.

Elle lui tourna le dos pour répondre aux compliments et aux vœux de bonheur qu'on lui adressait, sans parvenir pour autant à le chasser de ses pensées. Incapable de s'en empêcher, elle glissa un regard oblique pour l'observer discrètement. Il n'avait pas bougé d'un pouce et, toujours aussi impassible, continuait de la fixer.

On porta force toasts au cours du banquet, et Desmond ne fut pas le dernier à vider son hanap. À mesure que l'ivresse le gagnait, sa jeune femme eut de plus en plus de mal à supporter ses attentions, ses plaisanteries équivoques, ses lèvres humides sur sa joue et dans son cou, et ses mains qui s'égaraient.

Une fois dans la chambre nuptiale, elle s'efforça de se préparer à ce qui l'attendait, et fit de son mieux pour cacher à sa mère l'angoisse qui l'étreignait.

— Je n'aurais jamais imaginé que mon union avec Vachel te conduirait à épouser Desmond de Marlé, avoua Elspeth d'une voix tremblante. Je n'ai écouté que mon cœur, et je n'ai pas réfléchi aux conséquences. Je m'en veux tellement, ma chérie !

— Vous m'avez appris à ne jamais désespérer, maman, et c'est bien ce que je compte faire. Quelque chose de bon sortira de ce mariage, j'en suis certaine, assura Abrielle. Allez vous coucher, à présent. Tout se passera bien.

Une demi-heure plus tard, Desmond fit son entrée en titubant. Ses yeux injectés de sang s'écarquillèrent à la vue de la silhouette étendue sur le lit, sa longue chevelure cuivrée répandue sur les épaules, son corps de rêve revêtu d'une chemise de nuit arachnéenne.

La jeune fille avait beau s'être préparée au pire, jamais elle n'aurait imaginé que son mari se jetterait sur elle tel un fauve sur sa proie. Elle ne put retenir un cri. Son effroi se mua en terreur lorsqu'il déchira brutalement sa chemise de nuit et s'empara de son sein pour y planter sauvagement les dents.

Profitant de ce qu'il desserrait son étreinte pour se débarrasser de ses vêtements, elle parvint à se dégager et bondit du lit. Elle ne songeait pas à s'enfuir, seulement à obtenir un instant de répit le temps qu'il calme ses ardeurs. Mais le rugissement de fureur qui retentit derrière elle lui donna des ailes.

Saisissant au passage un vêtement oublié sur un coffre, elle se rua hors de la chambre nuptiale et courut à toutes jambes vers l'escalier. Elle n'avait plus qu'une idée en tête, se réfugier dans les appartements de ses parents à l'étage au-dessous, et retrouver la sécurité des bras de sa mère, comme lorsqu'elle était enfant.

Elle risqua un rapide coup d'œil par-dessus son épaule en entendant un grognement derrière elle. À la lueur tremblotante d'une torche fichée au mur, elle aperçut la lourde silhouette de Desmond. La démarche mal assurée, il tentait de se lancer à sa poursuite, s'appuyant au mur pour ne pas tomber. Avec un peu de chance, peut-être n'aurait-il pas la force de la suivre jusqu'à la chambre de ses parents.

— Abrielle, revenez immédiatement ou je vous le ferai payer cher ! Votre dos ne sera plus si doux lorsqu'il aura tâté du fouet. Vous vous traînerez à mes genoux pour implorer ma pitié !

Aussi terrifiée qu'elle fût, la jeune mariée ne pouvait se résoudre à lui obéir. Aucune torture ne pouvait être pire que de se soumettre aux appétits brutaux de cet ivrogne. Sans ralentir sa course, elle se retourna à demi pour évaluer les progrès de son poursuivant, mais, ce faisant, elle trébucha sur une dalle mal jointe et heurta brutalement le mur opposé.

Desmond bondit avec une agilité surprenante pour un homme de sa corpulence, surtout pris de boisson. Elle s'élança en avant avec l'énergie du désespoir, et lui échappa de justesse. Il parvint néanmoins à agripper la longue chevelure d'or roux. L'escalier, à peine éclairé par un rayon de lune, était tout prêt à présent. Elle se dégagea d'une secousse, sans réussir pour autant à le distancer. Si elle ne trouvait pas le moyen de distraire son attention, jamais elle n'atteindrait l'appartement de ses parents.

Elle fit volte-face.

— Vous ne m'échapperez plus, maintenant, haleta-t-il, le visage inondé de sueur.

Le dos au mur, la jeune fille banda ses muscles en attendant le prochain assaut. Il fallait le laisser approcher le plus possible, puis lui échapper au moment où il s'y attendrait le moins. Elle était plus jeune, plus souple et plus vive que lui, elle devait tirer parti de ces avantages.

Il était presque à portée de main lorsqu'elle bondit. La main avide de son poursuivant se referma sur le vide. Elle fonça vers l'escalier, indifférente à la bordée de jurons dont il l'abreuvait. Elle n'était pas encore en sécurité, loin de là, car elle entendait derrière elle le souffle rauque et le pas lourd de son époux.

Elle forçait l'allure lorsqu'elle se heurta à une muraille d'airain. Deux mains vigoureuses la saisirent par les épaules et la maintinrent le temps qu'elle retrouve l'équilibre. Pétrifiée, elle leva la tête, et croisa le regard outremer qui lui était devenu si familier.

— Oh, Raven, partez vite ! l'implora-t-elle, affolée, en essayant de se dégager. Vous ne devez surtout pas intervenir.

— Bas les pattes, sale Écossais ! Ne touchez pas... à ma femme ou il vous en... cuira, menaça Desmond d'une voix hachée, la respiration sifflante. Vous êtes allé... trop loin... cette fois-ci ! Vous êtes ici chez moi... et cette femme est la mienne ! Mes gardes vont vous donner... une leçon dont... vous vous souviendrez.

— Comme les deux fiers-à-bras qui ont perdu la vie ? ironisa Raven en repoussant d'un revers de bras le poing que Desmond avait brandi dans sa direction. Combien les aviez-vous payés pour nous assassiner, mon père et moi ? On raconte d'ailleurs que vous ne les payez pas, mais que vous vous contentez de menacer leurs femmes et leurs enfants pour les rendre plus dociles. Quel châtiment leur réserviez-vous s'ils échouaient ?

— Cela ne vous regarde pas ! éructa le châtelain. Tout ce que je désire, c'est voir vos têtes fichées au bout d'une pique à l'entrée du pont-levis. Comme ça, chaque fois que je sortirai, je rirai de vos vaines tentatives pour me prendre celle qui m'appartient !

— Si vous vous imaginez faire mieux que les deux malheureux que vous avez envoyés s'embrocher sur mon épée, c'est que vous êtes vraiment stupide.

Abrielle se tenait à l'écart, s'attendant au pire. En combat singulier, le farouche Highlander aurait toujours l'avantage, mais ce château était peuplé d'amis et d'hommes d'armes aux ordres de Desmond. La seule vaillance des deux Écossais ne suffirait pas à les sauver.

— Enfin, si vous êtes d'humeur à me tuer de vos propres mains, poursuivit Raven d'un ton ironique, je vous laisse volontiers le choix des armes. Mais le gros rat visqueux que vous êtes préférerait peut-être m'assassiner dans mon sommeil ! Les vermines comme vous, on jette leur carcasse aux chats, cela évite de les enterrer.

— Ce sont tes tripes qui vont régaler les chats, maudit Écossais ! Et pas plus tard que cette nuit !

— La dernière fois que vous vous êtes mesuré à moi, au palais de Westminter, vous avez pris la fuite la queue entre les jambes, vous vous souvenez ? Si vous aviez ne serait-ce qu'une once de courage, vous exécuteriez vos basses œuvres vous-même, ou vous auriez au moins accompagné vos tueurs !

C'en était trop pour Desmond. Lâchant un juron ordurier, il se rua sur le jeune Highlander, les mains recourbées comme des serres.

Une seconde avant qu'il ne l'atteigne, Raven fit un pas de côté et le châtelain s'abîma, tête la première, dans l'escalier où il avait poussé son demi-frère quelques mois plus tôt. Un hurlement de terreur retentit lugubrement sous les voûtes tandis qu'il agitait frénétiquement les bras pour tenter de retrouver l'équilibre. En vain.

— C'était un accident ! Je n'ai jamais voulu te tuer, Weldon, je te le jure ! cria-t-il en déboulant les marches escarpées.

Comme il tentait désespérément de se raccrocher à une aspérité ou à une marche pour arrêter sa chute, sa tête heurta violemment le mur. Sa volumineuse carcasse poursuivit sa chute, mais plus aucun son ne sortit de sa gorge, jusqu'à ce qu'il s'abatte, bras et jambes écartés, sur le palier du dessous.

Immobiles, Raven et Abrielle échangèrent un regard. D'où ils se tenaient, ils distinguaient à peine la forme massive qui gisait au pied des marches. Desmond était-il mort, ou sans connaissance ? Ils n'avaient aucun moyen de le savoir.

La jeune fille fut saisie de tremblements convulsifs. Elle avait entendu Desmond hurler le nom de son frère... Avait-il vu le spectre de Weldon ? Ou son dernier meurtre était-il revenu le hanter ?

D'un pas mal assuré, elle suivit son sauveur dans l'escalier. Ses jambes la soutenaient à peine et, si la haute silhouette du jeune Écossais ne lui avait servi de rempart, elle serait tombée elle aussi.

— Faites attention, je vous en supplie ! implora-t-elle en voyant le bras droit de Desmond coincé sous lui. Il a peut-être un poignard caché sous ses vêtements. Il n'hésitera pas à vous tuer s'il le peut.

Elle n'avait pas tort. Raven s'arrêta sur la dernière marche et tâta prudemment du bout du pied le corps inerte, sans provoquer la moindre réaction.

Il enjamba alors le châtelain, s'accroupit à ses côtés, pressa fortement l'endroit où aurait dû battre la veine jugulaire et attendit un moment qui parut interminable à sa compagne. Le sire de Marlé était bel et bien passé de vie à trépas. Restait à évaluer quelles conséquences sa mort allait avoir et comment protéger Abrielle des soupçons qui ne manqueraient pas de peser sur elle.

— Vous n'avez plus rien à craindre de lui, annonça-t-il à mi-voix en levant les yeux sur la jeune femme. Il a dû se rompre le cou durant sa chute.

Pâle comme un linge, Abrielle dut s'appuyer contre le mur pour ne pas tomber. Elle tremblait comme une feuille et se laissa doucement glisser sur le sol.

— Que dois-je faire ? souffla-t-elle.

Elle était, selon les termes de leur contrat de mariage, la seule héritière de Desmond, et le décès de celui-ci faisait d'elle l'une des femmes les plus riches d'Angleterre. Mais si quelqu'un avait le moindre doute quant aux circonstances de la mort du châtelain, c'était sur elle et sur son beau-père que se porteraient les soupçons.

— Que dois-je faire ? répéta-t-elle, désespérée. Les amis de Desmond ne manqueront pas de m'accuser. Si quelqu'un m'a vue m'enfuir dans les couloirs, comment vais-je pouvoir l'expliquer ?

— Vous n'aurez rien à expliquer.

Si la détresse de la jeune femme lui déchirait le cœur, elle n'altérait en rien ses facultés de réflexion. Il était peu probable que qui que ce soit ait été témoin de ce qui venait de se passer. Thurstan s'était claquemuré dans ses appartements pour remâcher sa rancœur, à moins que ce ne fût pour méditer l'un de ces mauvais coups dont il avait le secret. La plupart des autres invités étaient déjà partis, et ceux qui restaient dormaient sur leurs deux oreilles. Tout était calme, il avait eu largement le temps de le vérifier tandis qu'il promenait son amertume dans les corridors déserts. Depuis qu'il avait commis l'erreur d'embrasser Abrielle, Raven souffrait mille morts en l'imaginant dans les bras de l'immonde Marlé, et sa présence à proximité de la chambre nuptiale ne devait rien au hasard.

— Mais on va me poser des questions ! Il faut que je réfléchisse, gémit-elle en se recroquevillant sur elle-même comme une petite fille.

— Écoutez-moi, intima gentiment Raven en l'obligeant à se relever. Vous allez retourner dans vos appartements et attendre qu'on vienne vous annoncer la triste nouvelle de sa mort.

— Mais…

— Chut ! Faites-moi confiance, chuchota-t-il en lui pressant la main. Au moins cette fois-ci. Quand on pense au temps qu'il a fallu au marié pour aller vous rejoindre, personne ne s'étonnera que vous vous soyez endormie en l'attendant. Marlé avait bu plus que de raison, et personne ne s'étonnera non plus qu'il ait fait une chute dans l'escalier. Vous n'avez rien fait de mal, et vous n'avez rien à vous reprocher, croyez-moi.

— Mais je me suis enfuie ! Je ne pouvais pas supporter de… qu'il… J'avais tellement peur ! hoqueta-t-elle.

— Vous aviez de bonnes raisons d'avoir peur, my lady. C'était une brute méprisable, qui ne s'intéressait qu'à lui. Il aurait parfaitement pu vous tuer dans un accès de colère. Ne vous a-t-il pas menacée ? Qui sait ce qu'il vous aurait fait si vous ne vous étiez pas enfuie ? Et à en juger par ce qu'il a dit avant de mourir, je ne serais pas étonné qu'il soit également responsable de la mort de lord Weldon.

C'étaient là des propos pleins de bon sens, auxquels Abrielle ne pouvait que souscrire. Le soulagement qu'elle en ressentit fut cependant de courte durée. Que faisait Raven Seabern dans ces corridors déserts à une heure aussi avancée ? s'interrogea-t-elle, soudain inquiète. Si personne ne les avait vus, *lui*, en revanche, connaissait la vérité ; il savait qu'en se refusant à son époux légitime, elle avait causé sa mort. Exigerait-il quelque chose en échange de son silence ? Elle n'avait pas oublié sa façon de badiner avec elle alors même qu'il la savait fiancée. Pis, elle sentait encore sur ses lèvres la brûlure de son baiser, et elle se reprochait le peu de résistance qu'elle lui avait opposée.

— Et vous ? Qu'allez-vous faire ? demanda-t-elle enfin. Qu'allez-vous raconter ?

— Rien. Je vais vous imiter et retourner me coucher. Demain sera un autre jour. Allez-y maintenant, il est grand temps.

Abrielle s'exécuta sans broncher, mais elle n'était qu'à demi convaincue. Il lui semblait que des centaines de paires d'yeux l'épiaient dans chaque recoin. Raven avait raison, elle ne dirait rien, c'était la meilleure façon de se protéger. Puisqu'elle n'avait rien fait de mal, pourquoi se sentait-elle coupable ? Étant maintenant débarrassée de Desmond de Marlé, elle aurait dû être soulagée, pourtant, elle ne pouvait s'empêcher de se demander comment les habitants du château allaient accueillir la nouvelle.

Et que devait-elle faire au sujet de Raven Seabern ?

Elle aurait voulu qu'il parte, qu'il soit déjà loin quand le jour se lèverait, emportant avec lui son terrible secret. Du moins une partie d'elle-même le souhaitait. Mais elle le connaissait à présent suffisamment pour deviner qu'il ne serait pas aisé de se débarrasser de lui.

9

Des coups frénétiques à la porte tirèrent Abrielle d'un sommeil agité. Suivant les instructions de Raven, elle avait regagné la chambre nuptiale, où elle n'avait pu s'empêcher de se remémorer encore et encore sa course folle dans les couloirs du château, l'horrible confrontation avec Desmond, et sa chute dans l'escalier.

Elle avait fini par s'assoupir, mais n'aurait su dire si elle avait dormi quelques minutes ou plusieurs heures. Elle éprouvait des difficultés à faire la différence entre ses cauchemars et la réalité. Elle se souvenait clairement de la voix calme du jeune Écossais lui annonçant que le sire de Marlé était mort, pourtant, elle craignait encore de voir apparaître ce dernier, le visage en sang et prêt à lui faire payer chèrement sa fuite de la veille.

Rassemblant tout son courage, elle parvint à articuler d'une voix anormalement haut perchée :

— Qui est là ?

— Je m'appelle Nedda, milady. Je suis arrivée au château hier pour être votre servante particulière, mais c'est une triste nouvelle que je viens vous apporter, j'en ai peur. Puis-je entrer, milady ?

Abrielle se laissa retomber contre ses oreillers, tandis que les battements affolés de son cœur se calmaient un peu. *Une triste nouvelle...* Ces mots ne pouvaient avoir qu'une seule signification : on venait lui confirmer la mort de Desmond.

— Bien sûr, Nedda. Entrez, répondit-elle, soudain libérée du poids qui l'oppressait depuis des semaines.

Heureusement, en dépit de sa panique, elle avait eu la présence d'esprit de ne pas verrouiller la porte. La servante n'aurait, en effet, pas manqué de trouver étrange qu'une jeune mariée s'enferme à clef pour attendre la venue de son époux.

Une grande femme d'une quarantaine d'années, vêtue d'une robe noire et d'une guimpe blanche ouvrit la porte et s'approcha du lit. Abrielle la scruta, se demandant si sa nouvelle suivante se révélerait une amie ou une espionne. Le sourire plein de douceur et la compassion qu'elle lut dans son regard noisette apaisèrent ses craintes.

— Je regrette de vous apporter une si triste nouvelle, milady, mais le malheur s'est abattu sur cette demeure la nuit même de vos noces. Votre pauvre mari...

— Mon... pauvre mari ? balbutia Abrielle. Que veux-tu dire ?

Elle détestait mentir, mais elle n'avait pas le choix. Cela dit, le tremblement de ses mains et de sa voix n'était pas feint.

— Il lui est arrivé malheur, sans doute alors qu'il s'apprêtait à vous rejoindre, soupira tristement la servante. Messire de Marlé est tombé dans l'escalier. On l'a découvert ce matin au pied des marches, ses beaux vêtements de noces maculés de sang. L'écuyer qui l'a trouvé pense que sa tête a dû heurter le mur dans sa chute, car il a une horrible blessure à la tempe, et on a trouvé des traces de sang sur la pierre, un peu plus haut.

Abrielle eut la présence d'esprit de rejeter les couvertures et de sauter à bas du lit.

— Vite, Nedda, emmène-moi auprès de lui !

— Hélas, milady, il est inutile de se presser à présent !

— Et pourquoi cela ?

— Cela me fend le cœur d'être chargée de vous l'apprendre, mais messire Thurstan ne m'a pas laissé le choix. Notre maître n'est pas seulement blessé, il s'est rompu le cou. Il est mort et, d'après ce que j'ai compris, à peu près de la même façon et au même endroit que son frère, messire Weldon.

Abrielle frissonna en se remémorant le hurlement épouvanté de Desmond, comme s'il avait vu le spectre de son frère.

— C'est particulièrement cruel pour une jeune épousée, mais vous ne pouvez plus rien faire pour notre seigneur hormis l'enterrer. C'est le noir du deuil que vous allez porter dans les jours qui viennent, je le crains. À peine mariée, vous voilà déjà veuve, milady.

Déjà veuve. Abrielle se répétait ces mots encore et encore, mais elle avait beau faire, elle était incapable de verser une larme ; elle se contenta donc d'enfouir son visage entre ses mains en espérant que la servante considérerait comme suffisante cette marque de chagrin.

— Il faut avertir mes parents, murmura-t-elle finalement dans un soupir tremblant.

— J'ai pris la liberté de le faire avant de venir vous porter la tragique nouvelle. Je me suis dit qu'ils seraient les plus à même de vous réconforter. Ils ne devraient plus tarder.

— Merci du fond du cœur, Nedda, souffla Abrielle en évitant prudemment le regard de la servante. Je ne saurais vous dire à quel point j'apprécie ta sollicitude.

Tandis que celle-ci l'aidait à passer un vêtement d'intérieur, on frappa doucement à la porte.

— Abrielle, ma chérie, je suis avec Vachel, fit la voix d'Elspeth derrière le battant. Es-tu visible ?

— Entrez, maman, je vous en prie.

— Oh, mon petit, mon petit ! balbutia sa mère en la serrant dans ses bras.

Mais c'étaient des larmes de joie qui brillaient au fond de ses yeux. Un instant, Abrielle fut tentée de tout raconter à ses parents. Mais la pensée de faire peser sur eux cet horrible fardeau l'en dissuada. À cela s'ajoutait le fait que si jamais quelqu'un avait été témoin de la scène, et en venait à l'accuser, personne ne pourrait les impliquer. Elle n'avait d'autre choix que d'endurer seule les tourments de sa conscience.

Si la mort de Desmond devait plonger certains dans l'affliction, Vachel n'en faisait certes pas partie. Il s'était battu pied à pied pour qu'elle soit l'unique héritière du sire de Marlé, et les avantages qu'il en avait retirés le mettaient lui-même à l'abri du besoin et suffisaient à le ranger de nouveau parmi les puissants du royaume.

Si elle était trop soulagée pour manifester un chagrin qu'elle n'éprouvait pas, Abrielle n'aurait pas à se forcer pour témoigner à son mari d'un jour le respect dû à un mort, ni pour tenir convenablement son rôle de veuve. Le plus difficile pour elle serait de chasser de son esprit l'horrible spectacle de Desmond roulant le long des escaliers et ses hurlements de terreur quand il avait cru voir le fantôme de son frère. Longtemps encore, cette vision affreuse continuerait de la hanter, elle le savait.

Soutenue par ses parents et les Grayson, Abrielle considérait la forme courtaude enveloppée d'un linceul blanc que les serfs s'apprêtaient à déposer en terre. Le visage cireux, marqué d'une plaie à la tempe, qu'elle avait contemplé avant qu'on couse le linceul, dansait encore devant ses yeux.

En guise d'adieu, elle déposa sur la poitrine du mort une rose rouge qu'une servante lui avait gentiment remise avec quelques mots de sympathie. Le prêtre récita une dernière prière, puis les fossoyeurs descendirent le corps du seigneur de Marlé dans sa dernière demeure.

Un instant plus tard, un essaim de jeunes gens, célibataires ou veufs, se pressait autour d'elle pour être parmi les premiers à lui présenter leurs condoléances et à lui proposer leur aide si elle avait besoin de quoi que ce fût. Elle les remercia poliment et leur assura que son beau-père saurait parfaitement l'aider à mettre de l'ordre dans ses affaires.

Raven, quant à lui, après lui avoir présenté ses respects et offert toute sa sympathie, demeura à l'écart avec son père, mais leurs regards se croisaient fréquemment, et Abrielle faisait de son mieux pour rester de marbre. Car, tout au fond d'elle-même, elle s'inquiétait à l'idée que, maintenant qu'elle était extrêmement riche, l'Écossais tente de pousser son avantage et de profiter de la situation. L'avertissement qu'elle avait donné à Cordelia valait aussi pour elle. Que savait-elle de lui, sinon qu'il avait un beau visage et le verbe enjôleur ?

Pour ne pas éveiller les soupçons, elle jugea plus prudent de consacrer toute son attention aux autres invités. Elle accepta les condoléances de chacun, remercia de leur présence et de leur soutien les proches de la famille et les participants à la chasse dont beaucoup n'aimaient pas Desmond plus qu'elle. La petite coterie qui avait bruyamment manifesté son antipathie pour les Écossais et son mépris des Saxons ne s'attarda pas, et leur départ fut accueilli par beaucoup avec soulagement.

Abrielle invita courtoisement ceux qui restaient à partager avec elle le souper de funérailles qui serait servi dans la grande salle, et pria sa famille et les Grayson de l'excuser. Elle tenait à régler sans attendre une ou deux questions qui lui tenaient à cœur et les retrouverait plus tard. Tandis que tout le monde regagnait le château, Raven demeura immobile, les yeux fixés sur elle. Sa présence insistante la rendait nerveuse. Elle lui rappelait les affreux événements de la nuit passée. Elle aurait tellement préféré qu'il en ignore tout ; cela dit, s'il n'avait pas été là, que serait-il advenu d'elle ? Elle était partagée entre des sentiments contraires, incapable de faire la part entre la gratitude qu'elle lui devait et la méfiance qu'il lui inspirait. Pour l'heure, cependant, elle avait un souci plus urgent.

Elle s'approcha de Thurstan, qui surveillait les serfs occupés à refermer la tombe. Ce dernier laissa s'écouler un long moment avant de daigner lui prêter attention. Abrielle avait compris qu'elle ne pouvait le compter au nombre de ses amis, mais elle fut néanmoins abasourdie par l'hostilité farouche qu'elle lut dans son regard. Elle ne put s'empêcher de se demander quand il allait retourner dans ses terres, mais il était évidemment difficile de lui poser la question de but en blanc.

— Je suis désolée de vous déranger, Thurstan, mais auriez-vous l'amabilité de m'accorder un moment ? J'ai cru comprendre que vous assistiez votre oncle dans la gestion de ce domaine. Si je fais erreur, je peux m'adresser à l'intendant…

— Vous pouvez parfaitement vous adresser à moi.

— Je vous remercie. Il y a deux ou trois petites choses qui me préoccupent depuis quelques jours. Je n'avais jusqu'ici aucune autorité pour me pencher dessus, mais puisque ces tristes événements m'en donnent maintenant le pouvoir, j'aimerais y remédier sans plus attendre.

Le jeune homme demeura silencieux, se contentant de la dévisager d'une manière qui la mit mal à l'aise.

— Je compte établir de nouvelles règles auxquelles devront se soumettre tous ceux qui possèdent un peu d'autorité en ces lieux, reprit-elle avec fermeté. Elles sont destinées à améliorer le sort de ceux qui n'ont pas voix au chapitre, et j'entends qu'elles entrent en vigueur dès maintenant.

— Et de quoi s'agit-il donc, milady ?

Le sarcasme à peine dissimulé ne fit que fortifier Abrielle dans ses résolutions, même si elle regrettait de ne pas s'être directement adressée à l'intendant. Thurstan, se rappela-t-elle, avait tenté de pousser son oncle à modifier les termes de leur contrat de mariage, qu'il jugeait certainement trop avantageux pour elle. À en juger par son animosité, elle commençait à se demander si Desmond avait prévu quoi que ce fût pour son neveu dans son testament.

— Je compte aller inspecter le hameau où logent les serfs, répondit-elle. Voulez-vous m'accompagner, ou préférez-vous que j'envoie chercher l'intendant pour me servir de guide ?

— Ce ne sera pas nécessaire. Je peux vous aider comme je le faisais avec mon oncle.

Sans un mot, Abrielle prit la direction des pauvres masures édifiées de l'autre côté de la rivière. Thurstan l'interrogea du regard lorsqu'elle s'arrêta devant le feu qui se consumait au centre d'une sorte de placette au milieu des cabanes disposées en cercle.

— Auriez-vous l'amabilité d'appeler les serfs, je vous prie ?

— Si vous me disiez de quoi il retourne, milady, je veillerai à l'exécution de vos instructions.

— Je vous remercie, mais je souhaite m'adresser à eux directement et à leur expliquer moi-même ce qui sera désormais attendu d'eux. S'ils trouvaient à l'avenir des raisons de se plaindre, ils sauront qui a donné ces instructions.

Thurstan traversa la petite placette et frappa trois fois sur un grand disque de métal suspendu à un portique rudimentaire avant de revenir prendre place aux côtés d'Abrielle. C'est à ce moment-là que celle-ci remarqua la présence discrète de Raven qui, adossé à un arbre à bonne distance, ne la quittait pas des yeux, comme s'il s'était lui-même proclamé responsable de sa sécurité personnelle. Elle pouvait difficilement lui manifester son déplaisir autrement que par un froncement de sourcils qui le laissa de marbre.

Les serfs se massèrent craintivement de l'autre côté du foyer, et la nouvelle châtelaine fut une fois de plus frappée par leur maigreur et leur allure misérable. Ils serraient contre eux de pauvres hardes déchirées qui les protégeaient mal du vent frais qui s'était levé. Bien peu seraient en mesure de résister aux rigueurs de l'hiver, elle en était certaine. Weldon avait toujours veillé au bien-être des gens dont il avait la charge, mais, visiblement, Desmond ne s'était jamais soucié de leur sort dès lors qu'ils étaient assez nombreux pour le servir.

— Je suis lady Abrielle, votre nouvelle maîtresse, déclara-t-elle en contournant le feu, tandis que, à son grand étonnement, Thurstan demeurait en retrait.

Comme elle passait près de ces malheureux, posant la main sur le bras d'un vieillard, caressant la joue d'un bambin, pressant l'épaule d'une femme, elle ne manqua pas de remarquer les regards effrayés qu'ils décochaient furtivement à Thurstan.

— Vous vous en souvenez peut-être, mais je suis souvent venue ici du vivant de lord Weldon. Son frère, lord Desmond, que j'ai épousé hier, a été retrouvé au pied d'un escalier ce matin, victime d'une chute mortelle. J'ai l'intention d'apporter à ce domaine un certain nombre de changements que vous accueillerez favorablement, j'espère. J'entends que vous utilisiez vos talents pour la construction de nouveaux logements qui vous abriteront mieux et pour la fabrication des meubles qui vous sont nécessaires. Je veillerai également à ce que vous appreniez à filer la laine et à tanner le cuir, afin de pouvoir à l'avenir vous vêtir correctement. En attendant, nous vous fournirons des vêtements convenables pour affronter les rigueurs de l'hiver.

Une femme encore jeune, mais déjà marquée par la misère, se précipita pour rattraper un enfant famélique qui trottinait vers Abrielle et, visiblement affolée, plongea dans une profonde révérence en implorant le pardon de Sa Seigneurie. La jeune fille s'imagina tout à coup à la place de cette pauvre paysanne, incapable de subvenir aux besoins de son enfant.

Pivotant pour faire face à Thurstan, elle déclara d'une voix tremblante de colère :

— Je constate que depuis la mort de lord Weldon, ces malheureux n'ont pas été suffisamment nourris. Lord Desmond ne s'en souciait peut-être pas, mais je ne souffrirai plus une telle misère. À compter de ce jour, je tiens à ce que tout soit mis en œuvre pour nourrir, vêtir et loger correctement tous ceux qui vivent sur ces terres. M'avez-vous bien compris, Thurstan ? Nous irons ensemble voir l'intendant afin qu'il n'y ait aucun malentendu.

Sur ce, elle adressa un sourire rassurant aux malheureux serfs et se dirigea d'un pas décidé vers le pont-levis, pour se heurter à Raven, qu'elle salua d'un bref signe de tête avant de poursuivre son chemin.

— Lady Marlé, pourriez-vous m'accorder un moment ? s'enquit-il en la rattrapant.

— Certainement, concéda-t-elle, surprise de s'entendre appeler par son nom d'épouse. Soyez bref, ajouta-t-elle à voix basse, je ne tiens pas à ce qu'on nous voie ensemble du château.

— Et où serait le mal ?

— Vous le savez parfaitement !

— Tout ce que je sais, c'est que votre mari est décédé, et que je ne suis pas le premier à vous adresser la parole aujourd'hui. Il faudrait être aveugle pour ne pas avoir remarqué le nombre de jeunes gens qui sont venus vous témoigner leur amitié.

— Est-ce aussi là votre intention, messire, me témoigner votre amitié ?

— C'est déjà fait, il me semble. Mais si la dame le désire, je suis tout prêt à…

— La dame ne désire rien de la sorte, coupa-t-elle, les joues en feu.

— Vraiment ? fit-il en inclinant la tête de côté. Il se trouve que je possède une certaine expérience en la matière, et il m'avait semblé…

— Cela suffit ! Que cherchez-vous, exactement, messire ? Vous n'avez plus aucune raison de prolonger votre séjour, puisque Desmond n'est plus là pour vous prouver qu'il a gagné.

— Ainsi, vous connaissiez la raison de son invitation.

Abrielle haussa les épaules.

— Ce n'était pas difficile à deviner.

— Ce n'est pas difficile non plus de deviner pourquoi je ne peux ni ne veux vous quitter. À l'instant où j'ai posé les yeux sur vous, j'ai brûlé de vous faire mienne, chuchota-t-il d'une voix rauque.

Ils avaient atteint le pont, et elle s'accouda au parapet pour dissimuler son émotion. Qu'il puisse mentir de manière aussi éhontée la révoltait.

— Comment osez-vous, messire ? répliqua-t-elle d'un ton où perçait la colère. Jamais vous ne m'avez fait la cour, jamais vous n'avez manifesté l'intention de demander ma main ! Vous ne valez pas mieux que Desmond de Marlé. Laissez-moi en paix, et ne m'approchez plus, je vous prie.

Raven la regarda s'éloigner. La bataille pour la faire sienne s'annonçait comme la plus rude qu'il ait jamais menée, mais il désirait Abrielle plus que tout au monde, et il gagnerait son amour, quel qu'en fût le prix.

10

Les jeunes gens qui avaient cherché querelle aux Écossais et manifesté de toutes les manières possibles leur hostilité envers les Saxons avaient quitté le château immédiatement après les funérailles, si bien que le déjeuner fut beaucoup plus détendu.

Chacun avait à cœur de manifester sa sympathie à la jeune veuve, et certains allèrent même jusqu'à lui assurer qu'elle n'aurait aucun mal, le moment venu, à trouver un nouvel époux qui lui conviendrait mieux.

— Mon père ne se sent pas très bien, expliqua Cordelia à son amie à la fin du repas. Je crois qu'il supporte mal la nourriture que l'on sert ici. Quoi qu'il en soit, il préfère rentrer à la maison où il pourra garder la chambre sans être impoli.

— Merci d'être restés si longtemps. Je ne sais comment j'aurais supporté ces derniers jours sans le réconfort de ta présence. Tu as toujours été une amie précieuse.

— La prochaine fois, je resterai plus longtemps, je te le promets. En attendant, prends soin de toi.

— Nous allons vivre loin l'une de l'autre, désormais, reprit Abrielle, et tu vas me manquer. Mais qu'est-ce que la distance pour des amies aussi proches que nous le sommes ?

— Je crains que tu ne puisses t'absenter aisément, maintenant que tu as des responsabilités de châtelaine. Je n'ai pas besoin de te rappeler que tu n'es plus sous la tutelle de ton beau-père, et que tu es parfaitement capable de gouverner ton fief. Je m'attends à trouver de grands changements à ma prochaine visite.

— Je ferai de mon mieux pour ne pas te décevoir, dit en souriant Abrielle.

— Quel dommage que lord Cedric habite trop loin pour venir nous rendre visite, lui aussi, soupira Cordelia.

— Honte à toi, Cordelia ! Il pourrait être ton grand-père, protesta Abrielle en riant.

— Mon grand-père n'était pas aussi bel homme. Et son fils n'est pas mal non plus, rétorqua son amie d'un air malicieux. Il est évident qu'ils sont de bon lignage.

Embarrassée, Abrielle détourna les yeux.

— Je n'ai pas vraiment fait attention.

— Vraiment ? feignit de s'étonner Cordelia. Lui pourtant t'accorde beaucoup d'attention, à ce qu'il m'a semblé.

— Quantité d'hommes m'ont accordé beaucoup d'attention, aujourd'hui. Il n'est qu'un parmi tant d'autres. Et puis, il est Écossais. Tu as remarqué comme les nôtres s'en méfient. Je lui ai demandé de partir, et j'espère qu'il ne va pas s'attarder.

— Je ne comprends pas pourquoi tu te conduis de manière aussi discourtoise. Cela ne te ressemble pas. Si j'avais le temps de t'interroger…

— Ne prends pas cette peine, sourit la nouvelle châtelaine. Et ne t'inquiète pas pour moi. Mon avenir s'annonçait très sombre, et voilà que tout s'éclaircit subitement.

Le soir venu, malgré sa répugnance, il fallut bien qu'Abrielle regagne les appartements de son défunt mari. Elle s'efforça de chasser les mauvais souvenirs de la nuit passée en songeant à son avenir. Rien n'aurait pu l'obscurcir sinon la perspective de son prochain mariage. Car il lui faudrait chercher un nouvel époux, et sans doute rapidement.

Les prétendants n'allaient pas tarder à affluer, mais cette fois, elle entendait bien prendre son destin en main. Quelle serait la réaction de son beau-père ? Maintenant qu'elle était à la tête de la fortune de Desmond, il aurait certainement à cœur de lui trouver un époux pourvu d'un titre prestigieux. Tel était le désir de la plupart des pères, et cela compenserait peut-être sa déception de ne pas avoir vu ses exploits récompensés par un titre.

Mais si sa bravoure et sa fidélité envers son souverain étaient enfin reconnues, peut-être la laisserait-il tranquille. Et si elle faisait valoir au roi qu'un titre suffirait à récompenser les hauts faits de Vachel, maintenant qu'il était riche, lui aussi, peut-être Henri y consentirait-il.

Mais comment aller plaider sa cause auprès de ce dernier sans l'offenser ?

Il lui fallait l'aide d'un émissaire qui ait ses entrées à la Cour. Et elle n'en connaissait qu'un : Raven Seabern ! Celui-ci pourrait sans difficulté remettre une lettre au roi d'Angleterre lors d'une prochaine mission, et ce serait le meilleur moyen de se débarrasser de lui et des troubles émotions que suscitait sa présence.

Soulagée, elle se pelotonna sous les couvertures. Sa décision était prise. Dès le lendemain, elle écrirait au souverain et confierait la précieuse missive à Raven, faisant ainsi d'une pierre deux coups.

Le lendemain matin, après avoir assisté à l'office religieux et s'être restaurée, Abrielle gagna la chambre des dames, renvoya les servantes occupées à des travaux d'aiguille et demanda à Nedda d'aller quérir messire Seabern. Depuis son lever, elle n'avait cessé de tourner et retourner son plan dans sa tête, et l'avait trouvé sans faille. Elle en était tellement satisfaite qu'elle accueillit le jeune Highlander avec un sourire qui parut le surprendre – ce dont elle ne pouvait le blâmer vu la façon dont elle l'avait rabroué la veille.

Il fut encore plus étonné lorsque Nedda, après une révérence, s'éclipsa, les laissant seuls.

— Vous m'avez demandé, milady ? s'enquit-il d'un ton neutre après l'avoir saluée d'un hochement de tête.

— Oui, messire. J'ai une tâche délicate à accomplir, et votre concours me serait précieux.

— Dites-moi simplement de quoi il s'agit, et ce sera fait, assura-t-il en faisant un pas vers elle.

Abrielle l'arrêta d'un geste.

— Vous n'avez nul besoin de vous rapprocher.

— Il y a besoin et besoin, observa-t-il avec douceur en continuant de s'avancer vers elle. Quelle est donc cette mission dont vous voulez bien m'honorer ?

— Lors de votre prochaine visite à la Cour, pourriez-vous remettre cette missive au roi Henri ? demanda-t-elle en lui tendant le rouleau de parchemin cacheté du sceau des Marlé comme s'il s'agissait d'un bouclier.

— Je ne sais absolument pas quand je retournerai à Londres, et encore moins en Normandie, où il doit résider en ce moment, expliqua-t-il en dédaignant le parchemin.

— Le roi David va sans doute vous y envoyer prochainement, insista-t-elle, désorientée par cette objection imprévue.

— Rien n'est prévu pour le moment. Je compte rester ici quelque temps.

— Mais ce message doit être remis au roi ! s'exclama-t-elle, sans dissimuler sa contrariété.

— Ne vous inquiétez pas, ce sera fait, la rassura-t-il en s'approchant pour prendre la missive.

Abrielle le gratifia d'un sourire reconnaissant.

— Merci, messire.

— J'ai un écuyer qui fait un excellent messager, il va partir sur-le-champ. Vous pouvez avoir totalement confiance en lui. Ma parole ne vous suffit pas ? questionna-t-il en voyant son sourire s'effacer.

— J'ignore la valeur de votre parole. Je ne sais rien de vous, du reste, déclara-t-elle avec mauvaise foi.

— Eh bien, sachez au moins ceci, répliqua-t-il en soutenant son regard sans ciller. Je ne reviens jamais sur une promesse. En m'engageant à faire parvenir cette missive à votre roi, c'est comme s'il l'avait déjà reçue.

— Je vous remercie, soupira-t-elle avec résignation.

Elle avait beau chercher, elle ne voyait aucun moyen de l'obliger à se charger personnellement de cette mission. De toute façon, elle avait du mal à rassembler ses idées quand il était si proche, qu'il la dominait de toute sa hauteur.

— Et comment allez-vous, lady Abrielle ? demanda-t-il à brûle-pourpoint.

— Que voulez-vous dire ?

— Vous êtes une toute jeune veuve, vous avez beaucoup de décisions à prendre. Ce sont des responsabilités qui peuvent se révéler pesantes…

— À vrai dire, jusqu'à maintenant, je n'ai trouvé qu'une seule personne dont la présence peut parfois se révéler pesante, voire menaçante, répliqua-t-elle en plantant son regard d'aigue-marine dans le sien, pour qu'il comprenne bien à qui elle faisait référence.

— Comme il ne me viendrait jamais à l'idée d'importuner ou de menacer une dame, j'en déduis que c'est votre tranquillité d'esprit qui est en cause.

— Le terme intimidation serait peut-être plus approprié.

— Je vous intimide donc, Abrielle ?

— Je ne vous ai pas autorisé à m'appeler par mon prénom. Et, non, vous ne m'intimidez aucunement, mentit-elle.

— Parfait ! Je préfère un combat à armes égales. Si jamais vous vous êtes sentie menacée ou intimidée par ma personne, c'est que vous avez mal interprété l'intérêt que je vous porte.

— Je n'ai que faire de votre intérêt, messire, ni de celui de tous ceux qui rêvent de s'approprier rapidement une fortune.

— Ainsi qu'une superbe fiancée, ajouta-t-il avec un sourire bref mais désarmant. Je ne peux parler qu'en mon nom, bien entendu.

— Si vous voulez bien m'excuser, à présent, fit-elle, exaspérée. Vous comprendrez aisément que j'ai beaucoup à faire.

Elle lui tourna délibérément le dos pour ne pas se laisser troubler davantage par le charme de son sourire. Il finirait bien par s'en aller... Elle comprit son erreur lorsqu'elle sentit sur sa nuque le souffle tiède du jeune homme. Avant qu'elle ait le temps de s'écarter, il la retint doucement par les épaules.

— Je ne mens pas en disant que votre beauté m'a captivé du plus loin que je vous ai vue, chuchota-t-il, sa bouche dangereusement proche de son oreille.

Pour rien au monde Abrielle n'aurait accepté de se retourner. Elle avait bien trop peur de se perdre dans ce regard outremer.

— Mais la beauté seule, aussi éblouissante soit-elle, ne suffirait pas à me faire perdre le sens de l'honneur. C'est en voyant votre courage, quand vous avez affronté avec tant de dignité l'adversité à Westminster, que j'ai compris où était votre véritable beauté. J'ai su à ce moment-là qu'à mes yeux, vous seriez à jamais l'unique.

Mensonges que tout cela, s'efforçait-elle de se convaincre, se retenant pour ne pas se couvrir les oreilles des mains afin de ne plus entendre cette voix dont la puissance de séduction la prenait en traître.

— Vous avez dit ce que vous aviez à dire. Laissez-moi, maintenant, intima-t-elle.

Elle attendit que la porte se fût refermée pour se laisser tomber sur une chaise, épuisée. Mais le répit fut de courte durée. Un instant plus tard, sa mère faisait son entrée.

— Abrielle ? J'ai cru voir Raven Seabern sortir d'ici.

— C'était lui, en effet.

— Tu l'as reçu ici... seule ?

— Ce n'est pas ce que vous croyez, maman, soupira-t-elle, déjà fatiguée par cette nouvelle ronde de prétendants, alors qu'elle n'était veuve que de la veille.

— Et que suis-je censée croire, ma fille ? Il y a ici beaucoup de jeunes gens qui donneraient cher pour se trouver seul avec toi afin de pousser leur avantage.

— Ce n'était pas le cas de Raven.

— Alors pourquoi ne quitte-t-il pas le château ?

— Il… il m'a fait une déclaration, avoua Abrielle, hésitant encore quant à ce qu'elle voulait révéler à Elspeth.

— Je mentirais en te disant que cela me surprend. Il suffit de voir les regards qu'il te jette.

— Ils me regardent tous de la même façon. Je ne suis que le nouveau trophée à gagner.

— Tu es bien plus que cela, mon petit.

— Je suis tellement fatiguée de tout cela, gémit-elle, au bord des larmes. Je sais que je dois trouver un mari digne d'exercer les responsabilités qui seront les siennes quand il m'aura épousée, mais j'ai bien mérité un peu de répit.

— Ne devrait-il pas être d'abord digne de toi ?

— Comment puis-je songer à cela alors qu'il y a tant en jeu ? Mon choix obéira à de nombreuses considérations, et le fait qu'il me plaise ne suffira pas.

— Est-ce que messire Seabern te plaît ?

— Il est Écossais, répondit Abrielle avec force. Vous avez vu de quelle façon les Anglais, qu'ils soient saxons ou normands, se méfient de son peuple ?

— Est-ce une raison suffisante pour se défier d'un homme d'honneur, qui t'a secourue sans songer à ses intérêts ?

Abrielle avait beaucoup de motifs de se méfier de Raven, mais elle ne se sentait pas prête à les confier à sa mère.

— Je ne l'écarterai pas, maman, mais il n'est qu'un prétendant parmi d'autres.

Le soir au dîner, Abrielle fut surprise de trouver Thurstan discutant avec Vachel. Il se leva pour les saluer poliment, sa mère et elle et, durant le repas, il l'interrogea sur sa première journée en tant que châtelaine. Il l'informa qu'il avait donné à l'intendant ses instructions au sujet des serfs et lui renouvela sa proposition d'aide. La jeune fille ne manqua pas de s'étonner de cette soudaine sollicitude alors qu'il lui avait témoigné depuis son arrivée au château une animosité jamais démentie. Il n'était peut-être pas différent des autres, après tout, songea-t-elle, et les richesses dont elle venait d'hériter aiguisaient son appétit.

— Pourrais-je vous entretenir en privé, milady ? s'enquit-il après le dîner tandis qu'elle prenait place avec ses parents près de la grande cheminée.

— Ne bouge pas, mon petit, intervint Vachel, comme s'il avait deviné les réticences de sa pupille. Nous allons vous laisser, ta mère et moi.

En le remerciant d'un sourire, elle remarqua qu'un certain nombre de jeunes gens les observaient attentivement, comme s'ils attendaient leur tour. Quant à Raven, il se tenait à l'écart avec son père et la regardait de temps à autre avec cette calme assurance qui l'irritait, l'intriguait et, devait-elle admettre, l'inquiétait. Croyait-il donc que le fait de connaître ses secrets les plus sombres lui donnait un avantage sur ses concurrents ?

— Milady, commença Thurstan en prenant le siège qu'avait quitté Elspeth, je suis convaincu que la mort tragique de mon oncle ne doit pas marquer la fin des relations entre nos deux familles.

— Je vais résider dans ce château, et vous ne vivez pas si loin, répliqua-t-elle, étonnée par ce préambule inattendu.

— Ce que je veux dire, précisa-t-il avec une pointe d'impatience, c'est que vous étiez la femme de mon oncle. Pour maintenir ces liens, ne conviendrait-il pas de m'épouser ?

— Thurstan… vous me demandez ma main ? balbutia-t-elle, prise de court.

— Je pense que cette union résoudrait les problèmes causés par le décès subit du comte. Depuis qu'il avait succédé à son frère, je l'ai assisté dans l'administration de ses domaines. Je pourrais continuer.

— Est-ce une raison suffisante pour nous marier ? dit-elle, incrédule. J'avais cru remarquer chez vous une certaine hostilité à mon égard.

— Je ne pouvais me permettre de ressentir quoi que ce fût pour vous alors que vous vous apprêtiez à devenir l'épouse de mon oncle, expliqua-t-il en la détaillant sans vergogne de la tête aux pieds. Et ce qui importe avant tout dans un mariage, c'est le respect mutuel.

— Le respect ? répéta-t-elle, écœurée par tant d'effronterie. Ce matin, j'ai personnellement constaté la triste condition des serfs attachés à ce fief. Vous venez à l'instant de me dire que vous suiviez de près la gestion de ce domaine, que vous êtes donc, en partie du moins, responsable de leur sort, et vous venez me parler de respect ?

— Mon oncle…

— Était le maître, je sais, mais vous n'avez apparemment rien fait pour aider ces pauvres gens. J'ignorais ces faits quand j'ai accepté la demande en mariage de Desmond, sinon je n'aurais jamais lié mon sort à une famille qui maltraite ainsi les plus faibles.

— Eh bien, vous n'avez plus qu'à rester vierge, grinça-t-il.

Abrielle se réjouit qu'il y eût tant de monde autour d'elle, car la rancœur qui vibrait dans la voix de Thurstan lui faisait froid dans le dos.

— Vous devez comprendre qu'avant vos fiançailles, le sire de Marlé avait pris d'autres engagements financiers, continua-t-il.

— Quel genre d'engagements ? Insinuez-vous qu'il les aurait volontairement cachés quand il a signé notre contrat de mariage ?

— Il n'a pas honoré les promesses que lord Weldon m'avait faites, alors qu'il s'y était engagé.

— Vous voulez dire un legs en votre faveur plus important que celui figurant dans son testament ?

— Il m'avait promis...

— J'ignore ce qu'il vous avait promis, coupa Abrielle. C'est votre parole contre ce qu'il a écrit.

— Et vous doutez de ma parole ?

— Je regrette qu'il vous ait laissé espérer...

— Je n'ai que faire de votre pitié ! lança-t-il avec tant de force que plusieurs têtes se tournèrent. N'oubliez pas que votre position dans ce château est précaire, milady, ajouta t-il entre ses dents.

— Je suis désormais lady Abrielle de Marlé, et ma position dans ce château n'a rien de précaire !

— Je voulais simplement vous mettre en garde. Sans ma protection...

— Je bénéficie de la protection de mon beau-père, de ses hommes et de ceux de mon défunt mari. Dois-je mettre en doute leur loyauté ?

Thurstan sentit qu'il s'aventurait en terrain glissant et préféra garder le silence.

— En ce qui me concerne, nous avons épuisé le sujet, messire, reprit Abrielle. À moins que vous m'apportiez la preuve du contraire, mon époux était libre de disposer des biens hérités de son frère. Si vous, ou un autre de ses parents, veniez à contester la validité du contrat de mariage auquel il a librement souscrit, je vous conseille de vous adresser à mon beau-père plutôt que de tenter de m'effrayer. Il vous prouvera la validité des engagements pris. J'ajouterai que si je venais à décéder, accidentellement ou pas, tous les biens dont j'ai hérité à la mort de votre oncle reviendraient de droit à mes parents. Et si quelqu'un venait à les menacer, Vachel de Gérard serait parfaitement à même de lever les forces nécessaires à leur protection.

— Vous parlez de meurtre comme si c'était la conclusion logique de notre entrevue. Ce n'est absolument pas le cas, protesta Thurstan en se levant.

Abrielle aurait dû être soulagée qu'il batte ainsi en retraite, mais il lui faisait songer aux serpents qui se ramassent sur eux-mêmes avant de frapper.

— Je voulais simplement vous rappeler les faits, messire, pour qu'il n'y ait pas de malentendus.

— C'était également mon but, milady.

— Lady Abrielle, avez-vous besoin d'assistance ?

Ils étaient tellement pris par leur discussion que ni l'un ni l'autre n'avaient vu Raven approcher. Il se tenait à présent aux côtés de la jeune femme, les mains jointes derrière le dos, comme s'il voulait simplement se joindre à la conversation.

— Je vous souhaite une bonne soirée, milady, fit Thurstan en s'inclinant.

— Votre entretien ne m'a pas paru des plus cordiaux, commenta Raven après que le neveu de Desmond eut quitté la pièce.

— Ce n'était pas une raison pour l'interrompre. Vous comptez jouer les gardes du corps encore longtemps ?

— Chaque fois que ce sera nécessaire. Était-ce le cas ?

— Non. J'ai réglé notre différend, et je vous serais reconnaissante de ne plus intervenir dans mes affaires à l'avenir.

— Oh, mais vous appréciez mes attentions, l'entendit-elle murmurer comme elle se levait.

— Vous vous faites des idées, rétorqua-t-elle en s'efforçant de dissimuler son trouble. Bonne nuit, messire.

11

Même si Abrielle pensait avoir été claire avec Thurstan, elle prit la précaution d'emmener l'intendant avec elle pour retourner au village des serfs le lendemain. Ses ordres avaient été exécutés, et constater combien ces pauvres gens paraissaient moins apathiques depuis qu'ils avaient le ventre plein lui mit du baume au cœur.

Nedda avait eu l'excellente idée d'installer Elspeth et Vachel dans les spacieux appartements qui jouxtaient celui de sa maîtresse, et elle se sentait rassurée de les savoir si proches.

Ce soir là, ils avaient décidé d'y dîner, et la jeune fille en profita pour évoquer les conséquences de la mort de Desmond et aborder le sujet de son avenir.

— Maintenant que je suis une riche veuve, j'ai l'impression que ce que nous avons vécu, maman et moi, après la mort de mon père, est en train de se reproduire, à cette différence près qu'il s'agit à présent de jeunes gens convenables à la recherche d'une épouse fortunée. Même s'il ne s'agit plus de vauriens qui en veulent à ma virginité, je préférerais ne pas avoir affaire à eux, quels que soient leur richesse ou leur titre.

— Tu as suffisamment souffert pour le bien de notre famille, mon petit, reconnut Vachel. Et je tiens à m'en excuser. Je te suis tellement reconnaissant de ton sacrifice. Jamais je ne t'en remercierai assez.

— Le sort a eu la bonté de me délivrer à temps de cet horrible mariage. Je n'ai cependant aucune envie de recommencer. Si l'un des prétendants qui vont se presser ici vous paraît intéressant, je suis prête à considérer sa candidature avec bienveillance, mais je dois vous prévenir que je ne consentirai jamais à épouser un homme qui ne me plaira pas. Desmond était un véritable cauchemar, et je ne veux pas revivre pareil calvaire. À aucun prix.

Jugeant inutile d'inquiéter ses parents, la jeune fille avait trouvé plus sage de ne pas mentionner la proposition de Thurstan.

— Et que penses-tu de ce jeune Raven Seabern ? risqua Vachel.

— Un Écossais ? se récria Abrielle, feignant l'étonnement.

Son beau-père n'avait pas besoin de savoir que c'était le visage de Raven qu'elle cherchait, le cœur battant, dès qu'elle entrait dans une pièce, ni que le son de sa voix suffisait à lui donner des frissons. Elle n'arrivait pas à démêler les sentiments contradictoires qui l'agitaient, comment aurait-elle pu les expliquer à ses parents ?

— Nous en avons déjà parlé, intervint Elspeth. Abrielle ne le considère pas comme un fiancé possible.

— Ta condition de riche veuve ne te déplaît pas, n'est-ce pas ? observa Vachel avec un regard inquisiteur qui agaça l'intéressée. Sois honnête, dis-moi la vérité.

— Si j'avais le choix entre être pauvre et vivre avec un homme que j'aime et que je respecte, ou partager l'existence d'un homme aussi méprisable que Desmond, je choisirais la première possibilité. Car à mes yeux, la richesse n'est rien comparée à un amour sincère.

— C'est que tu n'as jamais connu la pauvreté, rétorqua Vachel. Tu n'as jamais eu froid, tu n'es jamais allée te coucher l'estomac vide, heureusement.

— Et vous ? répliqua Abrielle.

Même à sa femme, le chevalier n'avait jamais raconté ce qu'il avait enduré au cours de ses campagnes, et il hésita un moment avant de répondre. Mais il ne pouvait mentir à celles qu'il aimait le plus au monde.

— Si j'ai pu te paraître avide de richesses, c'est que plus d'une fois, quand je combattais pour mon roi, dans ce pays ou en Terre sainte, j'ai dû dormir à même le sol, sans un manteau pour me couvrir, sans un quignon de pain pour apaiser mon estomac qui criait famine. J'y ai survécu, comme tu vois, mais je sais mieux maintenant apprécier un repas suffisant, la chaleur d'un bon lit et d'un toit au-dessus de ma tête.

— Vachel, pourquoi ne m'as-tu jamais raconté ce que tu avais souffert ? s'exclama Elspeth.

— Je n'en voyais pas l'intérêt, ma chérie. Peu de femmes ont envie d'entendre de tels récits.

— Mais tout ce qui te concerne m'intéresse ! Le peu que je sais de tes campagnes, c'est ce qui a pu échapper à ton écuyer. Je sais qu'on te surnommait « Vachel le Roc », car tu ne reculais jamais, que tu as été fait prisonnier et que tu serais mort de faim si tes compagnons n'étaient pas parvenus à te délivrer. Pourquoi ne m'en as-tu jamais parlé toi-même ?

— Mon écuyer enjolive un peu. Et puis, j'oublie toutes ces horreurs dès que je suis avec toi, mon aimée. À tes côtés, je suis plus heureux que le plus puissant des princes !

Jamais encore Abrielle n'avait remarqué avec quel air d'adoration sa mère contemplait son beau-père. Elle avait toujours présumé qu'après la mort de son père, celle-ci avait épousé Vachel pour leur assurer à toutes deux une protection, mais elle devait se rendre à l'évidence : sa mère était profondément amoureuse de son mari.

— Je voudrais… profiter de ce que nous sommes réunis tous les trois pour vous annoncer une… nouvelle importante, balbutia Elspeth en rougissant. J'attends un enfant.

— Tu… tu en es certaine ? bégaya son mari, stupéfait.

— Depuis trois mois au moins.

— Mais pourquoi ne nous avez-vous rien dit ? s'étonna Abrielle, ravie, mais un peu inquiète pour la santé de sa mère. Vous êtes sûre que vous allez bien ?

— Ma chérie, dis-nous que tu vas bien, supplia Vachel. Tu sais que je ne pourrais pas vivre sans toi.

— Je suis en parfaite santé, rassurez-vous. J'ai attendu d'en être certaine avant de vous en parler. J'avoue que j'avais perdu tout espoir d'avoir un autre enfant. Tout récemment, le bébé a commencé à bouger ; je pense qu'il devrait naître dans six mois environ.

— Je m'attendais à tout sauf à cela, mais c'est une excellente nouvelle. Vous savez que j'ai toujours rêvé d'avoir une petite sœur, avoua Abrielle qui se leva pour aller embrasser sa mère.

— Je préférerais un fils, mais peu importe, pourvu que cet enfant soit en bonne santé, sourit Vachel en portant à ses lèvres la main de sa femme. Je vais devoir veiller sur toi encore plus attentivement maintenant.

— Je ferai tout ce que je pourrai pour lui épargner toute fatigue, promit Abrielle. Je vais enfin pouvoir prendre soin de ma mère, pour changer.

— Je ne suis ni malade ni invalide, protesta Elspeth en riant. Et je suis parfaitement capable de prendre soin de moi toute seule. J'ai déjà été enceinte, ne l'oubliez pas.

— C'est vrai, ma chérie, mais tu étais beaucoup plus jeune ! Les années peuvent bien glisser sur toi, moi, en tout cas, je ne rajeunis pas, et j'ai besoin de toi pour prendre soin de moi quand je serai sénile.

— Ne t'inquiète pas, je serai à tes côtés à ce moment-là, s'il arrive jamais.

— À notre famille, qui va bientôt s'agrandir ! déclara Vachel en levant son hanap. Puissions-nous vivre heureux tout au long de notre vie, et apprécier à leur juste valeur les plaisirs simples qui nous sont accordés. Pour ma part, jamais je ne les aurais connus si je ne t'avais pas rencontrée et si tu n'avais pas accepté de devenir ma femme.

— Puissiez-vous vivre cent ans ! renchérit Abrielle.

Elle non plus ne savait pas ce qu'elle deviendrait sans Elspeth. Elles étaient si proches. Si sa mère venait à disparaître, elle aurait l'impression d'être amputée d'une partie d'elle-même.

Le lendemain, Abrielle descendit aux cuisines pour évaluer ce qu'il restait comme vivres après le départ des derniers invités. Elle avait chargé l'intendant de nourrir les serfs et voulait s'assurer qu'il y avait assez.

Elle s'aperçut immédiatement que les restes du repas étaient largement suffisants pour nourrir le village entier et ordonna qu'on emballe le tout et qu'on le porte de l'autre côté du pont-levis.

En entendant ces instructions, une maritorne aux longs cheveux noirs et au regard torve s'approcha, l'air suffisant. Elle se prenait visiblement pour la souveraine de ces cuisines, et les autres domestiques battirent prudemment en retraite. Elle considéra d'un air vindicatif la nourriture déjà empaquetée et toisa sa maîtresse.

— Je suis la cuisinière du seigneur de Marlé, et depuis des années que je le sers, il a toujours été entendu que j'avais le droit d'emporter les restes des repas pour nourrir mes cochons. Il n'a jamais été question de partager avec tous ces bons à rien de l'autre côté du ruisseau.

Abrielle considéra alternativement les monceaux de nourriture qui restaient, puis le tour de la taille imposant de la cuisinière. Les pourceaux n'étaient visiblement pas les seuls à se goberger.

— Comment vous appelez-vous, ma brave femme?

— Mordea, rétorqua la souillon avant d'envoyer dans un seau un jet de salive noirâtre.

Réprimant un haut-le-cœur, Abrielle rétorqua :

— Vous voulez dire que le sire de Marlé ne souffrait aucune exception à cette règle, quelle que soit la quantité de restes?

— Pas la moindre, depuis le début. Je dirige les cuisines et tous les restes me reviennent.

— Et que souhaitez-vous emporter?

— Tout!

— Le seigneur de Marlé n'est plus de ce monde, c'est moi maintenant qui suis maîtresse de ce château, et c'est moi qui désormais édicte les règles qui le régissent. J'entends tout d'abord qu'aucune ne soit appliquée sans que je l'aie approuvée au préalable, et que rien ne sorte d'ici sans mon autorisation. À présent, veuillez exécuter mes ordres, reprit-elle à l'intention des valets.

— Pas question ! C'est à moi ! À moi ! hurla la mégère en se jetant sur sa maîtresse toutes griffes dehors.

Abrielle était beaucoup plus jeune et surtout beaucoup plus agile. Elle n'eut aucun mal à esquiver l'attaque, et la harpie alla s'écraser tête la première sur le carrelage.

— Qu'est-ce qui se passe ici ? rugit Thurstan en pénétrant dans la cuisine au pas de charge.

Il se précipita pour relever la souillon et presser sur son nez ruisselant de sang un torchon ramassé sur une table.

— Qui t'a fait ça, Mordea ?

— C'est cette garce ! siffla la sorcière en pointant un index accusateur en direction de sa nouvelle maîtresse.

Visiblement furibond, Thurstan fit volte-face, pour se trouver nez à nez avec la jeune châtelaine.

— Milady, je...

— Pas un mot, l'interrompit Abrielle. Je veux que cette femme ait quitté les lieux dans l'heure.

— Milady, elle est arrivée ici en même temps que le sire de Marlé, elle l'a toujours servi. Et nous n'avons pas de meilleure cuisinière.

La jeune fille n'était pas d'humeur à discuter des talents – ou plutôt de l'absence de talents de l'intéressée en la matière.

— Peu m'importe ! Je n'admets pas d'être attaquée par une servante dans ma propre maison. Je vous ai donné un ordre, exécutez-le, et que cette harpie ne remette jamais le pied ici.

— Mais elle est déjà âgée, protesta Thurstan. Que deviendra-t-elle si vous la chassez ?

— Elle trouvera bien d'autres malheureux à tyranniser, comme elle l'a visiblement fait dans ces cuisines depuis qu'elle y règne.

Pour bien montrer qu'elle en avait terminé avec le sujet, elle fit signe aux domestiques de reprendre le chargement des victuailles. L'ardeur avec laquelle ils s'exécutèrent et les sourires qu'ils échangeaient timidement lui dirent mieux que des mots combien la tutelle de Mordea avait dû être lourde à supporter, et à quel point ils étaient soulagés d'en être débarrassés.

Abrielle était extrêmement surprise de la sollicitude de Thurstan envers la cuisinière. Quand elle entendit l'affreuse sorcière le morigéner comme un enfant, elle comprit qu'elle devait savoir beaucoup de choses sur les habitants de ce château, et sur le jeune homme en particulier.

— Si ma pauvre mère était encore de ce monde, ça ne se serait pas passé comme ça, grommela-t-elle. Elle aurait mis en pièces cette péronnelle, et ce château aurait longtemps gardé les traces de sa colère.

— Chut ! fit Thurstan en l'entraînant vers la porte.

— Tu ne veux pas que cette pimbêche sache qu'on est presque parents, c'est ça ?

— Mordea ! siffla Thurstan sous l'œil stupéfait d'Abrielle.

— Eh oui, Desmond de Marlé et moi, on était frère et sœur ! grinça la mégère. Si on avait eu la même mère, tu serais mon neveu, alors ne commence pas à me regarder de haut, tout Marlé que tu sois !

Tandis qu'ils sortaient, Abrielle réprima un frisson à l'idée que c'était la sœur de son défunt mari, sur qui pesaient déjà tant de soupçons de meurtres, qui les avait nourris...

12

En approchant du village, Abrielle fut désagréablement surprise, et quelque peu irritée, d'y trouver Raven.

Il avait beau se trouver assez loin, entouré de serviteurs, son regard fut immédiatement attiré par lui, comme si un mystérieux signal l'avait avertie de sa présence.

Lui non plus n'avait pas manqué de remarquer la jeune fille, mais elle s'était si souvent plainte de toujours le trouver attaché à ses pas qu'il préféra l'ignorer. Mais tout en aidant à décharger la nourriture, il ne put s'empêcher de l'observer à la dérobée. Il était heureux de la voir prendre de l'assurance et assumer avec tant de grâce et d'efficacité ses devoirs tout neufs.

Les serfs n'hésitaient plus à venir à la rencontre de leur nouvelle châtelaine, à présent. Au contraire, encouragés sans doute par l'absence de Thurstan, ils avaient à cœur de lui témoigner leur reconnaissance, et n'hésitaient pas à lui murmurer quelques mots maladroits avant de s'incliner respectueusement. Abrielle accueillait leurs effusions avec une émotion évidente, heureuse de pouvoir faire le bien.

Même s'il était capable de beaucoup de patience, Raven n'était cependant pas homme à oublier le but qu'il s'était fixé. Elle était assise au milieu d'un groupe d'enfants, un bébé sur les genoux, quand il la rejoignit enfin. Il se rembrunit en voyant le sourire joyeux qui dansait sur ses lèvres s'effacer à son approche.

— Vous avez agi noblement en aidant ces pauvres gens, observa-t-il en s'immobilisant devant elle.

— Une bonne action n'est jamais difficile à accomplir.

— Vous me paraissez née pour commander, peut-être parce que vous êtes fille unique.

Un instant, elle fut sur le point de révéler le secret de sa mère, comme s'il était un intime de la famille, mais elle se ravisa à temps.

— Moi aussi, je suis un enfant unique, enchaîna-t-il. Nous avons au moins cela en commun. Et j'étais très jeune quand je me suis retrouvé seul avec mon père. C'est lui qui m'a appris tout ce que je sais, depuis le maniement de l'épée jusqu'à la diplomatie.

— C'est pour cela que vous voyagez avec lui ? Vous avez encore besoin d'un mentor ? fit-elle, sarcastique.

— Voilà des propos qui me transpercent.

— Pardonnez-moi. Je n'aurais jamais imaginé que la vérité vous serait à ce point douloureuse.

Un instant, ils se défièrent du regard, puis elle baissa les yeux, non sans qu'il y ait perçu une lueur affolée. Il en devinait sans peine la raison ; elle s'était souvenue de cette autre « vérité », celle qui concernait la mort de Desmond, et qu'ils étaient seuls à connaître. S'il avait cru que ce secret qu'ils partageaient allait les rapprocher, il s'apercevait maintenant qu'il avait, au contraire, creusé entre eux un fossé difficile à franchir.

— Effectivement, certaines vérités ne peuvent que semer le désordre quand elles se voient révélées au grand jour, dit-il avec douceur. Mais vous avez ma parole, milady, que jamais, au grand jamais, je ne les dévoilerai.

Sur ce, il s'inclina poliment et tourna les talons.

Abrielle traversait le pont-levis quand elle vit Thurstan qui escortait Mordea jusqu'à une charrette. Une vingtaine d'hommes à cheval attendaient un peu plus loin. Avant d'accepter l'aide de Thurstan pour se hisser sur le siège, la mégère se baissa pour ramasser une pierre qu'elle glissa discrètement dans la poche de son tablier.

Elle s'empara des rênes, s'adressa au jeune homme dans une langue inconnue, puis, apercevant la châtelaine, laissa échapper un gloussement ravi et fouetta les chevaux. Quand elle arriva à sa hauteur, elle sortit la pierre de sa poche et la lança de toutes ses forces dans sa direction.

Abrielle n'eut pas le temps de se baisser que Raven l'empoigna par la taille tout en pivotant vivement. Le caillou percuta le dos du jeune homme, qui ne broncha pas, malgré la violence du choc. Toute tremblante, Abrielle le remercia d'un sourire vacillant. Sans lui, elle aurait pu être gravement blessée, voire mortellement.

— On se retrouvera au moment où tu t'y attendras le moins, ma belle ! glapit Mordea. Je te saignerai jusqu'à la dernière goutte et je t'arracherai le cœur pour le jeter aux pourceaux !

Tout en s'éloignant au galop, elle poursuivit sa tirade dans la langue inconnue qu'elle avait employée un peu plus tôt. Abrielle n'avait pas besoin de la comprendre pour deviner qu'il s'agissait d'une bordée d'insultes.

— La vieille sorcière a juré de vous envoyer au tombeau, expliqua Cedric, qui se tenait un peu en retrait de son fils.

— J'espère que vous n'êtes pas blessée, milady, lança hypocritement Thurstan sans prendre la peine de s'approcher.

— C'est un véritable miracle qu'elle ne le soit pas, gronda Raven.

Les deux hommes se dévisageaient avec une telle animosité qu'Abrielle déclara promptement :

— Thurstan, je compte sur vous pour qu'elle ne remette jamais les pieds ici.

— Et je veillerai à ce que la charrette et le cheval, qui vous appartiennent, vous soient retournés dès demain, ne vous inquiétez pas. Je vous remercie, messire Raven, reprit-il avec réticence, d'avoir protégé lady Abrielle de la stupide erreur de jugement de Mordea.

— Une erreur de jugement ? s'insurgea Raven.

Craignant qu'ils n'en viennent aux mains, la jeune fille se dépêcha d'intervenir.

— Vous partiez sans avoir la courtoisie de me faire vos adieux, Thurstan ?

— J'avais l'impression que ma présence vous pesait.

S'il attendait un démenti, il en fut pour ses frais.

— Je vous souhaite une bonne journée, milady, lança-t-il avec raideur avant de grimper en selle.

Le jeune homme et sa petite troupe éperonnèrent leurs montures pour rejoindre la charrette de Mordea.

— Pourquoi diable Thurstan de Marlé escorte-t-il une simple cuisinière ? s'étonna Cedric.

— Peut-être parce que, même s'ils ne sont pas directement parents – il est le fils de feu le frère aîné de Desmond, et elle est la demi-sœur de Desmond par sa mère –, il se sent un devoir de loyauté vis-à-vis d'elle.

— Quoi qu'il en soit, nous voilà débarrassés d'eux, conclut l'Écossais.

Abrielle, quant à elle, était loin d'en être aussi sûre.

Ce soir-là, les soupirants d'Abrielle se firent plus hardis. Ils se pressaient autour d'elle pour attirer son attention et converser avec elle en tête à tête. La plupart du temps, il s'agissait d'exposer succinctement, mais avec une grande conviction, leurs innombrables qualités. Comme d'habitude, Raven demeurait à l'écart, et s'il ne la regardait pas en permanence, elle le sentait aux aguets, tel un fauve qui feint de dormir, mais se tient prêt à bondir sur quiconque tenterait de lui voler sa proie. Cette protection la rassurait, mais elle ne pouvait s'empêcher de s'interroger sur ce qui la motivait.

Elle s'excusa auprès de ses invités dès qu'elle put décemment se retirer, mais avant qu'elle ait atteint la porte, elle fut arrêtée par sire Colbert, l'un des chevaliers normands qui s'efforçait de gagner ses faveurs.

— Lady Abrielle !

— Oui, messire ?

— En faisant quelques pas après le dîner, j'ai entendu des pleurs près du village des serfs.

— Des pleurs ?

— Un enfant malade, paraît-il. Connaissez-vous l'art des simples ?

— Bien sûr. Donnez-moi juste un instant.

Elle partit en courant chercher ses remèdes. Lorsqu'elle revint, elle trouva Colbert qui l'attendait dans le couloir.

— Par ici, milady. Il y a ici une porte qui donne dans le jardin des dames et nous permettra de gagner le village plus rapidement.

Elle le suivit sans faire attention au dédale de corridors qu'ils empruntaient, préoccupée qu'elle était par la nouvelle qu'elle venait d'apprendre. Ces enfants étaient tellement affaiblis par la faim que la fièvre la plus bénigne pouvait être fatale.

Dès qu'ils furent dans le jardin, elle le dépassa d'un pas pressé. Ils franchirent le pont-levis sous les regards curieux des sentinelles, mais aucune ne les intercepta. Ils étaient à deux pas de la rivière lorsque son compagnon cria :

— Milady !

Abrielle se retourna avec une certaine impatience, pour se heurter à sire Colbert, qui l'empoigna et la jeta sur son épaule sans autre forme de procès.

— Reposez-moi immédiatement sur le sol ! ordonna-t-elle.

— Mon cheval est tout près, milady. Nous serons rendus plus vite.

La jeune fille savait qu'il n'avait aucune intention d'aller au village. Il avait inventé toute cette histoire pour l'entraîner à l'écart et l'avoir à sa merci. Elle avait beau se débattre, il la tenait fermement, et ses efforts pour se libérer restaient vains. Il ne lui restait plus qu'à la violer, et elle serait obligée de l'épouser. Son pire cauchemar devenait réalité...

— Ne criez pas, sinon mon écuyer réglera son compte à votre suivante !

Nedda ? L'avaient-ils séquestrée afin qu'elle ne donne pas l'alerte en s'apercevant de la disparition de sa maîtresse ?

— Vous parlez de cet homme ? lança soudain une voix posée qu'Abrielle reconnut immédiatement.

Colbert s'arrêta net, tandis que le cri étouffé venant d'un homme étendu sur le sol aux pieds de Raven leur parvenait.

— J'ai bien peur qu'il ne vous soit plus d'aucune utilité, reprit le jeune Écossais d'un ton railleur. Vous ne vous imaginiez tout de même pas que j'allais laisser notre hôtesse s'éloigner seule avec vous ?

Aux abois, Colbert jeta quasiment sa prisonnière dans les bras de Raven, saisit son écuyer par le col pour le hisser en travers de son cheval avant de sauter en selle et de s'éloigner au galop.

Abrielle se dégagea prestement et repoussa Raven avec un peu trop de force.

— Je vous en prie, fit-il avec un sourire.

— Je vous remercie, marmonna-t-elle. Une fois de plus.

Comme il baissait les yeux sur elle, elle fut surprise par l'intensité de son regard.

— Vous ressemblez à une créature céleste tombée des étoiles, murmura-t-il d'une voix rauque.

Ils s'aventuraient en terrain glissant, et elle se savait incapable de lui résister. La meilleure défense contre la dangereuse faiblesse qui la gagnait, c'était la fuite. Pivotant sur ses talons, elle s'éloigna en hâte. Elle l'entendit rire doucement, sentit qu'il lui emboîtait le pas, mais ne s'arrêta pour reprendre haleine qu'une fois arrivée à la porte de ses appartements. Elle l'entrebâilla et aperçut Nedda assoupie au coin du feu. Sa suivante était saine et sauve ; sur ce point au moins, Colbert lui avait menti. Soulagée, elle se dirigea vers la chambre de ses parents.

Raven attendit patiemment que Vachel vienne ouvrir. Ce dernier jeta un regard perplexe à Abrielle, puis au jeune Écossais, juste avant que sa belle-fille lui referme la porte au nez.

— Abrielle ! protesta sa mère, indignée.

— Il comprend mes raisons, ne vous inquiétez pas, assura la jeune fille en se laissant tomber sur une chaise.

En deux mots, elle raconta ce qui venait de lui arriver.

— Dieu que tu as dû avoir peur ! s'exclama Elspeth.

— Je n'en ai pas eu le temps. Raven m'avait suivie, comme à son habitude, et il est intervenu à temps.

— Cela ne doit pas se reproduire, déclara Vachel en arpentant la pièce comme un lion en cage. Tant que tu ne te seras pas remariée, tu ne seras pas en sécurité.

— Mais je n'ai encore rencontré aucun homme qui me plaise ! Et vous savez que je veux choisir mon mari.

— Et elle ne peut pas vivre sous escorte chaque jour que Dieu fait, intervint Elspeth.

— Pourquoi ne pas renvoyer chez eux tous les éventuels prétendants ? suggéra la jeune fille. Ainsi, je serais tranquille, pour quelque temps au moins.

— Tu tiens à ce qu'ils se liguent et viennent assiéger ce château ? rétorqua Vachel. Non, j'ai une meilleure idée. Nous allons organiser un tournoi où se retrouvera la fine fleur de la chevalerie. Ces bouillants jeunes gens auront tout loisir de montrer leur valeur pour gagner tes faveurs.

— Beaucoup viennent de partir. Nous n'allons tout de même pas les rappeler ?

— Nous n'allons rappeler que les plus intéressants. Ils resteront plusieurs jours et viendront avec leurs familles, ce qui te laissera le temps de faire leur connaissance.

— Fort bien, soupira Abrielle. De toute façon, il faut en finir.

— Le tournoi commencera dans trois jours, déclara Vachel en se frottant les mains.

— Trois jours ? se récria sa femme. Mais nous n'avons même plus de cuisinière !

— Comment voulez-vous prévenir tout le monde en si peu de temps ? renchérit Abrielle.

— Nous enverrons des hérauts annoncer le tournoi dès demain matin. Un délai aussi court limitera la participation aux chevaliers du Nord. Tu ne voudrais pas épouser un seigneur du Sud ou d'outre-Manche, qui ne saurait comment s'y prendre avec les Écossais, n'est-ce pas ?

— À propos d'Écossais… commença Elspeth.

— Raven participera à la compétition, cela ne fait aucun doute, assura sa fille. Et il gagnera certainement une bourse bien garnie, comme lors de la chasse.

— Nous devrions peut-être offrir plus que de l'argent, risqua Vachel. Afin d'encourager l'émulation…

Abrielle tressaillit.

— Je n'ose vous demander ce que vous avez en tête.

— Eh bien, je pensais que le vainqueur pourrait gagner… un baiser.

Après avoir galopé toute la nuit, Colbert trouva l'asile qu'il espérait chez Thurstan de Marlé. Celui-ci lui offrit le gîte et le couvert, et en profita pour attiser sa haine de l'Écossais qui l'avait empêché de conquérir Abrielle.

13

Durant les trois jours qui suivirent, Abrielle fut si occupée qu'elle n'eut pas le temps d'adresser la parole à Raven en dehors des repas. Pour le chasser de son esprit, elle s'efforçait de savourer la chance qu'elle avait, et dont rêvaient toutes les jeunes filles : le droit de choisir son époux.

Les champs environnants s'étaient rapidement couverts de tentes aux armes des Marlé, destinées au repos des combattants entre deux passes d'armes, et aux soins des blessés.

Les familles des participants arrivèrent la veille du tournoi, et les cours du château retentirent des cris et des jeux d'une multitude d'enfants de tous âges. Abrielle se prit à imaginer ses propres enfants s'ébattant à leur place, quand elle aurait enfin trouvé un homme d'honneur avec qui partager un amour durable.

Sa seule préoccupation était l'hostilité non dissimulée que les nouveaux venus, Saxons comme Normands, montraient à l'égard de ses invités écossais. S'attendaient-ils que Cedric et son fils soient partis, et voyaient-ils dans leur présence une ultime provocation ? Depuis plusieurs années, la frontière jouissait d'une paix fragile, mais constante, et

Raven avait la faveur du roi Henri. Abrielle n'avait donc aucune envie que ce tournoi, dont elle se réjouissait, se transforme en bataille rangée.

Le soir venu, le festin offert aux visiteurs surpassa tout ce que ces derniers avaient imaginé. Les anciennes cuisinières de Weldon de Marlé, qui avaient dû subir la domination de Mordea, avaient allègrement repris les commandes et s'étaient surpassées. Rayonnante, Elspeth partageait ce triomphe avec sa fille.

Nombreux furent les seigneurs qui implorèrent la maîtresse de maison de leur faire l'honneur de porter leurs couleurs. Comme elle ne pouvait s'autoriser le moindre favoritisme, elle se fit un plaisir de les adresser aux autres jeunes filles présentes.

Elle dansait avec un charmant jeune homme lorsque la double porte s'ouvrit avec fracas sur une petite troupe exagérément bruyante à la tête de laquelle se trouvait Thurstan de Marlé.

Abrielle s'excusa auprès de son cavalier et se mit en quête de Vachel, qu'elle trouva devant la cheminée en grande conversation avec Cedric Seabern.

— Quelque chose ne va pas ? s'enquit son beau-père.

— Avez-vous vu qui vient d'arriver ?

— Oui. C'est le neveu de Desmond, et un personnage en vue dans la région, nous ne pouvons pas nous opposer à sa venue.

— Il m'a demandée en mariage, avoua-t-elle brièvement.

— Il s'est directement adressé à toi, sans venir me parler d'abord ?

— Il comptait hériter de Desmond, et c'est le moyen qu'il a trouvé pour entrer en possession de sa fortune.

— Pourquoi ne m'as-tu rien dit ?

— Vous auriez pu l'empêcher de venir ce soir ?

— Non, concéda Vachel. Probablement pas.

— Quelle importance, alors ? J'espérais que ce tournoi me simplifierait la vie, et voilà des complications qui s'annoncent alors qu'il n'a même pas commencé.

— Je ne voudrais pas me mêler de ce qui ne me regarde pas, intervint Cedric, une étincelle malicieuse dans le regard, mais si vous mettez autant d'habileté à éviter Thurstan que vous le faites avec mon fils, vous n'avez aucun souci à vous faire.

Si n'importe qui d'autre lui avait fait cette remarque, Abrielle en aurait pris ombrage, mais comment se sentir offensée devant le sourire désarmant de Seabern père. Ses joues s'empourprèrent cependant. Elle ne devait rien à personne, après tout, et le meilleur moyen de le signifier à Raven était peut-être de passer par l'auteur de ses jours.

— Je vous assure, messire, que si j'ignore votre fils, c'est par pure gentillesse.

— Et je vous assure qu'il ne le prend pas du tout comme une marque de bonté de votre part.

— Je m'en doute. Mais, voyez-vous, cette gentillesse s'adresse avant tout aux jeunes filles de notre beau pays. Je m'en voudrais de monopoliser l'attention d'un homme qui a la réputation d'avoir fait tourner plus de jolies têtes qu'il y a de poissons dans la mer.

— Eh bien, mon fils a trouvé à qui parler ! s'esclaffa Cedric. Je ne puis nier qu'il a fait tourner son content de têtes, mais, à présent, il lui reste à faire tourner celle de la seule qui compte. Ne vous inquiétez pas, milady, il apprend vite, et tout finira par s'arranger.

— Je ne sais trop ce que vous entendez par « s'arranger », mais j'ai peur que vous ne soyez déçu. Ce qui sépare nos deux pays pourrait se révéler insurmontable, lord Cedric.

— Et c'est là la seule raison que vous avez de ne pas inclure Raven sur la liste de vos prétendants ? À part, bien sûr, votre prévenance pour le reste de la gent féminine ?

Décidément, le père se montrait aussi obstiné que le fils.

— Non, j'en ai d'autres. Mais je me contenterai de vous dire que nous ne nous entendrions pas. Et pardonnez-moi si je vous offense, car tel n'est pas mon but.

— Je vous en prie. Vous connaissez mieux vos sentiments que quiconque.

Mais à en juger par son regard, il était convaincu que son fils avait sa préférence. Il lui serait plus facile, songea-t-elle, d'avoir les idées claires si tout un chacun ne se mêlait de lui dicter ce qu'elle devait penser. Enfin, elle avait mieux à faire que de discuter des mérites de Raven Seabern. Parmi tous ces jeunes gens de haut lignage, il y en avait bien un en qui elle pourrait avoir confiance. Il ne lui restait qu'à le trouver.

Elle retournait auprès de ses invités lorsqu'elle aperçut sire Colbert dans le petit groupe qui entourait Thurstan. Un sourire insolent aux lèvres, il la salua en s'inclinant exagérément, sous le regard ironique de son protecteur. Abrielle se détourna et, dans sa hâte à s'éloigner d'eux, se jeta pratiquement dans les bras du jeune Écossais.

Comme il la retenait galamment par les coudes, elle le regarda droit dans les yeux, puis jeta un regard appuyé à ses mains. Il la lâcha avec un sourire qui était tout sauf d'excuse.

La présence de sire Colbert ne lui avait pas échappé.

— Vous êtes le centre de toutes les attentions, milady, que vous le vouliez ou non.

— Pour le moment, je souhaiterais simplement que vous alliez porter le centre de vos attentions ailleurs. Il y a ici suffisamment de jolies jeunes filles à regarder.

— Mais aucune n'est aussi resplendissante que vous, murmura-t-il, pas mécontent de la voir s'empourprer sous l'ardeur de son regard.

— Pardonnez-moi, mais je me dois à mes invités, fit-elle en le contournant.

— Je comprends, s'inclina-t-il. Je sais que je ne suis qu'un parmi tant d'autres.

Avant qu'elle ait le temps de répliquer, Vachel se leva pour réclamer le silence.

— Gentes dames, belles damoiselles, nobles sires, vaillants chevaliers, le moment est venu de constituer les équipes qui vont s'affronter demain. Ce sac contient autant de pierres, rouges ou vertes, que de participants, ainsi que des brassards assortis que les dames de ce château ont eu la bonté de confectionner.

Sous les acclamations, chacun vint retirer une pierre. Quand arriva le tour de Raven, les cris et les rires cessèrent. À l'évidence, personne ne tenait à se trouver dans la même équipe que lui. Lorsqu'il tira un caillou rouge, il devina que les rares exclamations provenaient du camp adverse.

— Les chevaux et les armes des prisonniers que vous ferez vous reviendront de droit, reprit Vachel. Le meilleur combattant désigné par un jury de vétérans que je présiderai recevra non seulement une bourse bien garnie, mais un prix d'une plus grande valeur encore : un baiser de votre hôtesse, lady Abrielle.

Un tonnerre de « hourras » accueillit cette annonce. Comme les autres, Raven leva son gobelet sans dissimuler son enthousiasme. C'était la seule récompense qu'il désirait vraiment. Lui seul connaissait la douceur de ses lèvres, lui seul avait éprouvé la caresse de son souffle. Il n'avait jamais pu l'oublier et l'incendie qu'elle avait allumé dans ses veines le consumait toujours. Plus que jamais, il était déterminé à la conquérir.

Abrielle rougit sous les acclamations. En dépit de ses austères vêtements de deuil, elle était de loin la plus belle femme de l'assistance. Le noir ne faisait qu'accentuer l'éclat de ses cheveux, de son teint de neige et de son regard transparent. Il n'y avait pas dans toute cette foule un seul célibataire qui ne soit prêt à verser son sang pour un baiser d'elle, et pour obtenir sa main. « Eh bien, ils devraient se faire une raison », songea Raven, car il n'était pas question qu'il ne remporte pas ce trophée-là.

— Je pense que cette idée de tournoi était excellente, déclara Elspeth à son mari lorsqu'il vint les rejoindre.

— Elle le sera si cela aide Abrielle.

— Je n'aurais pas pu souhaiter mieux, assura sa pupille.

— Je suis inquiet pour Raven Seabern. J'ai peur qu'il se retrouve bien seul pendant les joutes.

— Que voulez-vous dire ? questionna sa belle-fille.

— Tu as vu la réaction de ses équipiers. Ils ne se donneront pas beaucoup de mal pour venir à son secours s'il est en danger. De fait, il risque de se battre seul.

— Il aurait peut-être mieux valu qu'il ne participe pas à ce tournoi.

— Tu croyais qu'il allait renoncer à toi aussi facilement ? Il est aussi fier que déterminé, figure-toi.

— J'ai l'impression que vous avez une bonne opinion de lui.

— Je ne vois pas pour autant en lui l'époux qu'il te faut, et je ne suis pas le seul ici. On m'a rapporté que Thurstan attise discrètement la haine des Écossais auprès des jeunes têtes brûlées qui l'entourent. Et si une nouvelle guerre éclatait, tu te retrouverais déchirée entre deux loyautés contraires.

— Encore que la loyauté d'une femme va d'abord à son mari, intervint Elspeth.

La jeune fille ne fit aucun commentaire. Elle n'avait aucune intention d'affronter un tel dilemme. Elle entendait simplement que ce tournoi se déroule sans incident. De toute façon, Raven était certainement plus intéressé par l'argent que par sa personne. Et puis, il était de taille à se défendre seul, elle n'avait donc aucune raison de s'inquiéter pour lui.

— Elle proteste avec un peu trop de force dès qu'il est question de Raven Seabern, remarqua Vachel lorsque sa belle-fille fut repartie danser.

— Je m'en suis aperçue, avoua Elspeth. Je crois qu'elle a peur de donner son cœur.

— C'est ma faute, soupira son mari. Sans moi, jamais elle ne se serait sentie obligée d'épouser Desmond de Marlé. Si bref qu'il ait été, ce mariage l'a marquée profondément.

— Elle n'a pas encore surmonté la terreur que lui inspirait la vie qui l'attendait, et je m'inquiète à l'idée qu'elle ne trouve jamais la paix de l'esprit.

— Dieu a veillé sur elle jusqu'ici. Faisons-Lui confiance pour continuer.

La matinée du lendemain était déjà bien avancée lorsque le soleil perça enfin. Trônant à la tribune d'honneur, Abrielle cherchait Raven des yeux. La lice où se déroulaient les joutes n'était pas close, et les combattants s'éloignaient parfois très loin. Elle avait du mal à se l'avouer, mais dès le premier son de trompe, elle avait mémorisé la forme de son heaume et les armoiries peintes sur son écu pour mieux le reconnaître dans la mêlée.

Ayant très rapidement fait un prisonnier, il s'était éloigné avec sa prise, sans doute pour déposer le cheval et les armes qu'il venait de gagner dans la tente de son équipe, et n'était pas encore revenu.

Comme sa mère prenait place près d'elle, Abrielle s'inquiéta de sa santé.

— Je vais bien, ma chérie, répondit Elspeth. J'ai réussi à manger un peu de pain. As-tu vu…

Elle s'interrompit.

— Raven ? suggéra sa fille. Je n'ai pas particulièrement cherché à le repérer, mentit-elle.

— Si je te posais la question, c'est parce que ton père se fait du souci pour sa sécurité.

— Il s'en tire très bien, assura Vachel, qui les rejoignait justement. Je viens d'apprendre qu'il a mis cinq hommes hors de combat. La tente de son équipe se remplit de son butin. Mais n'est-ce pas lui que j'aperçois ?

Bien que feignant l'indifférence, Abrielle observa attentivement les cinq chevaliers qui sortaient des bosquets au galop. Elle ne tarda pas à comprendre qu'en fait, le jeune Écossais était poursuivi par quatre de ses adversaires. D'autres lui barraient le chemin et, tandis qu'il tentait de tourner bride, une lance l'atteignit, le jetant à bas de son cheval. Les spectateurs se levèrent comme un seul homme, et la jeune fille devina que beaucoup souhaitaient qu'il soit capturé.

Il se releva pourtant avec une aisance confondante, tira son épée et résista vaillamment aux cavaliers qui l'entouraient, frappant ici, esquivant là, jusqu'à les forcer à reculer. Lorsqu'un des assaillants tomba en tentant d'éviter ses coups, il s'empara des rênes de sa monture et sauta prestement en selle. À la grande surprise d'Abrielle, une partie de l'assistance se leva pour acclamer sa vaillance et l'encourager.

Sans réfléchir, elle les imita, joignant de bon cœur sa voix à la leur. Après tout, se dit-elle ensuite, il était de son devoir de donner l'exemple.

— Savez-vous où est Thurstan ? demanda-t-elle à son beau-père tandis que les combattants s'éloignaient une fois de plus.

Vachel l'ignorait. Ce ne fut que plus tard, comme le soleil commençait à baisser, que le jeune Marlé fit son entrée à la tête d'une fringante petite troupe, sans une bosse à leur casque, ni une tache de sang sur leurs hauberts.

— Ils semblent bien frais, observa Abrielle. On dirait qu'ils se sont reposés jusqu'à maintenant.

— Ils ont parfaitement le droit d'entrer en lice quand bon leur semble, expliqua son beau-père, même si cela n'a rien d'honorable.

Elspeth agrippa la manche de sa fille.

— C'est à Raven qu'ils en veulent, s'alarma-t-elle.

Ce dernier s'éloignait avec un prisonnier de plus lorsque les nouveaux venus l'encerclèrent. Tout en les empêchant de délivrer son captif, Raven parvint à faire choir quelques-uns de ses ennemis de leur monture. Même si Thurstan ne ménageait pas ses coups, il prenait soin de ne pas se trouver seul face à l'objet de sa haine. L'un des chevaliers esquissa un mouvement tournant pour prendre l'Écossais à revers, et, de nouveau, la foule se leva comme un seul homme. Heureusement, Raven perçut le danger à temps, para le coup avec son écu, et son assaillant s'abattit brutalement sur le sol, où il demeura inerte.

Ce n'est que lorsque résonnèrent les cors annonçant la fin du tournoi qu'Abrielle se rendit compte à quel point elle avait eu peur. Les combattants se retirèrent un à un pour compter leurs prises et panser leurs blessures. Raven attendit que des pages retirent le heaume de celui qui l'avait attaqué par-derrière. Il s'agissait de Colbert. Malgré tous ses griefs, Abrielle fut soulagée de le voir remuer. Qui sait ce qui serait arrivé s'il avait été tué ?

Vachel et les autres vétérans se rassemblèrent pour désigner le vainqueur, mais leurs délibérations ne durèrent pas bien longtemps. Il fit signe aux hérauts, et les cors retentirent une nouvelle fois pour réclamer le silence et appeler les retardataires.

— Nous remercions le ciel que personne n'ait été tué, ni même sérieusement blessé, commença-t-il d'une voix forte. Nous avons soigneusement réfléchi pour désigner celui qui s'est révélé le meilleur combattant, et nous avons, quasiment à l'unanimité, choisi celui qui a fait douze prisonniers, qui les a défendus contre ses assaillants, et qui a partagé ses prises avec ses équipiers, j'ai nommé Raven Seabern.

Abrielle ne fut ni étonnée – ni désolée – en apprenant le nom du vainqueur, et les applaudissements frénétiques de l'assistance ne la surprirent pas, car Raven les méritait sans conteste. En revanche, l'enthousiasme de ses équipiers la prit de court. Mais, après tout, se dit-elle, il s'était montré généreux en partageant ses trophées avec eux...

Le cherchant des yeux, elle le découvrit en compagnie de son père. Celui-ci l'avait aidé à se débarrasser de ses armes, de sa cotte de mailles et de son gambison, et elle tressaillit en remarquant que sa chemise était tachée de sang. À en juger par la lenteur inhabituelle de ses mouvements, il devait être épuisé, devina-t-elle. Mais il était beaucoup trop fier pour le laisser paraître et s'avança d'un pas ferme pour prendre la bourse que lui tendait Vachel. Il y eut des applaudissements polis, ainsi que des murmures de colère, puis tous les regards convergèrent vers Abrielle. Elle aussi avait un prix à remettre.

Elle se rendait compte trop tard qu'elle avait accepté un marché de dupes. Qui d'autre que lui pouvait sortir vainqueur de ce tournoi ? Il lui fallait maintenant se ressaisir et calmer les battements affolés de son cœur, mais Raven ne lui en laissa pas le temps.

— Milady, fit-il en s'inclinant devant elle, un demi-sourire moqueur aux lèvres.

— Vous nous avez éblouis par vos remarquables prouesses, messire. J'aimerais pouvoir vous offrir un prix plus digne de vos exploits.

— J'aimerais pouvoir décrocher les étoiles de la voûte céleste pour les déposer à vos pieds, ma dame. Ce serait à mon sens le seul exploit digne de la récompense que vous offrez.

Éperdue, la jeune fille cherchait désespérément à rassembler ses esprits, consciente d'être la cible de tous les regards. Mais c'est de l'homme qu'elle redoutait que vint son salut – une habitude qui ne laissait de l'irriter.

— C'est la perspective de ce prix qui m'a donné du courage tout au long de la journée, reprit-il. Mais je ne me précipiterai pas pour réclamer ma récompense au risque de vous incommoder avec la poussière et la sueur qui sont le lot de tout combattant. Permettez-moi d'aller me laver et me changer, et d'attendre ce soir pour recevoir ma récompense.

La jeune fille s'empressa d'acquiescer, trop heureuse de ce répit bienvenu. Elle ne pouvait cependant s'empêcher de regarder la longue balafre sanglante qui entaillait la joue de Raven.

— Messire Raven, votre blessure au visage nécessite des soins. Permettez-moi de m'en occuper.

— Mais je dois me laver…

— Quand j'aurai soigné cette blessure.

— Je peux la faire soigner dans la tente, offrit-il, au grand étonnement d'Abrielle.

— Vous voudriez attendre votre tour, alors que vous êtes notre champion ? intervint Vachel. Sottise ! Lady Abrielle est une guérisseuse fort capable.

Et c'est ainsi que la jeune fille se retrouva à marcher en direction du château au côté de Raven Seabern. Lui glissant un regard de biais, elle nota que son visage et ses cheveux étaient trempés de sueur, et qu'il traînait légèrement la jambe. Elle se garda de le lui faire remarquer, bien entendu, sachant qu'il était bien trop fier pour l'admettre, surtout devant elle.

En découvrant la chambre des dames déserte, elle comprit que les servantes n'étaient pas encore revenues du champ clos. Seigneur, elle n'avait pas du tout prévu cela !

Elle regarda autour d'elle, impuissante, puis comprit qu'il lui fallait faire contre mauvaise fortune bon cœur et s'occuper du vainqueur du tournoi sans l'aide de quiconque. Elle carra donc les épaules, prit une profonde inspiration, et tenta de se convaincre qu'elle était ici pour soigner un blessé, et que le fait qu'il s'agisse de Raven Seabern et qu'ils soient seuls importait peu.

Mais quand après avoir refermé la porte, il s'adossa au battant, et qu'elle croisa son regard outremer, le fait qu'il s'agisse de Raven Seabern et qu'ils soient seuls lui parut être l'unique chose qui importât.

14

— Où voulez-vous que je m'assoie ? demanda-t-il.

Abrielle ne parvenait pas à détacher les yeux du torse viril dont la chemise collée par le sang et la sueur moulait chaque muscle. Un instant, elle pensa lui dire qu'elle avait changé d'avis, et lui demander de retourner à la tente où l'on soignait les blessés, mais il était visiblement trop épuisé pour refaire tout ce chemin en sens inverse.

Asseyez-vous sur le banc près de la cheminée, répondit-elle avec un temps de retard. Et, si cela ne vous fait pas trop souffrir, pouvez-vous accrocher le chaudron au-dessus du feu ? Il est déjà rempli d'eau.

Il s'exécuta, puis entreprit de délacer sa chemise.

— Que faites-vous ? s'alarma-t-elle.

— Vous préférez panser mes blessures à travers mes vêtements ? fit-il sans sourire, comme si c'était là un choix tout à fait acceptable.

— Non, non… balbutia-t-elle. Je pensais juste… Bien sûr, il vous faut ôter votre chemise.

Il commença donc à s'en débarrasser et grimaça.

— Vous avez besoin d'aide, dit-elle en s'approchant sans réfléchir.

— Je peux peut-être envoyer chercher mon écuyer, proposa-t-il.

— C'est inutile, décida-t-elle, pressée d'en finir.

S'efforçant de ne pas laisser voir combien la situation l'inquiétait, mais aussi, devait-elle admettre, l'excitait, elle demeura à distance respectueuse. Il leva les bras, et elle tira sur le vêtement, arrachant un grognement de douleur à Raven.

— Je crois qu'il serait préférable que vous alliez très doucement, suggéra-t-il.

Si innocente fût-elle, Abrielle devina à sa voix soudain rauque et à son souffle un peu précipité qu'il était aussi troublé qu'elle par leur proximité.

Une large tache sombre avait collé le tissu à la hauteur des côtes. Abrielle trempa un linge dans l'eau chaude avant de le presser doucement sur la blessure, jusqu'à ce que le vêtement se détache facilement.

— Je vous promets de ne pas vous faire mal, cette fois-ci, dit-elle avant de faire passer doucement la chemise par-dessus sa tête.

Il se tenait à présent devant elle, en chausses, nu jusqu'à la ceinture, et elle ferma les yeux, le temps de retrouver son souffle. Il l'observait, elle le savait, et elle n'osait croiser son regard.

S'étant ressaisie, elle trempa un autre linge dans l'eau chaude et le lui tendit.

— Pressez-le sur votre visage pendant que j'examine votre flanc, murmura-t-elle. Cette blessure me paraît superficielle.

— C'est juste une égratignure. Cela fera un bel hématome d'ici peu.

— C'est déjà fait.

Elle avait beau avoir décidé de prétendre qu'elle soignait le premier venu, cela ne fonctionnait pas.

Le simple fait de toucher sa peau moite éveillait en elle des pensées indignes d'une jeune fille, et elle se sentait défaillir en sentant son pouls battre sous ses doigts.

Elle alla chercher dans un petit coffre sa réserve d'onguents et de plantes médicinales, en fit une pâte qu'elle appliqua sur la blessure avant de bander le torse de Raven pour la faire tenir en place.

— Vous pouvez remettre votre chemise, annonça-t-elle, soulagée d'en avoir terminé.

— Comment ? interrogea-t-il en désignant le linge qu'il tenait toujours contre sa joue.

Elle se sentit stupide et rougit.

— Pardonnez-moi, souffla-t-elle. Je suis si fatiguée que je ne parviens plus à me concentrer sur ma tâche.

— Ah. C'est donc de la fatigue que je ressens lorsque, chaque fois que vous êtes à proximité, je ne parviens plus à penser correctement ?

— Comment le saurais-je ? rétorqua-t-elle en lui prenant le linge des mains. J'ai bien peur qu'il faille recoudre cette plaie, ajouta-t-elle plus doucement en considérant le sang qui perlait encore sur sa joue.

— Vous pouvez aussi la cautériser au fer rouge, suggéra-t-il avec désinvolture. On me l'a déjà fait.

— Certainement pas sur le visage.

— Vous ne voulez pas abîmer mon joli minois ?

— Je ne veux pas que vous effrayiez davantage encore les petits enfants ! rectifia-t-elle.

— Alors, va pour le fil et les aiguilles, acquiesça-t-il avec un soupir comique.

Elle lui était reconnaissante de ce moment de détente. Quelque chose avait changé entre eux, ou peut-être en elle, tout simplement. Mais comment démêler l'écheveau de sentiments confus qui l'agitaient alors qu'il était tout près elle, à moitié nu, et la contemplait avec un intérêt non déguisé ?

Dans des moments comme celui-ci, il aurait été facile de se laisser aller, si ce n'était que le charme qu'il déployait lui rappelait l'époque où il ne se souciait pas d'être aussi aimable avec elle. Quoi qu'il puisse dire pour se justifier, une femme dans sa position devait avoir confiance en l'homme qu'elle choisirait, et jamais elle n'aurait confiance en Raven Seabern.

— Ce sera douloureux, le prévint-elle après avoir été chercher du fil et une aiguille.

— Ne vous inquiétez pas, la rassura-t-il.

Il ne broncha pas quand elle enfonça l'aiguille dans sa chair, d'une main hésitante pour commencer, puis plus assurée ensuite. Le regard qu'il braquait sur elle était si bleu entre ses cils noirs qu'elle avait du mal à fixer son attention.

— Mon beau-père m'a dit que Thurstan avait parfaitement le droit d'entrer en lice si tard, remarqua-t-elle pour faire diversion.

— Je m'y étais préparé.

— Mais tous les autres chevaliers combattaient depuis le début de la matinée. Attendre le dernier moment, c'était…

— C'était n'avoir aucune chance de faire beaucoup de prisonniers, c'est pourquoi il n'a pas gagné.

— Je pense qu'il se moquait bien de gagner. Ce qu'il voulait, c'était vous faire du mal.

— Vous vous inquiétiez pour moi ?

— Je m'inquiétais de l'équité de cette rencontre, corrigea-t-elle d'un ton guindé.

— La guerre n'a rien d'équitable.

— Mais il ne s'agissait pas d'une guerre !

— Avec des Colbert ou des Thurstan, c'est toujours la guerre.

— Comment réussissez-vous à garder votre calme alors que vous auriez pu y laisser votre vie ? s'étonna-t-elle.

— Et vous m'auriez pleuré ?

— Bien sûr, comme je l'aurais fait pour n'importe quel valeureux chevalier. Voilà, j'ai terminé. Et sans trop abîmer votre joli minois ! Mes ciseaux… Où sont mes ciseaux ?

— Coupez le fil avec les dents, suggéra Raven.

— Cela tirerait dessus, et ce serait douloureux.

— J'ai déjà supporté pire, non ?

Il la défiait ouvertement, un sourire espiègle aux lèvres. Incapable de résister à la provocation, elle se pencha sur lui, saisit délicatement le fil entre ses doigts pour ne pas lui faire mal, et le trancha d'un coup de dents. Soudain, le bras de Raven lui enserra la taille.

— Qu'est-ce qui vous prend ? s'écria-t-elle en s'appuyant sur ses épaules pour le repousser.

— Je viens réclamer ma récompense.

— Mais il faut que cela ait lieu en public, pour que chacun sache que je me suis acquittée de ma promesse.

— Tout le monde devinera que vous l'avez fait en privé.

Sur ce, il la fit adroitement tomber sur ses genoux et couvrit sa bouche de la sienne. Abrielle accueillit la caresse de sa langue timidement d'abord, puis avec un enthousiasme grandissant, jusqu'à ce qu'ils s'abandonnent tous deux au brasier qui les consumait. Elle avait aussi faim de lui qu'il avait faim d'elle, et se pressa contre son torse tandis que ses mains parcouraient son dos athlétique.

Abruptement, elle se dégagea de son étreinte et bondit sur ses pieds.

— C'était… c'était… cruel… et déloyal, l'accusa-t-elle en luttant pour retrouver son souffle.

— Comment cela ? Vous avez offert un baiser au vainqueur, et il se trouve que je gagne toujours.

Ses pupilles étaient si dilatées que ses yeux semblaient presque noirs.

— « Toujours » est un bien grand mot ! répliqua Abrielle. N'allez pas voir dans ma défaillance de ce soir un quelconque signe. Je n'épouserai jamais un homme en qui je ne peux avoir confiance. Estimez-vous heureux d'avoir gagné la bourse, parce que moi, vous ne m'aurez jamais !

Furieuse, elle fit volte-face, et quitta la pièce en claquant la porte. Elle aurait volontiers couru se réfugier dans sa chambre, mais on attendait d'elle qu'elle tînt son rôle d'hôtesse jusqu'au bout. Et c'est ce qu'elle fit.

Toute la soirée, un sourire plaqué sur les lèvres, elle eut un mot aimable pour chacun, mais elle avait l'impression d'être une marionnette dont on tirait les ficelles et à qui l'on soufflait ses paroles. Ne jamais regarder du côté de Raven et ne pas fondre en larmes lui demanda un effort colossal. Elle savait que bientôt il lui faudrait choisir entre tous ses soupirants, mais leurs visages se confondaient, leurs sourires lui semblaient tous pareillement faux, et leurs propos également insipides.

Durant les deux jours qui suivirent, le château se vida une fois de plus de ses visiteurs. Abrielle évitait d'aborder le sujet de son remariage. Elle savait pouvoir compter sur la patience de ses parents et leur en était reconnaissante. Elle dressa des listes de noms avec les avantages et les inconvénients de chacun, mais lorsqu'elle essayait de s'imaginer en train d'embrasser son promis, c'était dans les bras de Raven qu'elle se voyait.

Cela faisait trois nuits qu'elle dormait mal et elle avait sombré dans une semi-torpeur lorsque, à l'approche de l'aube, elle entendit des pleurs étouffés provenant du couloir.

Réprimant un frisson, elle sauta à bas de son lit, craignant qu'il ne soit arrivé malheur à sa mère. Elle avait encore à l'esprit la chute vertigineuse de Desmond dans l'escalier et savait qu'un tel accident pouvait aussi arriver à ceux qui lui étaient chers.

En hâte, elle enfila une robe d'intérieur, et s'approcha de la porte.

— Qui est là ? s'enquit-elle.

— Milady ! N'ouv...

Nedda ! Elle entendit comme un bruit de coup, suivi d'un gémissement. Quelqu'un s'en prenait à sa suivante !

Folle d'inquiétude, elle ouvrit la porte à la volée, et découvrit sa servante étendue sur le sol, un filet de sang au coin de la bouche. Derrière elle se tenait un immense escogriffe aux cheveux grisonnants et au visage balafré mangé par une barbe hirsute.

Une odeur fétide lui fit tourner la tête. Une copie moins grande et plus large de l'énorme brute se tenait à quelques pas. Avec un sourire carnassier, il bondit avant qu'elle ait eu le temps de refermer la porte.

Il repoussa le battant avec tant de violence qu'Abrielle tituba en arrière ; sa tête alla heurter le mur et elle s'affala sur une commode avant de glisser sur le sol, à demi assommée.

— Je m'appelle Fordon, pour rien te cacher, et l'autre, c'est Dunstan, éructa-t-il.

— Que me voulez-vous ? articula-t-elle en se relevant péniblement.

À cet instant, le dénommé Dunstan agrippa Nedda par les cheveux et l'envoya brutalement rejoindre sa maîtresse.

Bouillant de rage, tandis que les deux brutes les toisaient en ricanant, Abrielle porta la main à sa bouche endolorie, et la retira tachée de sang.

— Espèces de brigands ! Vous finirez au bout d'une corde ! cracha la suivante en déchirant un morceau de sa chemise de nuit pour le presser contre les lèvres de sa maîtresse.

— Possible, mais en attendant, on va vous emmener faire une petite promenade au clair de lune, ricana Fordon.

— Le fumet que vous dégagez est aussi répugnant que vos actes, déclara Abrielle d'un ton méprisant. Quand vous serez retournés à votre bauge, il faudra aérer ces pièces pendant quinze jours au moins !

— Je dirais plutôt six mois, renchérit Nedda.

— Que nous voulez-vous ? demanda sèchement sa maîtresse.

— Vous le saurez bien assez tôt, répondit Fordon en la gratifiant d'un sourire édenté. Maintenant, je te conseille d'être sage et de nous obéir, ma petite, ou je te montrerai de quoi je suis capable ! Et je ne sais pas si une belle dame comme toi pourra supporter la correction que je lui donnerai.

— Si vous me tuez, celui qui vous envoie n'aura jamais ce qu'il cherche. C'est un fait, pas une menace, fit tranquillement remarquer Abrielle.

— Et qu'est-ce qu'il cherche, à ton avis ?

— Si vous l'ignorez, ne comptez pas sur moi pour vous le dire. Je vous conseille simplement de réfléchir aux conséquences pour vous et votre acolyte si vous nous tuez. C'est votre vie que vous risquez.

La jeune fille était persuadée que Thurstan était le commanditaire de cette attaque. Les deux brutes malodorantes étaient trop frustes pour être autre chose que de simples exécutants.

Les deux femmes ne purent retenir un sursaut lorsque Fordon tira son poignard.

— Alors, on fait plus les faraudes, hein ? ricana-t-il.

— Auriez-vous l'obligeance de nous dire ce que vous comptez faire de nous ? s'enquit-elle d'un ton neutre.

— On va vous emmener loin d'ici, dans un endroit où vous aurez tout le temps de décider à quoi vous tenez le plus, à votre vie ou aux richesses que vous avez volées à notre seigneur.

— Je n'ai rien volé à votre seigneur, rétorqua-t-elle. Je n'ai pas choisi d'épouser Desmond de Marlé, et je n'ai pris aucune part dans la négociation de mon contrat de mariage.

— L'ennui, c'est qu'il y en a qui pensent pas comme toi ! De toute façon, ça a plus d'importance maintenant, puisqu'il est mort. Mais on va te faire rendre gorge jusqu'à la plus petite pièce.

— Vous pouvez dire à Thurstan de Marlé et à ses acolytes que si vous me tuez, ils ne verront jamais la plus petite pièce, comme vous dites.

— Tu comprends vraiment rien, soupira le scélérat en se penchant sur elle. Si tu fais pas comme on te dit, il me permettra de te découper en morceaux, lentement. Et peut-être qu'il me laissera faire la même chose à ta mère. Peut-être même devant toi…

Même si l'allusion à Elspeth lui glaçait le sang, pour rien au monde Abrielle ne l'aurait laissé voir à son agresseur, qui jouait ostensiblement avec son poignard.

— Ligote-la, ordonna-t-il à son acolyte en désignant la jeune fille du menton. La servante va emporter leurs affaires dans la charrette. S'il le faut, on pourra toujours lui couper les doigts et les envoyer à ses maîtres, histoire qu'ils se méfient.

— Ce serait drôle ! commenta l'autre ogre avec un rire gras.

— Bon, je vais voir si la litière de milady est avancée, annonça Fordon avec un gloussement.

Les deux femmes se retrouvèrent seules avec Dunstan, qui était encore plus laid que son comparse, aussi incroyable que cela pût paraître. Une horrible cicatrice entaillait sa face rougeaude, relevant sa lèvre supérieure en un affreux rictus. Abrielle se débattit lorsqu'il l'empoigna pour la jeter sur le lit.

— Cest pas une façon de se conduire pour une dame, gronda-t-il en lui appuyant un oreiller sur le visage jusqu'à ce qu'elle cesse de résister.

Après l'avoir fait rouler sur le ventre, il lui attacha les mains et les pieds, lui enfonça un chiffon sale dans la bouche, et l'enveloppa dans une couverture.

Il ne fallut pas longtemps à la jeune fille pour s'apercevoir que ses liens n'étaient pas si serrés et qu'elle avait peut-être quelque raison d'espérer.

— On va vous emmener en voyage, ta maîtresse et toi, ricana Dunstan en brandissant un poignard sous le nez de Nodda. Et si vous vous tenez pas tranquilles, vous le regretterez...

La servante fit signe qu'elle avait compris et s'empressa d'empaqueter des vêtements chauds et quelques objets de toilette pour sa maîtresse et elle, tandis que la brute épaisse se curait les ongles avec la pointe de sa dague.

Dès que Fordon réapparut, Dunstan jeta Abrielle sur son épaule, et le petit groupe se mit en route. Ils descendirent des escaliers et empruntèrent des couloirs que la jeune fille ne connaissait pas encore. Elle remarqua cependant que des torches neuves brûlaient tout au long du parcours, ce qui laissait à penser que leur enlèvement avait été soigneusement préparé.

Là encore, elle vit la marque de Thurstan. Il était familier du château depuis sa construction et en connaissait chaque recoin. Sans doute avait-il profité du tournoi pour ourdir son mauvais coup.

Lorsqu'ils arrivèrent à la poterne arrière du château, Abrielle fut jetée sans ménagement sur un tas de couvertures. Elle s'étonna de ne voir aucune étoile. Le ciel était limpide, c'était une nuit de pleine lune, et la voûte céleste étincelait de tous ses feux, elle l'avait constaté avant d'aller se coucher. Il lui fallut un moment pour comprendre que les brigands avaient dû tendre une portière pour masquer la lueur de leurs lanternes, qui n'aurait pas manqué d'attirer l'attention des sentinelles.

Quelques minutes plus tard, Dunstan empoigna de nouveau Abrielle pour la déposer dans une charrette qui attendait dehors. Les sacoches contenant leurs vêtements suivirent, puis Nedda se hissa près de sa maîtresse. Fordon prit soin de l'attacher et de la bâillonner.

Les deux complices grimpèrent en selle tandis qu'un troisième larron, sorti d'un bosquet, s'installait sur le siège de la charrette. Puis la petite troupe s'engagea dans le chemin qui serpentait jusqu'au bas de la colline.

Pour ne pas sombrer dans le désespoir, Abrielle songea à sa famille qui, elle le savait, n'épargnerait aucun effort pour la retrouver. Mais à mesure qu'ils s'éloignaient du château, les visages aimés se brouillèrent pour laisser place à un autre, celui d'un jeune homme séduisant, aux cheveux de jais, au regard outremer et au sourire désarmant.

Un sourire qui s'effacerait probablement quand il apprendrait qu'elle avait disparu. Imaginer sa réaction acheva de lui redonner du courage.

Quoi qu'elle en eût contre Raven Seabern, il demeurait l'espoir le plus solide auquel se raccrocher dans cette épreuve.

15

Des nuages étaient apparus, obscurcissant le ciel, si bien qu'Abrielle n'aurait su dire quelle direction ils avaient empruntée. Mais ce qui l'inquiétait davantage, c'était le sort qui les attendait si elles ne réussissaient pas à s'échapper. Et attachées comme elles l'étaient, elles avaient peu de chances d'y parvenir avant d'atteindre leur destination, quelle qu'elle soit.

Elle se demanda si sa mère avait déjà remarqué sa disparition. Elle imaginait sans peine Vachel rassemblant tous les hommes qu'il pourrait pour partir à sa recherche, ce qui ramena ses pensées vers Raven. Obstiné et indépendant comme il était, elle devinait qu'il n'attendrait pas les autres pour voler à son secours. Elle puisait dans cette quasi-certitude un grand réconfort, quand bien même elle risquait d'être de nouveau son obligée. Car pour l'heure, le corps douloureux, la gorge sèche à force d'avoir soif, elle se moquait de savoir qui les délivrerait.

Au prix de patients efforts et d'une ténacité farouche, les deux femmes parvinrent à libérer leurs poignets. Abrielle, qu'on avait débarrassée de son bâillon, posa le doigt sur ses lèvres pour intimer le silence à sa compagne. Très doucement, la jeune châtelaine entreprit de déchirer le bas de sa chemise de nuit. Le bruit avait beau être étouffé par les couvertures, le cocher n'en jeta pas moins un regard intrigué par-dessus son épaule. Aussitôt, Nedda feignit de dormir, émettant même quelques légers ronflements pour plus de vraisemblance.

Quelques instants plus tard, un premier morceau de tissu bordé de dentelle s'envola derrière la charrette, bientôt suivi d'un autre, puis d'un autre encore. Avec un peu de chance, les cavaliers qui se lanceraient à leur poursuite les remarqueraient et comprendraient qu'ils leur indiquaient la piste à suivre.

Le jour se leva tandis que les bois remplaçaient peu à peu les champs et les pâturages, mais lorsqu'ils s'arrêtèrent enfin devant une chaumière à moitié en ruine, il était midi passé et les chemises de nuit des deux femmes leur arrivaient maintenant très au-dessus des chevilles. Heureusement, leurs robes d'intérieur étaient suffisamment longues pour qu'on ne s'en aperçût pas. En s'aidant mutuellement, elles rattachèrent tant bien que mal leurs liens, et ne bronchèrent pas lorsque leurs ravisseurs les chargèrent sur leur épaule pour les porter dans la masure.

Ils les emmenèrent dans une petite pièce, et les déposèrent comme des paquets sur des châlits branlants recouverts de paillasses malodorantes. Après leur avoir apporté leurs affaires, ils les détachèrent et les avertirent qu'au moindre problème, elles seraient ligotées sur leurs lits.

— Et si nous avons un besoin pressant ? questionna Nedda, s'attirant un regard torve de la part de Dunstan en guise de réponse. Je vous ai demandé…

— J'ai entendu ! aboya-t-il.

— Dans ce cas, si vous aviez l'obligeance de bien vouloir répondre à ma question, ma maîtresse et moi vous en serions extrêmement reconnaissantes.

Stupéfait par tant de hardiesse, l'ogre demeura un instant bouche bée, puis indiqua du doigt un pot de chambre ébréché.

— Vous avez intérêt à pas faire de bruit quand vous l'utiliserez, si vous voulez pas qu'on vienne voir ce qui se passe, déclara-t-il.

— Et vous, ne vous avisez d'entrer pendant que nous dormirons ! lança Abrielle, qui ne voulait pas se montrer moins téméraire que sa suivante. Sinon…

— Sinon quoi, ma belle ?

— Sinon… je hurlerai si fort que vous serez obligés de fuir à toutes jambes pour ne pas devenir sourds.

— T'as de l'estomac, faut reconnaître, milady, admit Dunstan. T'inquiète pas, on a ordre de vous laisser tranquilles. Sauf si vous essayez de vous échapper, bien sûr. Là, on a le droit de faire ce qu'on veut. Tu vois ce que je veux dire, ma jolie ?

— Parfaitement. À présent, si vous n'y voyez pas d'inconvénient, nous avons besoin d'intimité. Et fermez la porte derrière vous, je vous prie ! intima Abrielle au brigand médusé.

Nedda et elle n'étaient peut-être pas de taille à leur résister au cas où ces brutes nourriraient de sombres desseins à leur endroit, mais il n'était pas question qu'elle s'avoue vaincue sans avoir lutté pied à pied.

Arrachant de sa paillasse une des couvertures, elle entreprit de la coincer au bas de la porte afin de ralentir leurs ravisseurs s'ils tentaient d'envahir leur domaine.

— Que croyez-vous qu'ils vont nous faire, milady ? s'inquiéta la suivante.

— Je suis persuadée que Thurstan est à l'origine de cet enlèvement, expliqua Abrielle. Ce qu'il convoite, c'est la fortune des Marlé, et il se peut qu'il compte s'en emparer en m'obligeant à l'épouser. Ma mère ne sera pas longue à s'apercevoir de ma disparition, et mon beau-père rassemblera aussitôt une troupe pour nous rechercher. S'ils trouvent les traces que nous avons laissées, ils devraient arriver rapidement. Je crains cependant que nous n'ayons pas le temps de les attendre.

— Mais que voulez-vous que nous fassions ? Nous n'avons même pas de quoi assommer ces brutes !

— Il faut se débrouiller avec ce qu'on a, Nedda. L'une de nous peut utiliser ce tisonnier, et l'autre…

Abrielle balaya la petite pièce du regard, puis s'approcha d'un des châlits et entreprit d'en déclouer une traverse.

— Cela devrait faire l'affaire, décréta-t-elle quand elle eut terminé. D'autant que l'effet de surprise devrait nous donner l'avantage.

— J'avoue que j'ai eu plus d'une fois envie de fendre quelques crânes masculins, admit Nedda. C'est l'occasion ou jamais. Mais comment allons-nous procéder ?

— Laisse-moi t'expliquer mon plan.

Un peu plus tard, le craquement de la porte qui s'entrouvrait attira l'attention des trois brutes occupées à bâfrer devant une bonne flambée. Il ne leur était bien entendu pas venu à l'idée d'apporter à manger à leurs prisonnières.

— Qu'est-ce que vous voulez, milady ? questionna Fordon tandis que ses acolytes se poussaient du coude, frappés par la beauté de leur captive.

— Je suis assoiffée, et j'aimerais avoir un peu d'eau. Puis-je me servir, ou dois-je rester dans l'autre pièce ?

Dunstan se leva pour aller remplir un gobelet, en but une lampée et se dirigea vers sa prisonnière avec un grand sourire qui dévoila ses dents gâtées. Feignant d'être effrayée, Abrielle commença à reculer pas à pas.

D'un coup d'épaule, l'horrible brute poussa le battant, qui rebondit contre Nedda cachée derrière. Sans prendre la peine de se retourner, il referma la porte du pied, suscitant les rires entendus de ses compagnons. Profitant du bruit, la suivante lui assena un coup magistral sur la nuque. À elles deux, les femmes parvinrent à le retenir avant qu'il ne tombe, puis à le traîner derrière le châlit.

Abrielle vérifia que le lourd tasseau de bois était à portée de main et prit une profonde inspiration.

— Ne me faites pas de mal, je vous en prie ! hurla-t-elle en déchirant sa manche avant de se ruer à la porte. À l'aide, à l'aide ! implora-t-elle en agitant la main dans l'entrebâillement.

— Je vais vous aider, milady, s'esclaffa le cocher en se levant.

Il traversa la pièce en relevant ses manches comme s'il s'apprêtait à affronter son gigantesque compagnon. Une fois de plus, Nedda abattit son tisonnier, et le cocher s'affala sur le sol. La servante cogna le mur, renversa un tabouret en ahanant, puis se mit à frapper bruyamment le lit tandis que sa maîtresse, d'abord interloquée, poussait des cris aigus.

— Pritchard ? Dunstan ? lança Fordon d'une voix inquiète. Qu'est-ce que vous fabriquez ? Faut pas abîmer la dame !

— Oh, non, arrêtez ! cria Abrielle. Je vous en prie, faites quelque chose, ils vont s'entre-tuer !

Le stratagème s'avéra efficace puisque le misérable s'aventura à son tour dans la pièce du fond. Une fois franchi le seuil, il marqua un temps d'arrêt, cherchant ses compagnons du regard, ce qui laissa à la suivante le loisir de s'occuper de lui.

Il eut cependant le temps de pivoter avant de tomber, et s'effondra sur la servante.

— Nedda !

Abrielle se rua vers la malheureuse qui ne bougeait plus. Mais elle eut beau tirer de toutes ses forces, la carcasse du malandrin était trop lourde pour qu'elle pût la déplacer.

C'est à ce moment-là qu'horrifiée, elle entendit la porte de la masure s'ouvrir à la volée. Thurstan et ses hommes ?

— Abrielle ! appela une voix familière.

D'un pas mal assuré, elle gagna l'autre pièce, et se retrouva nez à nez avec Raven, une épée à la main. Son père apparut derrière lui, brandissant une gigantesque hache.

— Dieu soit loué ! s'écria-t-elle, les jambes flageolantes. Venez vite, Nedda est blessée, ajouta-t-elle en retournant vers la chambre.

Raven lui emboîta le pas tandis que Cedric demeurait en faction à la porte. À eux deux, ils parvinrent à dégager la suivante, qui grogna et battit des paupières.

— De l'eau, s'il vous plaît, ordonna Abrielle.

Le jeune homme s'exécuta et, peu après, elle faisait avaler un peu d'eau à sa suivante qui gémit :

— Oh, ma jambe ! Elle me fait très mal, milady.

— J'ai bien peur qu'elle soit cassée, intervint Raven. Vous avez besoin de soins.

— Il faut d'abord ramener milady au château, haleta la malheureuse. Je ne ferais que vous ralentir.

— Nedda, il n'est pas question de te laisser ici ! s'insurgea Abrielle. Vous avez des hommes avec vous ? ajouta-t-elle à l'adresse de Raven.

— Ils suivent avec votre beau-père, mais pour l'instant, il n'y a que nous.

Cedric apparut dans l'encadrement de la porte.

— Il faut que tu emmènes ces dames, conseilla-t-il. Qui sait quand ces gaillards vont revenir à eux ?

— Ils attendaient quelqu'un, certainement leur commanditaire, expliqua la jeune fille. Je n'ai aucune preuve, mais je soupçonne Thurstan. Il n'a pas admis que le château et pratiquement toute la fortune de Desmond me reviennent.

— Nous ne pouvons en être certains, remarqua Cedric. Pratiquement n'importe lequel des jeunes gens qui vous tournent autour a pu décider d'employer les grands moyens. Je vais rester en embuscade dans les bois. Dès que j'aurai découvert l'identité de ces brigands, je rejoindrai sire Vachel et nous les ferons prisonniers.

— Je vais rester avec lord Cedric, déclara Nedda d'une voix faible.

— Mais tu as besoin de soins ! protesta Abrielle.

— Et vous, vous avez besoin d'être en sûreté, milady. Je peux bien attendre quelques heures, je ne suis pas en danger mortel.

— Je vous confectionnerai une litière confortable, proposa Cedric.

— Et nous laisserons la charrette à ces brutes, renchérit Nedda. J'ai assez de bleus comme ça.

— Tu es sûre ? insista Abrielle, son regard passant de sa suivante aux deux hommes.

— C'est le plus raisonnable, milady, murmura la servante.

— Nous ferions bien de charger ces bandits dans la charrette, fils, suggéra Cedric. Ou nous risquons de le payer cher quand leurs complices arriveront.

Ils ligotèrent et bâillonnèrent les trois larrons en hâte, puis en chargèrent chacun un sur l'épaule.

— Raven, mon garçon, si jamais je l'oublie, rappelle-moi de ne pas chercher querelle à ces dames ! s'esclaffa Cedric.

Ils cachèrent la charrette lorsqu'elle fut chargée dans un épais fourré, effacèrent les traces sur le sol, puis confectionnèrent une litière pour Nedda. Raven répugnait à laisser son père en arrière. Ce dernier avait toujours été un combattant redoutable, mais depuis la mort de celle qui avait été sa compagne pendant plus de trente ans, il avait tendance à prendre plus de risques que nécessaire.

— Soyez prudent, je connais une jeune fille qui serait déçue si tu ne revenais pas, lui conseilla-t-il en espérant par cette plaisanterie atténuer ce que l'injonction pouvait avoir de vexant.

— Que diable racontes-tu ?

— J'ai entendu Cordelia de Grayson confier à l'une de ses amies qu'elle te trouvait tout à fait à son goût.

— Tu te moques de moi ! Ou alors elle parlait d'un autre homme !

— Je vous assure que non. Si vous vous remariez avec une femme aussi jeune, je me retrouverais vite avec une ribambelle de frères et sœurs. Je les vois déjà s'accrocher à mes genoux pour que je répare leurs jouets.

— Et ça te plairait ? hasarda Cedric en haussant un sourcil perplexe.

— Je finirais bien par m'y attacher.

— Moi aussi, sans doute, sourit Cedric. Ta mère n'a jamais pu avoir d'autres enfants, mais je lui suis toujours resté fidèle, tu peux me croire. Je n'ai jamais aimé qu'elle.

— Faites attention à vous, recommanda Raven. Si un jour j'ai des enfants, je tiens à ce qu'ils aient un grand-père.

— J'ai l'impression que ce n'est pas demain la veille. La demoiselle ne me paraît pas très coopérative.

— Laissez-lui un peu de temps.

Les deux hommes achevèrent la litière en hâte et y installèrent Nedda.

— Dépêchez-vous de vous mettre en route, intima Cedric. Si je dois me battre, je préfère que vous soyez loin, sinon, lady Abrielle me prendra pour un monstre assoiffé de sang.

— Vous êtes mon valeureux sauveur, lui rappela l'intéressée avec un sourire.

— Et moi, milady ? questionna Raven.

— Vous, je vous suis reconnaissante d'avoir accompagné votre père.

Il chancela comme s'il avait été mortellement blessé, sans arracher à la jeune fille le moindre sourire. Laissant échapper un soupir, il grimpa en selle. Avec l'aide de Cedric, Abrielle s'installa derrière lui à califourchon et arrangea ses vêtements du mieux qu'elle put. Comme elle levait les yeux, elle croisa le regard de Raven qui la contemplait par-dessus son épaule.

— Prête ? s'enquit-il.

Elle hocha la tête, se rendant soudain compte qu'ils allaient voyager sans escorte. De lui seul dépendaient sa sécurité et son honneur, et si elle le savait parfaitement capable d'assurer la première, elle n'était absolument pas certaine de pouvoir se fier à lui pour le second.

16

Abrielle se retourna à demi tandis qu'ils s'engageaient dans le sentier et vit Cedric disparaître derrière des fourrés en traînant la litière de Nedda. Elle aurait préféré rester auprès de sa fidèle suivante au lieu de partager une selle trop petite avec Raven Seabern. Leur proximité lui semblait le comble de l'indécence, et elle s'efforça de ne pas s'accrocher à lui. Ce qui était fort peu commode pour garder son équilibre, elle devait l'admettre.

— Si vous ne vous tenez pas à moi, vous allez vous retrouver par terre, finit par observer Raven d'un ton narquois.

Serrant les dents, elle consentit à empoigner sa cape.

— Comment avez-vous fait pour nous trouver si rapidement ? s'enquit-elle pour changer de sujet.

— Un serf du nom de Siward a aperçu une charrette près de la poterne arrière du château. Il s'est caché pour la surveiller, pensant qu'il s'agissait de Mordea et qu'elle était venue voler quelque chose. Quand il a vu les deux brigands ligoter votre suivante, il a immédiatement prévenu messire Vachel.

— Je le remercierai personnellement et je le récompenserai. Je craignais que personne ne s'aperçoive de notre disparition avant le matin.

— Siward nous a expliqué qu'en leur faisant porter de la nourriture, vous aviez sauvé la vie de son petit garçon et qu'il donnerait sa vie pour vous.

— Mais où sont mon beau-père et ses hommes ?

— Messire Vachel a trouvé des traces de sang dans vos appartements et a envoyé des émissaires auprès des seigneurs des environs pour leur demander de le rejoindre. Comme cela promettait de prendre du temps, nous avons décidé de partir à votre recherche, mon père et moi, et de marquer la piste pour lui. Les morceaux de tissu que vous avez semés nous ont redonné espoir et nous ont fait gagner beaucoup de temps.

— J'en suis heureuse, acquiesça-t-elle en essayant de ne plus penser au corps chaud contre lequel elle était plaquée.

— Dites-moi, comment avez-vous réussi à venir à bout de ces brutes ? On vous a sûrement aidées.

— Nous n'avons eu, Nedda et moi, d'autre aide que celles de nos petites mains et de notre intelligence, répondit-elle, sarcastique.

— Je n'ai jamais dit que vous en manquiez.

Ne voulant pas se montrer désagréable envers son sauveur en lui rappelant que jusqu'ici, il lui avait paru s'intéresser surtout à sa fortune, elle entreprit de lui raconter comment elles avaient mis leurs ravisseurs hors d'état de nuire.

— Vous nous avez mâché le travail, à nous autres pauvres hommes, admit-il, visiblement impressionné.

Elle réprima un sourire, et ils cheminèrent un moment en silence.

— Ce n'est pas le chemin que nous avons pris à l'aller, s'étonna-t-elle soudain.

— En effet. Leur chef prendra sans doute la même route qu'eux, et je ne tiens pas à tomber sur lui. Vous êtes épuisée, ajouta-t-il en la sentant vaciller derrière lui. Dormez un peu, vous en avez besoin.

— Mais je vais tomber !

— Appuyez-vous contre moi, et ne vous inquiétez pas, je vous retiendrai.

Après tout, pourquoi pas ? se dit-elle. De toute façon, que pouvait-il lui arriver ? Elle était tellement fatiguée, et sa proposition était si tentante. Elle glissa timidement les bras autour de la taille de Raven, posa la tête contre son épaule musclée. Il était si rassurant, si viril…

— Vous voyez ? fit-il en refermant la main sur son avant-bras. Je vous tiens.

C'est une petite pluie tenace qui réveilla Abrielle, peu après le coucher du soleil. Raven l'avait enveloppée dans sa cape, mais ils étaient mouillés tous les deux. Des nuages obscurcissaient la lune, et continuer d'avancer devenait périlleux. Et puis, il sentait la jeune femme frissonner contre lui. Il décida de faire halte dans un endroit abrité où ils se restaurèrent frugalement devant un petit feu.

Abrielle gardait un silence obstiné, et après la douce intimité qu'ils venaient de partager, Raven ressentait durement cette distance prudente qu'elle instaurait entre eux. Tout l'après-midi, il avait fait des efforts surhumains pour réprimer l'élan qui le poussait vers elle, et il songea que, dût-il y passer sa vie entière, il finirait par la convaincre qu'elle n'avait rien à craindre de lui, qu'il se ferait écorcher vif plutôt que de la faire souffrir.

La pluie ayant cessé, il étendit une couverture près du feu et lui conseilla de dormir un peu.

Elle était épuisée et, très vite, elle sombra dans le sommeil. Il ne se lassait pas de la regarder dormir, mais la voir frissonner lui fendait le cœur. Si elle attrapait du mal, il ne se le pardonnerait pas. Sans plus réfléchir, il se glissa près d'elle sous la couverture et l'enveloppa de ses bras. Il s'interdit de songer au désir qu'elle lui inspirait – il voulait juste la réchauffer. Avec un peu de chance, il se lèverait avant qu'elle s'éveille, et elle ne saurait jamais ce qu'il avait fait, se dit-il avant de s'endormir à son tour.

Abrielle se réveilla en sursaut. À regret, car elle était délicieusement bien, elle ouvrit les yeux, pour se trouver face à trois douzaines de cavaliers en armes. Sa première pensée fut que les hommes de Thurstan les avaient rattrapés.

Folle d'inquiétude, elle s'appuya sur le coude et chercha Raven du regard. En reconnaissant son beau-père, elle adressa à Dieu une prière de remerciement. Curieusement, Vachel ne souriait pas. C'est alors qu'elle sentit un mouvement derrière elle. Raven Seabern, pour une raison qu'elle ne s'expliquait pas, était allongé contre elle. Il se leva en hâte et, tandis que les dernières brumes du sommeil se dissipaient enfin, elle comprit qu'elle avait passé la nuit dans ses bras.

Son sang se figea dans ses veines. Ignorant la main tendue du jeune Écossais, elle se leva à son tour en s'enveloppant dans la couverture. Seigneur, pourquoi avait-elle baissé la garde ? se reprochait-elle amèrement. Derrière Vachel, les chevaliers échangeaient des coups d'œil entendus. Et comment les en blâmer ? Ils venaient de la trouver pelotonnée sous une couverture dans les bras d'un jeune homme, comme si…

Elle pivota pour faire face à ce dernier.

— Vous trembliez de froid, expliqua-t-il sans détour, en soutenant son regard. Je ne pouvais pas vous laisser attraper la mort.

— Où sont lord Cedric et Nedda ? voulut savoir Vachel.

— Mon père a voulu attendre pour découvrir qui était derrière cet enlèvement, répondit Raven. Et Nedda, qui était blessée, a préféré rester avec lui de crainte de nous ralentir. Il fallait que je mette lady Abrielle en sécurité le plus rapidement possible, précisa-t-il, se rendant compte qu'il avait failli à sa tâche. Quand nous sommes arrivés, ces dames avaient déjà assommé leurs trois ravisseurs.

À ces mots, Vachel esquissa un sourire amusé, mais c'est d'une voix froide qu'il demanda :

— Et qui a eu l'idée de laisser ma belle-fille sans chaperon ?

— Lord Cedric, souffla Abrielle.

Raven se raidit et répliqua d'un ton outré :

— Mon père savait que vous voudriez connaître l'identité du ravisseur.

— Ces maudits Écossais ont tout manigancé, murmura une voix dans la petite troupe.

— Qui ose insulter mon père devant moi ? lança Raven d'une voix glaciale.

Personne n'eut le courage de se manifester.

— Nous éclaircirons cela plus tard, décida Vachel. Ce n'est pas l'endroit pour une discussion de cette importance. Allons-y, Abrielle, nous devons rassurer ta mère au plus vite.

Une discussion de cette importance. Ces mots résonnaient comme une menace dans l'esprit de la jeune fille. Qu'y avait-il de plus important que le choix d'un époux ? Mais justement, avait-elle encore le choix ?

Vachel envoya une dizaine d'hommes retrouver Cedric et Nedda avant de prendre sa belle-fille en croupe et de donner le signal du retour.

Midi était passé depuis longtemps quand les serfs annoncèrent l'arrivée d'un groupe de cavaliers. Ils reconnurent vite la bannière, puis la chevelure de leur maîtresse, et partirent à toutes jambes avertir de la bonne nouvelle. Elspeth sortit en courant du château pour accueillir sa fille et son mari.

— Dieu soit loué ! s'écria-t-elle, en larmes, en serrant Abrielle dans ses bras. J'ai cru mourir d'angoisse vingt fois.

— Personne ne m'a fait de mal, maman, la rassura Abrielle. Nous avons même assommé nos trois ravisseurs, Nedda et moi !

— Je n'aurais pas supporté de te perdre, mon petit. Qui est le scélérat qui a fait cela ?

— Nous l'ignorons. Lord Cedric est resté en arrière pour essayer de le découvrir. Nedda était blessée, et elle est avec lui.

— La pauvre, elle est si dévouée ! Tu ne seras pas en sécurité tant que cette canaille n'aura pas été démasquée et mise hors d'état de nuire, s'écria Elspeth.

— Il s'agit sans doute de Thurstan de Marlé, mais nous n'en sommes pas certains, intervint Vachel en prenant la main de sa femme. Il faut attendre le retour de Cedric.

Abrielle regagna ses appartements en compagnie de sa mère, mais elle était trop préoccupée pour apprécier pleinement ces retrouvailles. Quand elle descendit dîner, après s'être lavée et changée, elle comprit immédiatement aux chuchotements discrets et aux regards curieux qui allaient de Raven à elle, que les chevaliers n'avaient pas tenu leur langue.

— Pourquoi ne m'as-tu rien dit de ce qui s'est passé avec Raven Seabern ? questionna sa mère d'un air de reproche.

— Parce qu'il n'y a rien à dire, maman. Il ne s'est rien passé.

— Mais les langues vont bon train, intervint Vachel. Il faut faire cesser ces commérages avant qu'ils parviennent aux oreilles de tes autres prétendants.

— Mais je n'ai rien fait de mal ! s'indigna Abrielle.

— Je le sais bien, mon petit, mais cela n'empêchera pas les ragots. Ta réputation est entachée, Abrielle. Il faut que tu envisages d'épouser le jeune Seabern.

La jeune fille sentit des larmes de rage lui monter aux yeux. Elle ne demandait qu'une chose : choisir elle-même son mari, et voilà qu'on lui imposait de nouveau un époux. Certes, Raven n'était pas Desmond de Marlé. Il était jeune et beau, et ne manquait pas de courage, mais il n'avait manifesté aucun intérêt pour elle quand elle était pauvre. En outre, en tant qu'Écossais, il était haï de tous dans la région. Si elle refusait de l'épouser, oserait-il faire état de ce qu'il avait vu le soir de la mort de Desmond ? s'interrogea-t-elle.

L'arrivée de Cedric, accompagné de Nedda et des chevaliers envoyés à la rescousse par Vachel, la dispensa de répondre à cette question.

— Nedda, comment vous sentez-vous ? s'enquit-elle en se précipitant à leur rencontre.

— Beaucoup mieux, milady. Je crois que ma jambe n'est même pas cassée.

Tandis qu'on emmenait la fidèle suivante, tout le monde se rassembla autour de Cedric pour écouter son récit. Quand les commanditaires de l'enlèvement avaient pénétré dans la chaumière, expliqua-t-il, il s'était approché pour regarder par une fente des volets et avait clairement vu quatre hommes et une femme. Il avait cru reconnaître les voix de Thurstan et de Mordea, mais à aucun moment il n'avait pu distinguer leurs visages, car il faisait sombre dans la masure.

Bien entendu, les scélérats ne s'expliquaient pas la disparition de leurs acolytes et de leurs proies. Quand deux d'entre eux avaient suggéré d'abandonner une entreprise qui s'était avérée infructueuse, Thurstan s'y était opposé. Il trouverait un autre moyen de s'emparer d'Abrielle, avait-il juré.

Les hommes de Vachel étaient arrivés peu après leur départ, mais une forte pluie avait effacé les traces des malandrins, et il leur avait été impossible de savoir avec précision quelle direction ils avaient prise.

— De toute façon, nous n'aurions pas pu faire grand-chose contre le jeune Marlé, commenta Vachel après avoir remercié Cedric.

— Et pourquoi donc ? s'indigna Elspeth.

— Ce n'aurait pas été le premier chevalier à s'emparer par la force de la femme qu'il convoite pour l'obliger au mariage.

Le sang de Raven ne fit qu'un tour lorsqu'il vit tous les regards converger vers lui. Être mis au même rang que des ruffians sans scrupules comme Thurstan ou Colbert le mettait en rage, mais il n'avait aucun moyen de se disculper.

— Nous n'avons aucune preuve contre Thurstan, à part la parole d'un Écossais ! lança un chevalier.

— Cela suffit ! intervint Vachel. Lord Cedric est un homme d'honneur, dont la renommée n'est plus à faire dans son pays. Son fils et lui sont appréciés par notre roi Henri. Ils sont invités et je ne tolérerai pas qu'on les insulte dans la maison de ma belle-fille.

L'intervention de Vachel avait fait taire les commentaires, mais ce n'était qu'un répit qui risquait fort de ne pas durer.

— Il faut que nous ayons une conversation en privé, murmura-t-il discrètement à Raven quelques instants plus tard.

Le jeune homme le suivit, et dès qu'ils furent seuls, Vachel attaqua :

— Vous nous avez mis dans de beaux draps, jeune homme.

— Telle n'était pas mon intention, croyez-moi ! Tout ce que je voulais, c'était mettre votre fille en sécurité. Nous avons été victimes d'un malheureux concours de circonstances.

— Et c'est un concours de circonstances qui l'a amenée à dormir dans vos bras ?

— Je ne cherchais qu'à la réchauffer, je vous en donne ma parole ! Je ne me serais jamais permis le moindre geste indécent.

Vachel savait que l'Écossais était un valeureux guerrier, fier qui plus est, et que mettre en doute l'honneur d'un tel homme était dangereux. Il ne s'y risqua pas.

— Il ne vous reste plus qu'à l'épouser, vous vous en rendez compte, je pense.

— Je ne suis pas homme à esquiver mes responsabilités, vous le savez, répondit Raven. Je protégerai votre belle-fille des entreprises de Thurstan et de ses semblables, et elle gardera la propriété et l'entière disposition de tous ses biens.

Vachel le fixa d'un regard stupéfait.

— Vous voulez dire que vous ne demandez pas de dot ?

— Je n'ai jamais convoité son héritage, je peux vous en assurer. Serait-elle une mendiante en haillons que je ne la désirerais pas moins. Je l'emmènerais bien chez moi, en Écosse, où elle serait en sécurité, si toutefois elle consent à m'épouser, mais je ne veux pas la séparer de ses proches aussi brutalement. Quant à ses possessions, qu'elle en dispose comme elle l'entend. Je ne vous demande qu'une chose.

— Je vous écoute.

— Je ne souhaite pas qu'elle connaisse notre arrangement.

— Vous refusez toute dot et vous ne voulez pas qu'elle le sache ? s'étonna Vachel.

— Je ne vous demande pas de lui mentir mais, si elle ne pose pas la question, ne lui dites rien. Elle s'est persuadé que je n'en voulais qu'à sa fortune ; je veux qu'elle découvre par elle-même quel genre d'homme je suis.

— Vous avez vaincu toutes mes préventions, Raven, déclara Vachel en lui tendant la main. Je ne peux, en revanche, pas vous garantir qu'il en ira de même pour Abrielle.

— Je finirai par gagner sa confiance, assura le jeune homme avec détermination.

— Si quelqu'un en est capable, c'est bien vous. Vous avez ma bénédiction. Quant à celle de sa mère…

— Lady Elspeth sera sans doute aussi difficile à convaincre que sa fille, mais j'y parviendrai, dit en souriant Raven

17

Abrielle allait se mettre au lit lorsqu'on frappa à sa porte.

— Qui est là ?

— Raven.

— Laissez-moi tranquille ! cria-t-elle à travers la porte.

— Il faut que je vous parle, insista-t-il.

— Ce ne serait pas convenable.

— Il est trop tard pour se préoccuper des convenances.

— En effet, s'emporta-t-elle en ouvrant la porte comme une furie. Et par votre faute !

— Vous avez parfaitement le droit d'être en colère, et moi aussi, d'ailleurs.

— Mais moi un peu plus que vous, rétorqua-t-elle en le tirant dans la pièce avant de refermer la porte.

Ils se regardèrent, soudain désemparés, et ne sachant plus quoi dire.

— Je viens de parler à votre beau-père, commença enfin le jeune homme.

— J'ai vu.

— Vous devinez le sujet de notre conversation, fit-il. Nous sommes convenus… que nous devions nous marier, vous et moi.

Il était à deux doigts de mettre un genou en terre lorsqu'elle répliqua :

— Je suis bien obligée d'y consentir, mais je ne vous respecterai jamais. Je vous avais dit clairement que je ne voulais pas de vous pour mari, et vous avez fait le nécessaire pour que je n'aie plus le choix.

— Et moi, je vous assure que je n'ai jamais trahi mon honneur ni celui de ma famille.

— Je consens à vous épouser, mais j'y mets cependant quelques conditions, déclara-t-elle en refrénant son indignation devant la colère contenue de Raven. Vous devez me promettre que des sommes significatives seront consacrées à l'amélioration de la condition des serfs. Weldon avait commencé à leur faire construire des chaumières confortables pour remplacer leurs misérables huttes, mais il est mort avant d'avoir le temps de terminer. J'entends que chaque famille ait un toit convenable.

— C'est comme si c'était fait ! Vous savez bien que je me soucie du bien-être de vos gens.

Elle l'étudia un instant comme si elle cherchait à déceler un mensonge, puis :

— Vous venez d'un autre pays, et à cause de ce mariage, je serai en permanence écartelée entre nos deux patries.

— Abrielle, votre mère est saxonne et elle a épousé un Normand, lui rappela-t-il en se radoucissant. Votre roi Henri est marié à la propre sœur de notre roi David.

Il avait raison, bien entendu, mais elle n'était pas d'humeur à recevoir des leçons.

— Je n'ai pas l'intention de me lancer dans ce genre de discussion avec vous. Allez-vous-en, à présent ! Laissez-moi tranquille !

Lui non plus n'avait aucune envie d'envenimer la situation. Il obéit donc, mais à peine avait-il refermé la porte derrière lui que celle de Vachel s'entrouvrit.

— Ça y est ? chuchota le Normand.

— Oui, elle m'a donné son accord.

— Dieu soit loué !

Sans un mot, Elspeth passa devant Raven pour aller frapper à la porte de sa fille.

— La cérémonie sera célébrée avant le déjeuner, décréta son époux. Après quoi, nous offrirons un grand festin.

— Vous n'attendrons pas la publication des bans ? s'étonna Raven.

— Il y aura suffisamment de témoins pour que la validité du mariage ne puisse être mise en question. Venez me voir après le petit déjeuner, nous discuterons du contrat de mariage. D'ici là, reposez-vous, mon garçon. Vous n'en aurez peut-être plus l'occasion de sitôt, conclut Vachel.

Personne ne fut surpris lorsque le sire de Gérard annonça le mariage de sa belle-fille avec le jeune Seabern. Il expliqua que l'union entre un émissaire du roi d'Écosse et la veuve la plus riche d'Angleterre scellerait la bonne entente des deux côtés de la frontière, mais le scepticisme de l'assistance était évident, et le chevalier devina que la paix ne régnerait pas avant longtemps, sur la frontière comme dans le nouveau ménage.

Assis côte à côte, les fiancés n'avaient pas échangé un seul mot. Quand Raven s'éclipsa avec son beau-père, Abrielle s'efforça de dissimuler son amertume.

— Il est temps d'aller nous préparer pour la cérémonie, ma chérie, murmura sa mère.

— Encore, soupira Abrielle en se levant pour la suivre. Je trouve que mes vêtements de deuil conviennent parfaitement… Je plaisante, maman, s'empressa-t-elle d'ajouter comme sa mère la regardait bouche bée.

— Je pense que la robe que tu portais à Westminster serait parfaite, déclara Elspeth. C'est dans cette robe que Raven t'a vue pour la première fois.

La jeune fille ne voulait surtout pas causer de soucis à sa mère dont la grossesse avançait, aussi préféra-t-elle taire ses doutes. Avec Desmond, elle n'avait aucun mal à être constamment sur ses gardes tandis qu'avec ce diabolique Écossais, c'était surtout d'elle-même qu'elle devrait se méfier.

Lorsqu'elle s'était apprêtée pour son premier mariage, ce qu'elle craignait par-dessus tout, c'était la nuit qui l'attendait. Cette fois, c'étaient toutes les nuits à venir, pendant sa vie entière. Car il suffirait qu'elle se laisse aller un seul instant pour que son nouvel époux lui vole son cœur, et qu'elle ne puisse plus se passer de lui.

Les quelques participants au tournoi encore présents assistèrent à la cérémonie avec les habitants du château. Les serfs et les domestiques paraissaient très heureux pour leur maîtresse, mais celle-ci regrettait amèrement l'absence de son amie Cordelia, et elle en rejetait le blâme sur Raven, qui avait rendu nécessaire ce mariage précipité.

Le jeune homme lui passa au doigt l'alliance de Cedric, qui était beaucoup trop grande pour elle, mais qui était dans la famille depuis des générations, et elle répéta d'une voix légèrement tremblante les vœux sacramentels en lui offrant l'alliance qui avait appartenu à son père. Le prêtre qui avait célébré le mariage de la jeune fille avec Desmond, à peine quelques semaines plus tôt, les déclara mari et femme.

Après la cérémonie et pendant tout le banquet qui suivit, Abrielle reçut sans sourciller les félicitations et les vœux de bonheur des invités et des habitants du château. Raven jouait à la perfection son rôle d'époux attentionné, et la mariée tentait d'écarter de ses pensées la nuit à venir. Peut-être la redoutait-elle encore plus que la précédente…

Le soir venu, quand Raven referma derrière lui la porte de la chambre nuptiale, elle l'attendait de pied ferme. Il s'adossa au battant, le souffle coupé devant cette longue chevelure de cuivre qui cascadait sur les épaules de la jeune fille, devant ce regard d'émeraude étincelant, devant cette silhouette pleine de grâce.

— Je m'attendais presque que vous feigniez de dormir, murmura-t-il.

— J'y ai pensé, figurez-vous, mais je ne veux pas que notre union commence par un mensonge… du moins de mon côté.

— Je ne vous ai jamais menti, répliqua-t-il d'une voix sourde. Mais puis-je savoir comment vous comptez commencer notre mariage ?

— En vous répétant que je n'ai aucune confiance en vous, et que vous ne me posséderez pas ce soir.

Il la rejoignit en trois enjambées, et lui prit le bras.

— En attendant, nous sommes unis devant Dieu et les hommes, et je ne laisserai personne prétendre le contraire, rétorqua-t-il.

— Ce qui signifie ?

En réponse, il dénoua tranquillement le lien qui fermait sa robe d'intérieur, la repoussa sur ses épaules jusqu'à ce que la jeune femme se tienne devant lui en chemise de nuit diaphane. Le regard assombri par le désir, il lui caressa la joue, descendit lentement le long de son cou, puis referma les doigts sur l'un de ses seins.

— Non, gémit-elle. Je vous en prie, arrêtez.

— Je ne peux pas, Abrielle, souffla-t-il. Ne me repousse pas, car je te désire depuis que j'ai posé les yeux sur toi, à Westminster.

Son regard outremer s'était fait doux comme le velours, sa voix basse et grave vibrait de passion… Mais comment être sûre que cet homme de chair et de sang, qui lâchait la bride à son désir, ne jouait pas la comédie ? Que c'était là le véritable Raven Seabern ?

Quand les doigts du jeune homme agacèrent les pointes de ses seins, Abrielle comprit la profondeur de sa vulnérabilité. Il avait suffi que la main de Raven se pose sur sa chair pour que toutes ses belles résolutions fondent comme neige au soleil. Puis la bouche virile couvrit la sienne, et elle sentit qu'elle perdait pied. La main au creux de ses reins, il l'attira à lui.

— Abrielle, murmura-t-il contre ses lèvres, rends-moi mon baiser.

Mais elle refusa, et tourna la tête dès qu'elle put. Elle était cependant trop fière pour fuir, aussi lorsqu'il s'écarta pour se débarrasser de sa tunique, elle demeura figée et le regarda faire. Il ôta ses vêtements un à un, terminant par ses chausses. En découvrant sa virilité arrogante, elle ne put s'empêcher de reculer. Il était certes magnifiquement découplé, et elle ne pouvait douter de la force de son désir, mais ce désir, justement, lui apparaissait comme menaçant. Elle fit encore un pas en arrière, et se heurta au lit nuptial, là où il avait voulu l'acculer sans doute, songea-t-elle avec colère.

Mais déjà il l'avait rejointe, la poussait doucement sur la courtepointe brodée avant de s'allonger sur elle. Il l'embrassa de nouveau, avec une ardeur farouche, et elle sentit l'air frais sur ses jambes tandis qu'il remontait sa chemise de nuit.

— Cette nuit, je ne veux rien entre nous, chuchota-t-il d'une voix rauque.

Il la dénuda jusqu'aux hanches et s'installa entre ses jambes. Elle laissa échapper un petit cri et commença à se tortiller, mais au lieu de chercher à la pénétrer, il entreprit de la débarrasser de sa chemise de nuit.

Ils étaient maintenant nus tous les deux, elle sentait sur sa chair ce corps athlétique enflammé par le désir, sa virilité triomphante, ses lèvres aussi tendres qu'impérieuses. Il lui chuchotait à l'oreille des mots doux comme le miel en couvrant son visage, son cou et sa gorge de baisers. Elle gémit quand sa bouche se referma sur son sein. Elle ne s'appartenait plus, elle était à lui, ondulant sous ses délicieuses caresses, le réclamant de tout son être.

Enfin il entra en elle, doucement d'abord, puis avec de plus en plus d'ardeur, tandis qu'elle se raidissait sous la douleur avant de se cabrer de plaisir. Raven lâcha alors la bride à son désir, s'enfonçant en elle, la possédant avec une frénésie trop longtemps contenue. Il sentit en elle la longue montée de la volupté, et, incapable de se retenir plus longtemps, se laissa sombrer dans le tourbillon qui les emportait.

Quand la passion reflua et qu'il eut retrouvé ses esprits, il se hissa sur les coudes pour contempler Abrielle, qui le fixait de ses grands yeux aux pupilles dilatées, et murmura :

— Tu es à moi maintenant.

À ces mots, elle fondit en larmes.

Il roula sur le côté et voulut la prendre dans ses bras, la couvrir de baisers, lui dire tout son amour, mais elle s'écarta de lui avec une détermination farouche. Son corps l'avait trahie, elle s'était abandonnée à son plaisir, mais si son mari avait remporté la première bataille, il n'avait pas gagné la guerre.

Le jeune homme n'insista pas. Peut-être avait-il commis une erreur irréparable, peut-être s'était-il laissé aveugler par son désir et avait-il présumé de son pouvoir de séduction, peut-être cette femme qui était maintenant la sienne ne lui ferait-elle jamais confiance…

Puis il se rappela que c'était leur première nuit, qu'elle serait suivie de beaucoup d'autres, et il décida que jamais, sa vie durant, il ne renoncerait à conquérir la femme qu'il aimait.

18

Le soleil était déjà haut quand Abrielle ouvrit les yeux. Elle n'aurait su définir l'étrange sensation qui l'habitait, jusqu'à ce qu'elle s'aperçoive avec consternation qu'elle était nue. Elle se redressa dans un sursaut, mais elle était seule. Elle n'était plus une jeune fille maintenant, mais une femme. Raven lui avait enlevé la seule arme dont elle disposait.

Comment devait-elle se comporter avec ce nouvel époux qui lui avait été, une fois encore, imposé ? Elle ne pouvait lui déclarer la guerre et lui cracher sa colère au visage sans rendre ceux qu'elle aimait malheureux. Elle se comporterait donc comme n'importe quelle jeune mariée et lui ferait bonne figure, en dehors de la chambre à coucher du moins.

On frappa discrètement à la porte. Il ne pouvait s'agir de Raven, qui serait entré en conquérant. En effet, c'était Nedda qui venait lui proposer son aide pour sa toilette. Sentant sur elle le regard anxieux de sa suivante, Abrielle fit de son mieux pour se comporter comme une jeune épousée normale. Elle s'habilla avec soin, et descendit pour le petit déjeuner. Les autres avaient déjà fini, et seule sa mère l'attendait encore.

— Comment te sens-tu ce matin, ma chérie ?

— Mais très bien, maman.

Elspeth connaissait trop bien sa fille pour être dupe, mais préféra faire comme si de rien n'était pour le moment.

— Tu ne me demandes pas où est ton mari ? s'étonna-t-elle.

— Je suppose qu'il fait le tour de son nouveau domaine, répondit Abrielle d'un ton acide. Pardonnez-moi, maman, enchaîna-t-elle, je m'efforcerais de mieux tenir mon nouveau rôle d'épouse à l'avenir, je vous le promets.

— Toutes les femmes ont besoin d'un moment pour s'habituer à ce rôle, mon petit, et ce n'est pas toujours facile, même quand on est très amoureuse de son mari.

— Mais comment fait-on quand on n'éprouve aucun respect pour lui ? murmura Abrielle, au bord des larmes. Ne vous inquiétez pas, ajouta-t-elle en se forçant à sourire, tout s'arrangera avec le temps.

Elle s'affaira toute la matinée, donnant ses instructions aux cuisines, inspectant le potager, la laiterie et les écuries. La bonne humeur et le dévouement de tous lui étaient d'un grand réconfort, et elle avait le cœur plus léger quand des cliquetis métalliques attirèrent son attention.

Elle dirigea ses pas vers une petite cour à l'écart du château où s'exerçaient les hommes d'armes. C'est là qu'elle trouva son époux et son beau-père, occupés à diriger l'entraînement. Au milieu de cette petite foule, le jeune Écossais attirait irrésistiblement son regard. Il portait un justaucorps de cuir sans manches qui révélait le jeu de son impressionnante musculature tandis qu'il expliquait une feinte.

Abrielle ne sentait plus aucune animosité entre les hommes. Les chevaliers écoutaient le nouveau châtelain avec attention et lui témoignaient un grand respect. Tous semblaient avoir oublié leur ressentiment à son égard. La veille encore, ils étaient prêts à tirer l'épée quand ils l'avaient trouvé seul avec elle dans la forêt, mais maintenant qu'ils étaient mariés, toutes leurs préventions étaient tombées.

Dès que Raven l'aperçut, il abandonna ses compagnons pour la rejoindre. Elle voulut s'éclipser, mais le regard de braise dont il l'enveloppait la cloua au sol. Ses jambes se dérobaient sous elle, tout son corps s'embrasait au souvenir de ce qu'il lui avait révélé la nuit dernière...

À sa grande stupéfaction, il glissa le bras autour de sa taille et l'attira à lui pour lui donner un baiser qui aurait eu sa place dans une chambre à coucher. Elle crut mourir de honte lorsque tous les hommes d'armes les acclamèrent.

— Espèce de butor ! siffla-t-elle lorsqu'il releva la tête. Comment osez-vous vous conduire ainsi ?

Haussant un sourcil, il sourit.

— Tu ne peux plus jouer les vierges effarouchées, lui rappela-t-il, railleur.

Ce tutoiement possessif acheva de la mettre hors d'elle, mais Vachel approchait et elle n'osa se montrer cinglante devant son beau-père.

— Vous me mettez dans l'embarras devant tous vos hommes, le gourmanda-t-elle avec un sourire de commande, en insistant sur le « vous ».

— *Nos* hommes, rectifia-t-il. Je suis convaincu qu'ils sont ravis de voir quel couple uni nous formons.

Elle préféra ne pas répondre et aller embrasser son beau-père, très surpris par cette soudaine manifestation d'affection.

— Bonjour, ma chérie. Tu es resplendissante ce matin.

— Je constate que vous n'avez pas tardé à vous mettre au travail après les festivités d'hier, remarqua-t-elle pour changer de sujet.

— Il le faut bien. Des mois d'impéritie sous la houlette de Desmond de Marlé ont considérablement affaibli la défense du château, expliqua Raven.

— Les soldats qui sont arrivés avec nous et les quatre qui escortaient Raven sont parfaitement entraînés, enchaîna Vachel, mais les autres se sont laissés aller. Il faut dire à leur décharge que Desmond préférait dépenser sa fortune pour ses besoins personnels plutôt que pour ses gardes. Pourquoi faire de l'exercice si personne ne vous en sait gré et si vous n'êtes pas payé ?

— Maintenant, ils savent ce que nous attendons d'eux, reprit Raven.

— Et ils savent qu'ils en seront récompensés. Ton mari s'est montré généreux.

« Avec mon argent », se retint de faire remarquer Abrielle. Après tout, Raven ne faisait que remplir ses devoirs de châtelain envers ceux dont il avait désormais la charge.

— Les stocks d'armes et de munitions sont également au plus bas et il va falloir y remédier rapidement, reprit ce dernier.

— Je vous remercie de vous en occuper.

— Mais c'est mon rôle. Je ferai tout ce qui est en mon pouvoir pour vous protéger, tes vassaux et toi.

— Je ne vous dérange pas plus longtemps, nous nous retrouverons pour déjeuner, conclut-elle.

Mais l'heure venue, un page lui annonça que son mari, Vachel et Cedric avaient été appelés dans un manoir des environs. Personne n'osa lui dire quoi que ce soit, mais elle entendit les chuchotements des domestiques, et elle crut distinguer les mots « Écossais » et « invasion ».

Ces rumeurs funestes la rongèrent toute la journée. Si le danger avait été réel, Raven aurait fait fermer les portes et relever le pont-levis. Il n'aurait pas laissé les hommes poursuivre leur entraînement comme si de rien n'était, mais leur aurait fait prendre leurs postes de défense.

Le soir venu, son époux n'était toujours pas rentré, et elle se coucha seule dans le grand lit conjugal. Elle aurait dû se sentir soulagée, mais elle était rongée par l'inquiétude. Le sort de Raven était indissolublement lié au sien, désormais, et s'il lui était arrivé malheur, c'était la sécurité de tous les siens qui se trouverait compromise.

Elle venait de s'endormir, lui semblait-il, quand l'aube la réveilla. Elle ouvrit les yeux. Sa tête reposait sur l'épaule de Raven et elle était prisonnière de ses bras. Elle réfléchissait au meilleur moyen de s'échapper quand elle croisa le regard amusé du jeune homme.

— Quelle merveilleuse façon de commencer la journée, murmura-t-il en se soulevant sur le coude pour mieux la contempler.

Aussi souple qu'une liane, elle se faufila hors du lit.

— Je suis contente que vous soyez rentré sain et sauf. J'ai beaucoup à faire aujourd'hui, et vous aussi, j'en suis sûre, avec l'entraînement des hommes d'armes.

Il s'adossa aux oreillers pour ne perdre aucun de ses gestes. Il se souvenait encore de ses larmes et ne voulait pas la brusquer, mais elle devrait bien se rendre compte que la patience d'un jeune marié avait des limites. Il savait qu'elle voulait s'habiller et qu'elle n'osait le faire devant lui, mais il n'avait aucune intention de l'aider à résoudre ce dilemme.

— Qu'est-ce qui vous a retenu si longtemps hier soir ? s'enquit-elle.

— Un messager nous a avertis que des Écossais avaient attaqué Thornton Manor.

— Ô mon Dieu !

— Ne t'inquiète pas ! Ce n'était pas une invasion, mais une douzaine de pauvres éleveurs dont le bétail s'était échappé et qui avaient traversé la frontière par inadvertance.

— Et qu'avez-vous fait ?

— Mon arrivée a failli aggraver le malentendu, comme si j'avais été de mèche avec eux. Heureusement que Thurstan de Marlé n'était pas dans les parages et que ton beau-père sait garder la tête froide. Tout a fini par s'arranger et les Écossais sont repartis avec leurs bêtes.

— Cela ne finira donc jamais ? s'écria Abrielle en se laissant tomber au bord du lit, découragée.

— Cette méfiance envers mon peuple, tu veux dire ?

Pas seulement cela, songea-t-elle en se relevant abruptement.

— Est-ce que le service de votre roi vous appellera souvent au loin ? s'enquit-elle, ignorant sa question.

— Maintenant que j'ai des domaines et des obligations dans les deux pays, il comprendra que j'ai moins de temps.

— Je ne savais pas que vous aviez des terres.

— Tu ne me l'as jamais demandé. J'ai hérité des propriétés de ma mère. Elles jouxtent celles de mon père, qui seront aussi un jour à moi.

Abrielle n'osa l'interroger plus avant de crainte qu'il ne se méprenne. S'il voulait lui parler de son pays et de sa vie là-bas, personne ne l'en empêchait. De toute façon, ses domaines devaient être de taille modeste, sinon il n'aurait pas montré tant d'appétit pour ses biens à elle.

— Et… vous m'emmènerez les voir un jour ?

— Bien sûr. Je tiens à te montrer tout ce qui t'appartient désormais.

— Vous n'allez pas vous lever tout de suite, je suppose, demanda-t-elle timidement.

— Non, je suis trop fatigué après toute cette équipée, répondit-il en s'étirant avec volupté.

Abrielle ne put s'empêcher de contempler sa musculature impressionnante. Avec sa barbe de la veille, son sourire narquois et la lueur canaille qui dansait au fond de ses yeux, il avait tout de ces malandrins qui prennent leur plaisir là où ils le trouvent.

Elle ne pouvait rester toute la journée en chemise de nuit. Elle choisit donc des vêtements, lui tourna le dos et entreprit de s'habiller le plus rapidement possible, craignant à chaque instant qu'il la rejoigne pour faire valoir ses prérogatives d'époux.

Elle en était à couvrir ses cheveux d'un voile lorsqu'elle l'entendit s'approcher.

— Pourquoi cacher tant de beauté ? murmura-t-il. J'ai soupiré après le parfum de tes cheveux toute la journée d'hier, j'ai rêvé de respirer l'odeur de ta peau si douce et d'être à nouveau dans tes bras, ajouta-t-il en enfouissant le visage dans sa chevelure.

— Les… les femmes mariées se couvrent la tête, voyons, balbutia-t-elle, plus émue qu'elle ne voulait se l'avouer.

— Alors, je t'en prie, ne les attache pas. Laisse-moi imaginer que je peux les toucher.

La tendresse de ces mots et la nudité de Raven la troublaient si profondément qu'elle s'empressa de fixer son voile à l'aide d'un bandeau avant de quitter la chambre en courant presque.

La jeune femme se prit à regretter que son époux n'ait pas été de nouveau appelé à l'extérieur, car il semblait être partout où elle allait. Quand elle se rendit au village des serfs, on lui chanta les louanges de son mari, qui venait juste de partir. Tandis qu'elle donnait ses instructions aux lavandières, elle l'aperçut inspectant les chevaux, entouré d'une nuée d'enfants. Un petit garçon, entre autres, ne le quittait pas d'une semelle et le jeune homme, loin de s'impatienter, le nomma écuyer en second, entendit-elle.

Au dîner, Elspeth n'eut que le nom de son gendre à la bouche. Vachel plaisantait avec lui comme avec un vieil ami, et les chevaliers qui, la veille encore, le regardaient avec animosité, se pressaient maintenant autour de lui. Ils étaient mariés depuis deux jours à peine et Raven avait, semblait-il, séduit tout le monde.

Tout le monde, sauf elle.

Abrielle avait apparemment décidé de se retirer tôt, mais elle eut beau s'éclipser discrètement, aucun de ses gestes n'échappait à Raven. Ne pas lui emboîter le pas immédiatement et feindre de s'intéresser à la conversation demanda à ce dernier un effort surhumain. Quand un laps de temps raisonnable se fut écoulé, il se leva en bâillant ostensiblement, s'attirant des sourires entendus et quelques plaisanteries lestes. Il y vit le signe qu'il était maintenant parfaitement accepté et ne s'en formalisa pas.

Sa femme était déjà au lit, endormie, et il s'attarda un long moment à contempler son visage innocent et sa longue chevelure qui semblait s'embraser à la lueur des flammes. Il se déshabilla rapidement et se glissa près d'elle, s'enivrant de sa chaleur et de son parfum.

Quand elle se raidit imperceptiblement, il comprit qu'elle ne dormait pas. Il se serra contre elle et releva sa chemise pour caresser sa chute de reins parfaite.

Allongée à plat ventre, les paupières hermétiquement closes, Abrielle s'appliquait à feindre de dormir, espérant qu'il finirait par se lasser.

Il la lâcha effectivement, et elle sentit un mouvement sous les couvertures. Sans doute s'installait-il pour la nuit... Elle se détendait à peine lorsque la bouche de Raven se posa au creux de son genou. La surprise et l'excitation furent telles qu'elle faillit sursauter. Elle parvint à se maîtriser alors même qu'il remontait lentement le long de sa cuisse, jusqu'à ses reins, pour redescendre ensuite le long de l'autre jambe. Puis il la couvrit de son corps et enfouit le visage dans ses cheveux.

— Tu les as laissés dénoués pour moi, lui souffla-t-il à l'oreille.

Il se frottait doucement contre elle, à présent, la main glissée sous elle pour lui caresser les seins. Elle ne pouvait plus lutter contre la douce chaleur qui la submergeait et lui faisait oublier pourquoi elle le combattait. Elle ne retenait que ses gestes tendres, les mots d'amour qu'il lui chuchotait, et quand il la fit basculer sur le dos pour s'emparer de ses lèvres, elle ne résista pas et lui rendit son baiser. Elle l'étreignit, s'ouvrit à lui en frémissant, et gémit triomphalement quand ils ne firent plus qu'un. Ensemble, ils atteignirent ce plaisir divin qu'il lui avait révélé.

Mais quand il se retira et qu'elle dut de nouveau affronter la froide réalité, elle éclata en sanglots. Elle le désirait de toute son âme, mais elle ne parvenait pas à lui faire confiance. Comment savoir s'il ne l'abandonnerait pas le jour où son pays aurait besoin de lui ? Cette pensée qui, la veille encore, la mettait hors d'elle, lui fendait à présent le cœur. Se pouvait-il qu'elle fût amoureuse de lui ? s'interrogea-t-elle. Non, mille fois non !

Il pouvait posséder son corps, jamais elle ne lui abandonnerait son cœur.

19

Raven n'avait jamais supporté de voir une femme pleurer.

— Abrielle, nous ne pouvons pas continuer ainsi, déclara-t-il en se levant. Je n'ai pas l'intention de te séduire malgré toi. À partir de maintenant, je ne te toucherai plus si tu ne viens pas d'abord à moi.

Qu'il suppose aussi aisément qu'il avait un rôle dominant dans sa vie acheva de rendre Abrielle furieuse. Ses larmes se tarirent d'un coup tandis qu'elle sautait hors du lit.

— Vous risquez d'attendre longtemps, Raven Seabern, cingla-t-elle. Vous avez réussi à vous emparer de ma fortune, mais jamais je ne vous donnerai mon cœur pour le piétiner quand vous me quitterez.

Distrait par la vue de ses courbes voluptueuses qu'il ne devinait que trop bien sous la chemise de nuit, il demanda avec un temps de retard :

— Pourquoi voudrais-tu que je te quitte ?

Refusant de dire un mot de plus, elle se recoucha, lui tourna le dos et se mura dans un silence obstiné.

Que diable lui avait-il pris ? s'interrogea-t-il. Il fallait être fou pour lui avoir fait une pareille promesse ! Comment allait-il la tenir ?

Eh bien, il la tiendrait, décida-t-il. Quoi qu'il lui coûtât, et sans se priver du plaisir de dormir à ses côtés. Il se recoucha donc et croisa ostensiblement les bras derrière la tête, afin de ne pas oublier ses bonnes résolutions.

Le conflit qui déchirait le jeune couple ne pesait pas lourd comparé à celui qui allait bientôt ravager l'Angleterre. Le roi Henri 1er, plus jeune fils de Guillaume le Conquérant, venait de mourir dans son château de Lyons-la-Forêt.

Henri n'avait pas laissé d'héritier mâle et il avait désigné de son vivant pour lui succéder sur le trône sa fille unique, Mathilde. Non sans réticences, les barons avaient juré fidélité à celle-ci, afin de ne pas mécontenter leur souverain et surtout de ne pas perdre les richesses dont il les avait comblés.

Si une bonne entente avait régné entre le père et la fille, la princesse et son époux auraient peut-être pu faire valoir leurs droits à temps. Mais, profitant de l'absence de l'héritière légitime, Etienne de Blois, neveu du roi, saisit l'occasion pour gagner le soutien des féodaux et s'emparer du pouvoir. La paix, qui avait durablement régné pendant le long règne d'Henri, vola en éclats tandis que le spectre de la guerre civile planait sur le royaume.

Moins d'une semaine après son mariage avec Abrielle, le roi David rappela Raven en consultation. Par une aube grise et triste, la jeune femme regardait son mari discuter dans la cour avec son beau-père en attendant l'arrivée de son écuyer et des trois hommes d'armes d'Écosse venus avec lui.

— Peut-être que cette séparation vous permettra à tous deux de voir votre mariage différemment, risqua prudemment Elspeth, préoccupée par l'expression fermée de sa fille.

— À condition que Raven ne donne pas la préférence à son pays et à son roi, rétorqua Abrielle.

Elle contemplait la silhouette virile qui se découpait dans la lumière froide, la chevelure de jais flottant au vent, tandis que son mari s'approchait pour lui faire ses adieux. Ils s'adressaient à peine la parole depuis quelques jours, mais le voir partir lui serrait le cœur.

— Adieu, Raven, murmura-t-elle. Revenez-nous indemne.

— Je rentrerai aussitôt que possible, chuchota-t-il en se penchant pour déposer un baiser sur sa joue.

Il tourna les talons, enfourcha sa monture et s'éloigna en direction du Nord.

Durant les semaines qui suivirent, un vent funeste se leva sur la Normandie et l'Angleterre, semant la ruine, la désolation et la mort. Partout, les charognards qui tirent fortune du désordre se livraient à la rapine et au pillage, et nul n'était plus à l'abri, même dans sa propre maison.

Les routes étaient devenues de véritables coupe-gorge et le château offrit asile à beaucoup de malheureux rescapés d'un guet-apens. Les pensées d'Abrielle allaient sans cesse vers Raven qui lui aussi se trouvait sur les routes. Elle ne pouvait plus nier les tendres sentiments qu'elle éprouvait à son endroit, même si le doute la tenaillait toujours.

Était-ce donc le sort qui l'attendait, se demandait-elle. Voir son mari partir encore et toujours, se morfondre à l'attendre, et craindre sans cesse pour sa vie ?

Partisans d'Etienne ou de Mathilde, beaucoup cherchaient surtout à tirer profit de la guerre civile qui s'annonçait. Les chevaliers qui avaient servi sous les ordres de Vachel se rassemblèrent de nouveau à son appel et leurs hommes d'armes furent accueillis avec soulagement par les habitants du château.

C'est au beau milieu d'une nuit glaciale que la famille de Cordelia vint elle aussi chercher refuge dans la puissante forteresse des Marlé. Ils n'avaient eu que le temps de charger dans une charrette quelques objets de valeur avant de s'enfuir, abandonnant leur demeure au pillage.

Hélas, une flèche avait touché lord Grayson. Elle s'était cassée en atteignant sa cible, mais la pointe était restée fichée dans l'épaule de Reginald. Il en fallait cependant plus pour effrayer Cedric qui, au cours de ses campagnes, avait soigné de plus vilaines blessures. Avec l'assistance d'Abrielle, il retira le fer et cautérisa la plaie. Un hanap de vin épicé redonna des couleurs au blessé, et lorsque Cordelia vint embrasser son père, elle le trouva en grande conversation avec son médecin improvisé.

— Je ne sais comment vous exprimer ma reconnaissance, messire, fit-elle en se tournant vers lord Cedric. Vous avez sauvé la vie de mon père, et je ne l'oublierai jamais.

— Votre sourire éblouissant constitue la plus belle récompense dont un homme puisse rêver, assura le vieil Écossais dont le regard s'était allumé à l'entrée de la jeune fille.

L'arrivée d'Isolde, qui se précipita au chevet de son mari, interrompit cet échange fleuri.

— Si vous voulez bien m'excuser, je vais vérifier que la garde a bien été doublée, comme je l'avais demandé.

— Revenez-nous vite ! lança Cordelia.

— Je vous le promets, jeune fille.

Les deux amies laissèrent lord Grayson aux bons soins de sa femme et se réfugièrent dans les appartements d'Abrielle pour bavarder à leur aise. Elles avaient tant à se raconter.

— Le mariage ne t'a pas changée, déclara Cordelia après avoir scruté son amie.

— J'aurais tellement voulu que tu sois à mes côtés ce jour-là ! Sans toi, ce n'était pas une véritable fête.

— J'espère au moins que c'était une véritable nuit de noces, dit en souriant Cordelia.

— Il y a des choses dont on ne parle pas, même entre amies, répliqua Abrielle en se détournant.

Son sourire envolé, Cordelia l'obligea à lui faire face.

— Quand je t'ai quittée, Raven n'était qu'un soupirant parmi d'autres, et tu lui avais demandé de partir. Et voilà que quelques jours après, tu m'annonces tes noces avec lui, sans autre explication. Tu imagines ma perplexité.

— Je voulais te prévenir sans perdre de temps…

— C'est un homme de valeur, et un très beau garçon, remarqua Cordelia. Alors pourquoi parais-tu si triste ? Et ne viens pas me dire que tu t'inquiètes en son absence.

Les deux amies ne s'étaient jamais rien caché, aussi Abrielle lui expliqua-t-elle comment les choses s'étaient passées, et lui fit-elle part de ses doutes et de ses appréhensions.

— Mais tu ne te posais pas tant de questions avant d'épouser ce crapaud de Marlé, s'étonna Cordelia.

— Il peut me faire beaucoup plus de mal que Desmond, je t'assure. Et puis, il est Écossais, et si la guerre éclate entre nos deux pays…

— La guerre s'arrête à la porte de la chambre à coucher !

— Mais si je commence à l'aimer, comment pourrais-je supporter qu'il me quitte pour partir à la guerre ?

— Abrielle, personne ne peut prédire l'avenir. Si tu règles ta conduite sur un futur hypothétique, autant aller te coucher, et ne rien faire jusqu'à la fin de tes jours. Laisse parler ton cœur et donne libre cours à ton amour.

— Je ne sais pas si je le pourrais, avoua Abrielle dans un souffle.

Tous ces désordres offraient à Thurstan le prétexte idéal pour reprendre ce qu'il considérait comme son bien. Il rendit visite à tous les barons du Northumberland et leur fit part de ses inquiétudes. Aucun accord entre les deux pays n'avait jamais fixé la frontière, et laisser un étranger s'emparer, même pacifiquement, d'une des plus puissantes forteresses d'Angleterre compromettait leur sécurité à tous. Seabern ferait venir d'autres compatriotes et, bientôt, tout le Northumberland serait peuplé d'Écossais.

Les châtelains ne pouvaient que prêter une oreille attentive au neveu du respecté Weldon de Marlé, et Thurstan se trouva rapidement à la tête d'une petite coalition, à laquelle se joignit Mordea.

À l'approche de la troupe, les serfs coururent chercher asile au château.

Une fois le dernier réfugié à l'abri dans l'enceinte, Vachel fit relever le pont-levis et donna l'ordre d'armer tous les hommes en âge de se battre. Depuis l'enlèvement d'Abrielle, la poterne avait été dotée d'un poste de garde et d'une écurie, ce qui permettait aux messagers de partir rapidement. Il choisit lui-même une dizaine de cavaliers qu'il envoya demander assistance aux seigneurs des environs, sans se faire trop d'illusions sur leur soutien.

Brandissant l'étendard blanc des négociateurs, Thurstan s'avança seul jusque sous les murailles.

— Je n'ai rien à reprocher à la plupart des habitants de ce château, clama-t-il dès qu'il fut à portée de voix, et si vous vous rendez, il ne vous sera fait aucun mal. Sachez seulement que les barons de la région ne peuvent tolérer cette incursion de l'Écosse en plein Northumberland. Nous entendons rendre cette forteresse stratégique à l'Angleterre et nous assurer de sa loyauté à la Couronne.

— Je parle au nom de lady Abrielle, maîtresse légitime de ce château, comme vous le savez, répondit Vachel. Son époux est peut-être Écossais, mais cette place forte et les terres qui l'entourent sont anglaises. Lady Abrielle ne transigera pas sur ce sujet. Cessez votre agression avant que des innocents perdent la vie.

Après ce qu'il considérait comme une tentative de conciliation, Thurstan abaissa son étendard avant de tourner bride. Il répugnait à se l'avouer, mais il était heureux que les assiégés n'aient pas satisfait à sa requête. L'idée de se battre pour gagner ce qui, à ses yeux, lui revenait de droit le réjouissait profondément.

— Il a bien dit « rendre cette forteresse à l'Angleterre » ? marmonna Cedric, l'air sombre.

— Il ne peut pas croire que nous allons avaler une telle absurdité, même si les barons des environs le font apparemment, répliqua Vachel.

— Vous croyez que ce château est prêt à soutenir un siège ?

— Davantage de temps ne nous aurait pas nui, mais Raven a veillé à l'essentiel, comme s'il avait pressenti ce qui se préparait.

— L'hostilité envers nous était presque palpable, fit remarquer Cedric. Comment ont réagi les dames ?

— Avec beaucoup de sang-froid. Elspeth et Abrielle ont assigné une tâche à chacune pour fabriquer des réserves de flèches, préparer une infirmerie pour les blessés et, bien sûr, de quoi se restaurer pour les hommes. Quand les gens sont occupés, ils n'ont pas le temps de céder à l'affolement. Vous croyez que Raven va rester longtemps au loin ? Je n'aimerais pas qu'il revienne quand la bataille fera rage.

— Je ne sais pas ce que notre roi attend de lui, mais je connais mon fils, et s'il apprend l'attaque de Thurstan, il reviendra à bride abattue, assura Cedric. En attendant son retour, nous savons ce que nous avons à faire.

— Quoi qu'il en soit, merci de votre aide.

— Cette bataille concerne nos deux familles, lui rappela Cedric.

Ce dernier choisit les meilleurs archers et les posta aux échauguettes. Quand les assaillants tentèrent de jeter un pont flottant au-dessus des douves, une pluie de flèches s'abattit sur eux, les contraignant à battre en retraite précipitamment.

Les serfs, qui s'étaient joints aux hommes d'armes, n'avaient pas l'habitude du combat et manquaient d'assurance. Ils avaient besoin d'encouragements, et le vétéran ne les leur ménagea pas. Sa confiance en lui et sa bonhomie faisaient merveille, et ces soldats improvisés donnèrent rapidement le meilleur d'eux-mêmes, mettant hors de combat un grand nombre d'assaillants.

Pendant ce temps, Vachel faisait amener deux catapultes et préparer des chaudrons d'eau grasse bouillante en prévision du prochain assaut, qu'il prévoyait imminent.

De son côté, Thurstan ne restait pas inactif. Il avait fait dresser son camp à la lisière des bois, montrant ainsi qu'il était prêt à rester le temps nécessaire. Puis il fit apporter des béliers et deux ponts flottants lestés d'outres gonflées pour les maintenir à flot. Une volée de flèches tirées des échauguettes accueillit les fantassins qui s'engagèrent sur le premier élément. Un deuxième groupe les suivit aussitôt, portant la seconde partie du pont, qu'ils parvinrent à emboîter au bout de la première, ce qui leur permit d'atteindre le pied des murailles. Le pont-levis était tellement massif que les haches parvenaient à peine à l'entailler. Les attaquants commencèrent donc à empiler des fagots pour tenter d'en venir à bout par les flammes.

Vachel fit immédiatement amener des chaudrons d'eau bouillante que ses hommes déversèrent sur les branches enflammées et sur l'ennemi qui battit bien vite en retraite pour regagner l'autre rive.

Sous la direction d'Elspeth et d'Abrielle, les femmes des cuisines préparèrent d'autres chaudrons, pleins d'eau de vaisselle bouillante, que des serfs s'empressèrent de porter jusqu'aux remparts, où ils furent déversés sur les hommes d'armes qui avaient dressé des échelles pour escalader les murailles. Poussant des hurlements de douleur, les assaillants préférèrent se jeter à l'eau pour apaiser leurs brûlures et beaucoup, trop grièvement blessés pour rejoindre l'autre rive, se noyèrent.

À l'aide de longues piques, les défenseurs repoussèrent les échelles qui montaient à l'assaut des murailles. Les femmes qui n'étaient pas occupées aux cuisines s'étaient jointes à eux et continuaient de déverser des seaux d'eau bouillante sur les restes d'incendie et sur les assaillants, achevant de semer la panique dans leurs rangs.

Une nouvelle volée de flèches, enflammées celles-ci, ne tarda pas à s'abattre sur le chemin de ronde. Le but évident était d'allumer de nouveaux foyers d'incendie et surtout de mettre le feu aux réserves d'huile stockées sur les remparts. Ces attaques incessantes ne parvinrent pas à entamer la détermination des habitants de la forteresse. Tous, les serfs surtout, avaient le sentiment de combattre pour leur salut et celui des leurs, et la mort même leur paraissait préférable à la tutelle de Thurstan et de Mordea.

La nuit tomba enfin, contraignant les deux camps à interrompre les hostilités. Chacun s'attacha à compter et à soigner ses blessés, et à fourbir ses armes pour le lendemain. L'optimisme régnait au château, car peu d'hommes avaient été gravement atteints et les réserves étaient suffisantes pour tenir des semaines, sinon des mois. Trois jours se passèrent ainsi, sans qu'aucun des deux camps ne prenne un avantage significatif sur l'autre.

Au soir du quatrième jour pourtant, l'optimisme d'Abrielle n'était plus qu'une façade. La tristesse et la peur qui l'étreignaient l'empêchaient de trouver le sommeil, aussi partit-elle marcher un peu sur le chemin de ronde.

Elle y trouva Vachel, qui inspectait les défenses et donnait ses dernières consignes aux hommes d'armes. Ce ne fut que lorsqu'il l'enveloppa de son grand manteau qu'Abrielle prit conscience du froid mordant qui la pénétrait jusqu'aux os.

— Tu devrais être au lit, mon petit. Tu as besoin de te reposer.

— Vous aussi. Des innocents se font tuer à cause de moi, et je ne sais pas quoi faire pour empêcher ce massacre, gémit-elle, la gorge nouée.

— Non, ma fille. Ils meurent à cause de l'avidité d'un seul.

— Combien de temps cela va-t-il durer, selon vous ? questionna-t-elle en regardant les feux de camp allumés à l'orée des bois.

— Jusqu'à ce que les barons du Northumberland retrouvent leurs esprits et comprennent les véritables motivations de Thurstan. Ou jusqu'à ce qu'ils aient mieux à faire.

Un calme trompeur régnait sur la campagne environnante, et le silence aurait été complet sans le murmure du ruisseau au pied des murailles, l'écho des voix des sentinelles apportées par le vent et… le cliquetis métallique des épées.

— Qu'est-ce que c'est ? demanda Abrielle en se raidissant.

— Un combat. En pleine nuit, et loin de nos murs, comme si on attaquait nos ennemis.

Les factionnaires, qui l'avaient perçu, eux aussi, échangeaient des interrogations à voix basse en scrutant l'obscurité.

Le fracas des sabots d'un cheval lancé au galop et l'appel du cavalier qui s'approchait du château ne tardèrent pas à les éclairer. Abrielle devina immédiatement l'identité du chevalier qui volait vers elle.

— Raven ! hurla-t-elle.

20

Moins d'une heure plus tôt, Raven s'était faufilé silencieusement à travers les lignes ennemies. Il avait rampé pour passer un à un les feux de camp sans éveiller l'attention des sentinelles. Pas un instant ses pensées ne s'étaient écartées du prochain pas, du prochain obstacle.

Il avait laissé en arrière un régiment d'hommes loyaux à Étienne certes, mais qui avaient surtout à cœur de combattre l'injustice et d'établir la paix sur la frontière. Il savait que seul, il passerait les lignes plus facilement, aussi la petite escorte qui l'accompagnait s'était-elle dissimulée à l'écart.

Il passerait, il le savait, et personne ne pourrait l'en empêcher, car derrière ces hautes murailles l'attendait ce qu'il avait de plus cher au monde. Jamais Abrielle n'aurait imaginé combien il l'aimait. Lui vivant, il ne laisserait jamais qui que ce fût lui faire de mal, ni à elle ni à ses proches.

Il arrivait en vue des murailles éclairées par des torches quand il entendit le premier cri d'alerte. On l'avait repéré. Aussi souple qu'un tigre, il bondit en tirant sa claymore de son baudrier et abattit le premier garde sans même ralentir l'allure. Profitant de l'hésitation des suivants, il courut vers les chevaux attachés à un piquet, trancha d'un coup d'épée une longe et, montant à cru, s'éloigna au galop.

Son projet initial de se faire ouvrir discrètement la poterne de derrière avait fait long feu. Trop d'ennemis le poursuivaient, les défenseurs du château ne pouvaient prendre le risque d'abaisser le pont-levis, mais pour rien au monde il n'aurait tourné bride. Jamais il n'abandonnerait Abrielle.

Il arrivait au pied des murailles lorsqu'un homme surgit de l'ombre. Effrayée, sa monture se cabra, mais Raven avait déjà sauté à terre, sans lâcher sa claymore.

— Il faudra me passer sur le corps si vous voulez entrer dans cette forteresse, Seabern. Nous en réclamons la restitution à l'Angleterre au nom du roi Étienne, lança Thurstan de Marlé, l'épée à la main.

— Ma femme n'est visiblement pas du même avis ! Vous ne vous sentez pas de taille à m'attaquer seul ? rétorqua Raven en voyant accourir les hommes d'armes.

— C'est une affaire entre vous et moi, et nous la réglerons entre nous. Tenez-vous à l'écart, vous autres ! ordonna Thurstan à ses soldats.

— Et si j'ai le dessus, je recevrai un coup d'épée dans le dos en guise de récompense ?

— On vous laissera entrer au château, vous avez ma parole.

— Entendu.

Thurstan passa à l'attaque sans plus attendre, pour se heurter à la puissante claymore, qui lui laissa une profonde entaille à l'avant-bras et entama tout aussi profondément sa conviction d'être meilleur bretteur. Raven menait la danse et le mieux qu'il pouvait faire, c'était résister. Pour éviter le redoutable tranchant de la longue épée des Highlands, il devait reculer sans cesse, et toutes ses tentatives pour regagner le terrain perdu se heurtaient à la diabolique virtuosité de son adversaire. L'épée se faisait de plus en plus lourde à son bras, son front était inondé de sueur et ses jambes le portaient à peine, tandis que la vitalité de l'Écossais paraissait intacte.

Raven se battait avec le calme et la méthode que procure une longue pratique du corps à corps. Il avait été touché au poignet, entre la cotte de mailles et le gantelet, mais ce n'était qu'une égratignure, et le coup qu'il avait reçu à la cuisse ne laisserait qu'une vilaine ecchymose, il le sentait bien. Les clameurs d'encouragement et les vivats qui provenaient des remparts prenaient le dessus sur les exclamations dépitées des hommes d'armes massés autour des combattants.

Abrielle était là-haut, il le savait. Après ces longues semaines passées loin d'elle, il avait hâte de la retrouver et de la prendre dans ses bras, et cette seule pensée suffisait à décupler ses forces.

La lourde claymore s'abattit une fois encore sur Thurstan, lui arrachant un long cri d'agonie. Il leva le bras gauche pour le contempler, horrifié, puis s'approcha en titubant d'un soldat qui tenait une torche allumée et y pressa en hurlant le sanglant moignon jusqu'à ce que l'hémorragie s'arrête.

Seul le claquement de la claymore réintégrant son baudrier troubla le silence de mort qui s'était abattu parmi les hommes.

— Vous vous souvenez de notre accord ? questionna la voix froide de l'Écossais.

— Vous avez... gagné, haleta Thurstan en arrêtant Mordea qui voulait se jeter sur l'étranger tant haï. Mais ce duel uniquement. Entrez dans le château. Nous verrons... combien de temps vous... résisterez à notre siège.

De vigoureuses acclamations retentirent en haut des remparts, mais les hommes d'armes armèrent tout de même leurs arcs pendant que le pont-levis s'abaissait lentement. Au signal lancé par Raven, trois cavaliers sortirent des fourrés avec l'étendard des Seabern et le destrier de leur maître pour s'engouffrer dans la forteresse.

Abrielle attendit pour respirer que le pont-levis se soit relevé derrière eux. Elle avait cru mourir mille morts en voyant Raven risquer sa vie pour elle et pour les siens. Ses jambes se dérobaient sous elle, la tête lui tournait, mais une seule idée occupait son esprit. Son mari avait tout abandonné pour voler à son secours, il était revenu pour la protéger, et elle devait être à ses côtés.

Vachel lui prit le bras et, malgré ses protestations, l'aida à descendre la volée de marches qui menaient dans la cour où les soldats et les serfs acclamaient le héros du jour.

— Silence ! intima-t-elle en se frayant un chemin jusqu'à son mari.

Ce dernier était couvert de poussière, sa cotte d'armes tachée de sang, et ses traits étaient tirés par une lassitude qu'elle ne lui avait jamais vue ; pourtant, son regard s'illumina dès qu'il l'aperçut.

— Cher époux, vous avez besoin de soins. Le reste peut attendre jusqu'à demain.

Raven n'eut pas une seconde d'hésitation. Il écarta les curieux, la prit par la main et l'entraîna jusqu'à leurs appartements. L'irremplaçable Nedda avait fait préparer un bain, et les regards pleins de dévotion des valets qui apportaient les seaux d'eau chaude allèrent droit au cœur d'Abrielle. Son mari avait apparemment gagné le cœur de chacun, et personne ne lui tenait plus rigueur d'être écossais.

Elle l'aida à se déshabiller et constata, soulagée, que ses blessures étaient superficielles.

— Lavez bien vos plaies, lui enjoignit-elle en préparant ses onguents.

À la vue de ce corps si puissant qui s'abandonnait dans la tiédeur bienfaisante du bain, un élan de tendresse la saisit. Il avait appuyé la tête contre le rebord du grand baquet comme s'il dormait, mais il la regarda, non sans appréhension, entre ses paupières mi-closes lorsqu'elle entreprit de raser la barbe qui lui mangeait le visage. Ceci fait, elle le poussa doucement en avant pour lui savonner le dos, puis lava soigneusement ses cheveux collés par la poussière.

— Penche-toi, que je te rince les cheveux, intima-t-elle.

Encore plus que les soins qu'elle lui portait, cette marque nouvelle d'intimité lui alla droit au cœur, mais il se garda bien de le laisser paraître.

— Apporte-moi un seau d'eau, je me rincerai le corps dans la foulée.

Il se dressa dans le baquet, et elle en profita pour contempler son corps ruisselant avant de lui donner le seau qu'il avait réclamé. Après qu'il l'eut versé sur sa tête, il sortit de l'eau, enveloppé d'un nuage de vapeur, et entreprit de se sécher dans le grand drap qu'elle lui avait tendu.

— Voyons ces plaies, maintenant.

— Elles n'en valent pas la peine, assura-t-il.

Sur ce, il s'approcha du lit et s'y laissa tomber. Le temps qu'elle aille chercher la pommade qu'elle venait de préparer, il s'était endormi. Elle pansa doucement la blessure du poignet, où le sang perlait encore, avant d'appliquer un onguent sur l'hématome qui lui noircissait la cuisse.

Puis elle moucha les chandelles, se déshabilla, enfila sa chemise de nuit, et le rejoignit au lit. Elle rabattit les couvertures sur eux, puis, sans réfléchir, se lova contre lui, et s'endormit paisiblement.

L'aube pointait lorsque Raven s'éveilla. Après toutes ces nuits glaciales sur les routes, il avait fini par oublier la délicieuse tiédeur d'un bon lit. Il lui fallut quelques secondes pour comprendre que cette exquise chaleur venait de la forme légère blottie contre lui.

La tête d'Abrielle reposait sur son épaule, sa main fine était posée sur sa hanche. Elle battit des paupières, se souleva sur le coude, et il frissonna en sentant la chevelure soyeuse ruisseler sur son torse.

Sans un mot, elle se débarrassa de sa chemise de nuit et s'empara de ses lèvres tandis que sa main délicate explorait sa poitrine et ses épaules. Ravalant un gémissement de bonheur, Raven l'attira sur lui.

— Si tu savais comme j'ai faim de toi, murmura-t-il entre deux baisers.

— Et moi de toi, mon mari. Tu n'imagines pas comme c'est bon de le reconnaître.

— Et de l'entendre, donc ! renchérit-il en la faisant basculer sous lui. Presque aussi bon que…

Il laissa parler ses mains et ses lèvres, explorant chaque parcelle du corps tant désiré, comme s'il devait se le remettre en mémoire. Éperdue, Abrielle s'abandonnait enfin sans réticence à ses caresses divines et plongeait avec ravissement dans le vertige enivrant où il l'entraînait.

— Oh, Raven ! gémit-elle en se cabrant pour mieux s'offrir à lui.

Il s'enfonça en elle tandis que leurs bouches se joignaient et que la passion née entre eux au premier regard enflammait librement leurs corps et leurs cœurs.

Toute la maisonnée était rassemblée dans la grande salle pour entendre les nouvelles que rapportait Raven et décider de la stratégie à adopter face aux assiégeants.

— Ni Mathilde ni Étienne ne sont des prétendants idéaux, commença-t-il. Mathilde a un tempérament arrogant et emporté tandis qu'Étienne n'a jamais montré de grandes qualités militaires ou diplomatiques. Il a connu plus d'échecs que de réussites, mais il désirait tellement s'assurer du pouvoir qu'il a tout fait pour renforcer son emprise sur la noblesse et le clergé, qui se sont jetés dans ses bras comme des esclaves soupirant après un nouveau joug.

— À qui faire allégeance, dans ce cas ? interrogea Abrielle, le front soucieux.

— Je suis Écossais, et je ne dois fidélité et loyauté qu'au roi David. Quant à vous, ajouta-t-il en embrasant du regard sa nouvelle famille et ses amis anglais, je vous conseille de choisir celui ou celle que vous préférez, mais de ne souffler mot de votre choix à qui que ce soit. Trop de braves gens ont déjà trouvé la mort pour avoir proclamé leur allégeance à l'un ou à l'autre.

Abrielle plaignait de tout son cœur les malheureux qui payaient de leur fortune, et parfois de leur vie, le fait d'avoir voulu souscrire aux dernières volontés d'Henri Ier concernant sa succession. À ses yeux, Mathilde était aussi coupable qu'Étienne. Si elle avait tout de suite fait valoir ses droits, conformément aux vœux de son père, elle serait sans doute montée sur le trône sans difficultés. Peut-être s'attendait-elle que les barons viennent se jeter à ses pieds et la supplier de ceindre la couronne, toujours était-il qu'en temporisant, elle avait laissé Étienne occuper le terrain. Sa vanité et son erreur de jugement lui avaient sans doute coûté le trône et avaient plongé tout le royaume dans la tourmente.

— Nous suivrons votre avis, et nous garderons pour nous nos préférences, déclara Vachel. Nous n'en parlerons qu'en famille ou avec nos amis les plus proches.

— J'ai eu l'occasion de parler à Étienne des troubles causés par les barons du Northumberland, reprit Raven. Comme il ne veut pour rien au monde de désordres sur la frontière, il m'a donné un régiment d'hommes d'armes pour rétablir l'ordre. J'informerai Thurstan et ses alliés dès ce matin que s'ils ne souhaitent pas se battre sur deux fronts, ils devront lever le siège.

— Nous allons bien voir jusqu'où va leur loyauté au roi d'Angleterre, commenta Cedric.

— Ce qui se passe ici n'est peut-être qu'un avant-goût de ce qui nous attend dans les mois, voire les années à venir, poursuivit son fils. Mon principal souci, c'est d'assurer notre sécurité, à nous et à ceux qui dépendent de nous. Nous ignorons jusqu'où ira la folie qui s'est emparée de ce pays. C'est pourquoi nous partirons pour l'Écosse dès que le siège sera levé. Ceux qui voudront se joindre à nous seront les bienvenus. Le château de mon père est presque aussi vaste que celui-ci et il y a de la place pour tout le monde.

— C'est là une offre généreuse, observa Vachel. Et qui mérite que nous l'étudiions.

Pendant que les hommes discutaient entre eux, les pensées d'Abrielle allaient bon train. Elle savait que son mari avait des obligations dans son pays et qu'ils ne vivraient pas de façon permanente au château des Marlé. Un seigneur devait visiter régulièrement ses différents fiefs s'il ne voulait pas y voir s'installer le désordre ou la gabegie, et elle s'attendait à mener une existence nomade. Elle s'était posé beaucoup de questions sur la demeure de Raven, mais jamais elle n'aurait imaginé que le berceau des Seabern pût être « presque aussi vaste que celui des Marlé ».

— Abrielle ?

Elle tressaillit, n'ayant pas remarqué que sa mère s'était approchée.

— Oui, maman ?

— Qu'est-ce qui te rend si triste, ma fille ? s'inquiéta Elspeth en l'entraînant à l'écart. Nous n'allons pas nous séparer puisque nous vous accompagnons en Écosse et y resterons temporairement.

— Vous ne pouvez pas savoir à quel point je suis soulagée que vous veniez avec nous. Mais je me sens déchirée entre deux loyautés contradictoires. Juste au moment où les gens d'ici commencent à accepter mon mari, nous partons dans son pays, où je ne serai qu'une étrangère, une Saxonne au milieu des Écossais.

— Suivre son mari est le lot de toute femme, ma chérie. Crois-tu que cela ait toujours été facile pour moi, une veuve saxonne, d'être l'épouse d'un chevalier normand ?

— Je sais que ça ne l'a pas été. Mais votre comportement a toujours été un modèle pour moi.

— J'ai confiance en toi pour agir au mieux. D'autant qu'il me semble que vous commencez à vous comprendre, Raven et toi. Je me trompe ?

— Non, j'apprends à accepter ce mariage, admit Abrielle en rougissant.

— Et à l'apprécier ? suggéra sa mère avec douceur.

Les joues à présent écarlates de sa fille constituaient une réponse éloquente, qui fit naître un sourire ravi sur ses lèvres.

La sonnerie d'un cor les empêcha d'aller plus loin dans les confidences. Un page hors d'haleine vint annoncer qu'un courrier royal venait de traverser les lignes ennemies et demandait l'entrée. Raven donna l'ordre d'abaisser le pont-levis et se hâta d'aller l'accueillir.

— Qu'est-ce que cela veut dire ? souffla Elspeth. Le nouveau roi viendrait-il à notre aide ?

Mais Raven revenait déjà en compagnie d'un messager aux habits couverts de poussière. À la surprise générale, il indiqua Vachel.

— Vachel de Gérard, je vous apporte un message urgent de Sa Majesté le roi Étienne. Dois-je attendre la réponse ?

— Cela vaudrait peut-être mieux, puisque j'ignore de quoi il s'agit.

Pendant que Vachel lisait en silence, sous l'œil inquiet d'Elspeth, Raven fit son possible pour attirer l'attention d'Abrielle, mais celle-ci était bien trop absorbée pour lui prêter la moindre attention.

— Qu'est-ce donc ? s'impatienta Elspeth devant la mine stupéfaite de son époux.

— Il semblerait que notre souverain ait décidé de m'honorer d'un titre et d'un fief en récompense de mes bons et loyaux services envers la Couronne, tout particulièrement pendant les croisades, lui répondit son mari. Je suis donc désormais comte de Venn et toi, ma chère Elspeth, la plus jolie comtesse du royaume.

— Mon Dieu ! Mais pourquoi maintenant ?

— Si j'en crois ce décret, c'est notre Abrielle qui a rappelé récemment mes humbles mérites au roi en personne. Ce que j'aimerais savoir, poursuivit-il en se tournant vers sa belle-fille, c'est comment tu as réussi à avertir le roi sans quitter ce château ?

— Je n'ai fait qu'écrire une lettre, et j'ai demandé à Raven de la faire parvenir à la Cour. Elle est visiblement arrivée après le décès d'Henri Ier, et notre nouveau souverain a compris la nécessité de réparer l'ingratitude de son prédécesseur et d'honorer un homme aussi valeureux et un serviteur aussi loyal que vous.

— Ou de rallier à son parti un seigneur de plus, grommela Vachel. Mais qu'importe ! Sans ton intervention, je n'aurais jamais reçu cette récompense. Je t'en serai éternellement reconnaissant, ajouta-t-il en déposant un baiser sur la joue de sa belle-fille.

Reginald leva son hanap et les acclamations fusèrent de toutes parts, à tel point qu'elles parvinrent aux oreilles de l'ennemi, qui se demanda ce que des assiégés pouvaient bien célébrer.

Ils ne tardèrent d'ailleurs pas à constater jusqu'où allait la confiance de leurs adversaires puisque, quelques instants plus tard, Raven Seabern, escorté de deux chevaliers portant l'étendard des plénipotentiaires, demandait une entrevue aux chefs de la coalition.

— Je n'ai pas eu la possibilité de m'entretenir avec vous hier soir, messeigneurs, mais je voulais vous informer que je reviens de la cour du roi

Étienne. Il s'est montré fort mécontent des troubles que vous causez et m'a donné pour rétablir l'ordre un régiment qui sera ici demain matin. Je suis venu en avant, car savoir ma femme en danger me déplaisait profondément. Vous pouvez envoyer vos éclaireurs si vous doutez de ma parole.

Ses paroles furent accueillies par un silence perplexe, aussi Raven reprit-il :

— Vous avez peut-être remarqué le courrier royal qui vient d'arriver.

— Nous l'avons laissé passer, non ? rétorqua un baron.

— Et vous avez bien fait, car il nous apportait une grande nouvelle. Mon beau-père, Vachel de Gérard, est devenu le comte de Venne par la grâce de Sa Majesté.

— Vous pouvez bien nous raconter ce qui vous chante, Seabern, lança le comte de Gravesend qui, quelques semaines plus tôt, buvait et jouait aux dés avec Raven, le roi n'entend rien à ce qui se passe sur la frontière. Nous sommes obligés de protéger nos terres et nos vassaux.

— Le roi a décidé d'accorder sa protection à ma femme et à sa famille, et je vous conseille d'y réfléchir à deux fois avant de vous en prendre à moi et aux miens. Levez le siège et rentrez chez vous avant d'encourir sa colère.

Sans attendre de réponse, Raven tourna bride et repassa le pont-levis. Beaucoup lui auraient volontiers planté leur poignard entre les omoplates, mais il n'en avait cure, convaincu qu'aucun n'oserait prendre un pareil risque.

Moins de deux heures plus tard, ils levaient le camp, quand bien même beaucoup méditaient de revenir avec une troupe plus nombreuse encore. De sa civière, Thurstan les abreuvait d'insultes, mais plus personne ne prêtait la moindre attention à ce héros déchu.

La haine tenace que le jeune homme, qui, la veille encore, se rêvait le plus puissant seigneur du Northumberland, nourrissait envers Abrielle, son mari, et toute sa famille l'étouffait. Il se vengerait, à n'importe quel prix, dût-il en mourir et laisser derrière lui une vallée de cendres et de larmes.

21

Le lendemain, un régiment royal d'une centaine de cavaliers faisait son entrée au château. Raven ne pouvait les renvoyer, car les éclaireurs qu'il avait chargés d'observer la retraite des assiégeants lui avaient confirmé qu'au lieu de déposer les armes, les barons rassemblaient des troupes supplémentaires pour chasser du Northumberland toute présence écossaise.

Les préparatifs pour le long périple vers le Nord commencèrent. Tous les vassaux furent avertis du départ imminent des Seabern et de leurs proches. La plupart des chevaliers attachés à Vachel répugnant à s'aventurer si loin avec leur famille, la forteresse des Marlé et le manoir des Gérard demeureraient sous bonne garde.

Raven ne se faisait aucune illusion et savait que jamais Thurstan ne renoncerait à se venger. Il envoya donc des hommes de confiance surveiller le domaine du Normand, avec pour consigne de l'avertir au plus vite du moindre mouvement de troupes.

Thurstan tardait à se remettre de sa blessure, aussi profita-t-il de cette inactivité forcée pour tenter de persuader ses alliés de lancer une nouvelle attaque contre la forteresse. Les barons, rendus prudents par le soutien royal apporté à Raven, arguèrent que le départ de l'Écossais les satisfaisait. Ils préféraient regagner leur château, qu'ils jugeaient dangereux de laisser sans protection en ces temps troublés, et abandonnèrent Thurstan à ses manigances.

Ce dernier ne disposait pas de suffisamment d'hommes pour tenter un nouveau siège seul. Sa blessure s'était infectée, et la souffrance et la rancœur firent vaciller sa raison. Sans cesse, dans son délire, la splendide demeure de ses oncles venait se dresser devant lui comme pour le défier et lui rappeler son échec. Une fois la fièvre tombée, il jura d'accomplir sa vengeance à n'importe quel prix, et seul s'il le fallait.

Il pouvait cependant compter sur Mordea, qu'il persuada de suivre avec lui la route de leurs ennemis, jusque dans les Highlands s'ils ne trouvaient pas l'occasion de les attaquer avant.

La longue caravane des Seabern et de leurs proches progressait lentement, mais elle était bien gardée. La nuit, d'énormes feux de camp la protégeaient du froid, mais aussi des bêtes sauvages et des malandrins, et les sentinelles, qui montaient une garde vigilante, y voyaient presque comme en plein jour.

Une fois franchie la frontière écossaise, l'atmosphère changea. Le paysage de bois et de vallons qui les environnait paraissait paisible, mais Raven savait que ce n'était qu'illusion. Chaque jour, il remontait toute la longue colonne de cavaliers, de fantassins et de charrettes pour vérifier qu'ils n'étaient pas suivis.

Ils étaient en route depuis plus de deux semaines lorsqu'un de ses éclaireurs vint l'avertir que Thurstan s'était mis en marche à la tête d'une petite troupe, il ignorait cependant s'ils attendaient des renforts. Cedric fit doubler la garde et dépêcha immédiatement un autre cavalier chargé d'évaluer les forces adverses.

Pendant ce voyage éreintant, la tendresse et les attentions dont Vachel couvrait Elspeth réchauffèrent le cœur d'Abrielle et apaisèrent ses dernières inquiétudes. Si une Saxonne et un Normand pouvaient si bien s'entendre, pourquoi n'en irait-il pas de même d'une Saxonne et d'un Écossais ? La plupart de ses appréhensions et des préventions qu'elle avait nourries envers Raven étaient le fruit de son imagination, elle s'en rendait compte à présent.

Son époux n'avait que faire d'une jeune fille rêvant du prince charmant, il avait besoin d'une femme, d'une compagne et d'une partenaire qui l'aime et qui l'épaule en tout. Les moments passés ensemble étaient rares désormais, son mari arrivant à peine à voler quelques heures de sommeil entre deux patrouilles, et elle en souffrait. Elle n'avait qu'une hâte, arriver enfin à bon port et retrouver la douce intimité qu'ils partageaient avant le départ et qui, elle l'espérait, serait la leur durant de longues années.

Raven annonça enfin que le voyage touchait à sa fin, et fit presser le pas afin qu'ils arrivent avant la nuit. Thurstan ne devait plus se trouver très loin, lui non plus, car ses éclaireurs avaient été aperçus dans les bois environnants.

Le berceau des Seabern était un nid d'aigle plus impressionnant encore que la forteresse des Marlé, et il aurait suffi à balayer les derniers doutes d'Abrielle s'il lui en était resté.

— Bienvenue dans notre humble demeure, douce dame, murmura Raven en l'aidant à mettre pied à terre à l'entrée du pont-levis.

Malgré la tendresse de son sourire, la jeune femme voyait bien qu'il était aux aguets, scrutant les bois alentour comme si une horde de soudards s'apprêtait à fondre sur eux l'épée à la main.

— Jamais je n'aurais imaginé que le château de tes ancêtres serait aussi impressionnant, avoua-t-elle. Pourquoi ne m'en as-tu jamais parlé, ni de cette vallée, de cette rivière, de cet endroit splendide où tu as grandi ?

— J'espère que l'intérieur te plaira autant. Viens visiter, proposa-t-il, ravi de la réaction de sa femme en dépit de la sourde inquiétude qui le tenaillait.

Tandis que des hommes en armes patrouillaient sur le chemin de ronde, des groupes de serfs chargés de paniers et de ballots accouraient de tous côtés.

— J'ai fait dire à nos gens de venir se mettre à l'abri au château, reprit-il en suivant la direction de son regard.

C'était la peur qu'apportait à ces malheureux leur nouvelle châtelaine, songea-t-elle, au désespoir. Si elle n'avait pas épousé Raven, jamais Thurstan ne serait venu semer la terreur et peut-être la ruine dans cette paisible vallée.

Les paysans, poussant leurs enfants et leur bétail devant eux, n'étaient plus très loin maintenant. Ils ignoraient tout du péril qui les menaçait, mais ils faisaient confiance à leur seigneur pour les en protéger. Au milieu de la foule, personne ne remarqua une silhouette encapuchonnée chargée d'une panière, qui se fondit dans l'ombre de la muraille une fois franchi le pont-levis.

Chevaliers, écuyers, pages, dames et damoiselles, et jusqu'à la plus petite servante, jusqu'au plus humble des valets, tous étaient rassemblés dans la grande salle pour accueillir leurs seigneurs et souhaiter la bienvenue à leur nouvelle maîtresse. En s'inclinant très bas, le cuisinier leur promit un festin digne d'un roi, mais chacun comprit qu'il leur faudrait attendre un peu.

Quand Abrielle eut enfin un moment pour respirer, elle admira tout à loisir les gigantesques cheminées richement sculptées, les splendides tapisseries, les écus et les portraits des ancêtres qui couvraient les murs. Son regard revenait sans cesse à celui d'une très belle femme à la chevelure auburn qui trônait à la place d'honneur, à côté de celui d'un jeune homme aux yeux outremer qui ressemblait beaucoup à son époux.

Mes parents, expliqua Raven en l'enlaçant.

— Un instant, je me suis demandé s'il s'agissait de ton portrait. Ta mère était une véritable beauté !

— Mon père l'a follement aimée, et depuis sa mort, il n'en avait regardé aucune autre. Jusqu'à ces derniers temps… Mais l'heureuse élue est beaucoup trop jeune pour un homme de son âge.

— Si tu fais allusion à Cordelia, il a plus de chances de gagner son amour que n'importe quel jouvenceau. Elle ne s'est jamais beaucoup intéressée aux jeunes gens, et a toujours préféré la compagnie des plus âgés. Et puis, ton père a gardé une allure très jeune et il est très bel homme.

— Il a toujours eu du succès, même s'il y restait indifférent, admit Raven avec un sourire. Mais que crois-tu que lord Reginald et lady Isolde penseraient d'une telle union ?

— Lord Reginald apprécie beaucoup ton père, surtout depuis qu'il a été blessé. Je crois qu'un mariage avec Cordelia ne ferait que renforcer leur amitié.

— Tu le penses vraiment ?

— Douterais-tu de moi ? s'exclama-t-elle avec une innocence feinte.

Le sourire qui illumina le visage de son mari mit du baume au cœur d'Abrielle, et elle voulut y voir un avant-goût du bonheur qui les attendait une fois ces épreuves surmontées.

Il lui suffisait d'être patiente.

La nuit était tombée. Même si les troupes de Thurstan ne s'étaient toujours pas montrées, les résidents du château savaient qu'ils risquaient de se réveiller en état de siège. En attendant, ils partageaient un repas simple, mais revigorant. Les conversations manquaient d'entrain, et personne ne s'attarda à table une fois la dernière bouchée avalée.

Le père et le fils inspectèrent une dernière fois les défenses et les avant-postes. Cedric était retourné s'asseoir dans la grande salle pour affûter sa lourde hache de guerre lorsque lord Grayson l'aborda.

— Lord Cedric ? commença-t-il après s'être ostensiblement raclé la gorge.

— Comment ça, lord Cedric ? Reginald, nous ne nous connaissons pas depuis des lustres, mais nous n'en sommes tout de même plus à nous donner du « milord » ! Cela fait des semaines que vous m'appelez Cedric, voyons !

— Ne m'en veuillez pas, Cedric. C'est ma femme qui a insisté, voyez-vous, répondit lord Grayson, fort mal à l'aise. Le moment est sans doute mal choisi, mais nous ne savons pas de quoi l'avenir sera fait. Il s'agit de… notre fille.

— J'admire beaucoup lady Cordelia, sa beauté, son esprit et sa vivacité, avoua Cedric, de plus en plus étonné. Si mes taquineries l'ont offensée, je lui présenterais mes excuses.

— Elle n'est pas le moins du monde offensée ! se récria Reginald. Elle goûte beaucoup votre gaieté, bien au contraire.

— Elle est vraiment très indulgente, reprit Cedric, qui pensait deviner où son compagnon voulait en venir, mais je m'efforcerai désormais de surveiller mon langage en sa présence. Je ne vous donnerai plus aucune raison de vous inquiéter, lady Isolde et vous. Un seul sourire de lady Cordelia suffit à me réchauffer le cœur, et j'ai peut-être quelque peu dépassé les limites qui s'imposent à un homme de mon âge.

— Vous n'avez offensé personne, mon cher Cedric, je vous assure !

— Mais alors, où voulez-vous en venir, Reginald ?

— Eh bien… Isolde et moi, nous… nous aimerions connaître vos intentions à l'égard de notre fille, débita lord Grayson d'une traite.

Ce fut au tour de Cedric de bégayer.

— Euh… à vrai dire… je ne suis pas si vieux, certes… Enfin, je n'aurais jamais osé imaginer autre chose qu'une amitié entre lady Cordelia et moi. Si j'avais vingt ans de moins, je ne dis pas ! Je n'aurais de cesse qu'elle ne soit à moi.

— Et c'est précisément l'objet de ma venue, reprit Reginald. Je voulais vous dire que si vous faisiez la cour à notre fille, Isolde et moi ne nous y opposerions pas.

— Et lady Cordelia, qu'en penserait-elle ?

— C'est elle qui a abordé le sujet la première, pour ne rien vous cacher. Elle nous a demandé si nous y verrions un inconvénient. Je suppose que les dangers du voyage l'ont conduite à s'interroger sur l'avenir. Et puis, nous avons envie d'avoir des petits-enfants pendant qu'il est encore temps.

— Je ne veux pas vous mentir. Épouser votre fille ferait de moi le plus heureux des hommes, mais la différence d'âge entre nous est très importante, et je crains de rendre à lady Cordelia un bien mauvais service en lui demandant sa main. Beaucoup de jeunes gens ne demandent et ne demanderont qu'à lui faire la cour, et il se pourrait qu'elle en vienne à maudire cette union si elle était un peu précipitée. Peut-être vaudrait-il mieux lui laisser un peu de temps pour réfléchir. Lui avez-vous parlé de cette entrevue ?

— Non. Nous nous sommes interrogés, Isolde et moi, et nous avons décidé qu'il valait mieux vous voir d'abord. Si vous n'envisagez pas d'épouser notre fille, nous n'en parlerons plus. Et cela n'entachera en rien notre amitié, je vous en donne l'assurance.

— Tenons-nous-en là pour le moment, je vais y réfléchir, proposa Cedric. Quoi qu'il en soit, je suis heureux que votre fille n'envisage pas d'épouser un autre que moi.

Cette nuit-là, Abrielle pria avec ferveur pour le salut de tous ceux qu'ils avaient laissés derrière eux. Les périls s'amoncelaient sur l'Angleterre et elle craignait que la paix qu'ils avaient connue durant le long règne d'Henri ne revînt pas avant longtemps.

Comme Raven tardait, Abrielle partit à sa recherche. Avec l'aide du capitaine des gardes, elle le rejoignit sur le chemin de ronde. Elle frissonna lorsque la violence du vent plaqua contre ses jambes la lourde cape dont elle s'était enveloppée. Seul à un avant-poste, Raven scrutait les ténèbres, indifférent à la violence des éléments.

— Ma femme adorée n'est pas contente de ses nouveaux appartements ? s'enquit-il en la gratifiant d'un chaleureux sourire.

— Je ne pourrais être mieux installée, assura-t-elle en se blottissant contre lui. Tout le monde est déjà couché, et toi aussi, tu as besoin de repos. Pourquoi t'attardes-tu ici ?

— Je ne peux pas m'en empêcher. J'ai confiance en mes hommes, ils suivront les instructions que nous leur avons données, mais je sais que Marlé est tapi quelque part dans ces bois, attendant son heure, et je ne suis pas tranquille.

— Tu crois qu'il nous attaquerait en pleine nuit ?

— Non, ce serait ridicule. Il attendra que le jour se lève.

— Alors viens te coucher.

La tentation était forte. Il avait du mal à résister à la chaleur de ce corps souple pressé contre lui, à ce parfum, à cette chevelure soyeuse qui lui caressait le menton.

— Je ne vais pas tarder.

— Ce n'est peut-être pas l'endroit idéal, mais j'ai déjà trop tardé à te le dire. J'attends un enfant.

Il tressaillit, puis la prit par les épaules et s'écarta pour mieux la contempler.

— Un enfant, murmura-t-il, contenant difficilement son émotion. Mon enfant.

— Tu es content ?

— Content ? Je suis l'homme le plus heureux du monde, ma douce, assura-t-il en l'attirant dans ses bras.

Abrielle s'abandonna contre le torse si solide, si rassurant de son mari en songeant au petit être qui grandissait en elle, à la joie qu'apporteraient ses rires et ses jeux. Leur vie ne serait pas éternellement menacée par des sièges et des guerres. Ensemble, ils surmonteraient ces épreuves, et assureraient un avenir heureux à cet enfant, et à ceux qui viendraient ensuite.

L'aube pointait à peine lorsque le son du cor alerta tous les habitants du château, qui se précipitèrent dans la cour principale où s'affairaient déjà les hommes d'armes.

Une volée de flèches obscurcit soudain la clarté naissante du jour. Les soldats crièrent aux femmes et aux valets de se mettre à l'abri.

La bataille venait de commencer.

22

Les hurlements de terreur et les gémissements qui fusaient un peu partout ramenèrent Abrielle à la réalité. Dans la lumière grisâtre de l'aube, les flèches enflammées qui s'abattaient de tous côtés teintaient la majestueuse cour de lueurs sanglantes. Isolde avait précipitamment entraîné Elspeth à l'intérieur, mais Abrielle restait clouée sur place.

Si la plupart des projectiles venaient se ficher dans le sol sans faire de dégâts, un certain nombre atteignit tout de même les toits des écuries et des entrepôts, contraignant les hommes à s'y ruer, armés de seaux d'eau pour éteindre des débuts d'incendie.

Un cri perçant attira l'attention d'Abrielle. Terrifiée, une petite fille secouait la manche de son vêtement en feu. La jeune femme se précipita vers elle et étouffa les flammèches à l'aide de sa longue jupe. Le cœur battant, elle rendit la petite à sa mère en pleurs, puis entreprit de faire le tour de la cour pour éteindre les flèches qui brûlaient encore avant d'attendre, affolée, la volée suivante.

— Que se passe-t-il ? demanda-t-elle au capitaine qui passait. Pourquoi se sont-ils arrêtés ?

— Ils ne sont pas assez nombreux pour forcer le passage, milady, alors ils essaient de nous intimider. Ils jouent sur nos nerfs et nous obligent à attendre leur prochaine attaque.

Une clameur sur les remparts les avertit que celle-ci était arrivée.

— Rassurez-vous, milady, nous avons l'habitude! Nos archers les harcèlent sans relâche, et ils ne feront pas les fiers longtemps, croyez-moi! lança l'officier avant de courir rejoindre ses hommes.

Tous les enfants étaient maintenant en sécurité. D'autres femmes s'employaient à étouffer les flammèches, indiquant aux hommes sur les toits les foyers qu'elles ne pouvaient atteindre.

De gros nuages roulaient dans le ciel, mais la pluie se faisait attendre et l'air devenait oppressant. Au bout d'une heure, les volées de flèches s'espacèrent, et Abrielle put enfin s'arrêter un moment pour mesurer l'étendue des dégâts. Ils n'étaient pas si importants, à vrai dire. Certes, le pigeonnier avait entièrement brûlé, et bien peu de leurs occupants avaient eu le temps de s'envoler. Une meule de foin avait été réduite en cendres devant l'écurie, mais le reste n'était que vétilles. Le visage noirci et les cheveux en désordre, les assiégés s'assirent un peu partout pour souffler un peu.

— Abrielle! Que fais-tu ici? s'écria Raven en rejoignant sa femme à grands pas. Rentre immédiatement.

— Certainement pas! répliqua-t-elle. J'aide à étouffer les débuts d'incendie.

— J'exige que tu...

— Cette maison est la mienne, désormais, coupa-t-elle, et je ferai tout ce qui est en mon pouvoir pour la défendre.

Jamais il n'avait eu si peur. Voir son épouse – la femme qu'il aimait plus que tout au monde et qui portait son enfant – surgir au milieu d'une pluie de flèches enflammées lui avait glacé le sang.

— Je vais m'occuper d'elle !

Cordelia, les cheveux en bataille, un linge mouillé à la main, marchait sur eux d'un pas décidé.

— Pouvez-vous la faire rentrer ? demanda Raven.

— J'essaierai. Allez-y, vous avez suffisamment à faire.

— Il n'est pas question que je rentre, déclara Abrielle en croisant les bras d'un air buté.

— Je m'en doute, soupira son amie. Mais promets-moi d'être prudente et de rester près de moi.

— Je te le promets. Combien de temps cela va-t-il continuer, selon toi ? questionna Abrielle en observant le ciel avec appréhension.

— Jusqu'à ce qu'ils n'aient plus de flèches, je suppose. Mais comme cette attaque n'a rien d'improvisée, ils ont dû prévoir une quantité suffisante.

— Mais pourquoi ne pleut-il pas ? tempêta Abrielle en adressant un regard noir aux nuages qui obscurcissaient le ciel.

Ce fut une pluie ardente qui s'abattit sur elles et sur leurs compagnons. La promesse qu'Abrielle avait faite à Cordelia était impossible à tenir. La jeune femme remarqua tout de même que les flèches tombaient moins dru qu'au début. Les archers de Raven avaient dû faire de larges trouées dans les rangs ennemis.

Tout ce qu'ils avaient à faire, c'était tenir. Thurstan ne pouvait compter que sur ses propres forces, aucun renfort ne viendrait à la rescousse, et bientôt, il n'aurait plus assez d'hommes pour soutenir le siège.

— Le toit !

Le cri était parti du chemin de ronde. De la cour, la toiture du donjon était invisible, mais l'alerte avait suffi à rendre leurs forces aux hommes épuisés qui se ruèrent vers l'escalier. Jamais Abrielle n'avait prié avec autant d'ardeur.

Le cri de Cordelia la tira de ses pensées. Son amie se débattait avec sa jupe en flammes. Alors qu'elle s'élançait, Cedric surgit d'un nuage de fumée. D'un bond, il plaqua Cordelia au sol, étouffant les flammèches de son corps. Abrielle sentit ses jambes se dérober sous elle, et elle n'eut que le temps de se laisser tomber sur un banc.

Cordelia, en larmes, s'accrochait à l'Écossais, qui la berçait comme une enfant.

— Avez-vous mal ? la pressa-t-il, inquiet. Vous êtes-vous brûlée ?

— Non, vous êtes arrivé à temps, sourit la jeune fille à travers ses larmes.

— Quelle femme courageuse vous faites, la complimenta-t-il en lui rendant son sourire. À présent, emmenez Abrielle et rentrez. Vous allez avoir des blessés à soigner.

— Le toit…

— On s'en occupe, ne vous inquiétez pas. Allez, maintenant.

Il était plus soucieux qu'il ne voulait l'avouer, Cordelia le voyait bien, mais elle acquiesça et fit signe à sa compagne.

Celle-ci se leva sans protester. Elle était si fatiguée qu'elle ne pouvait plus vraiment être utile, de toute façon. Les deux amies regagnèrent la grande salle qu'elles eurent la surprise de trouver quasiment déserte. Elspeth, qui sortait des cuisines, vint à leur rencontre.

— Mon Dieu, vous êtes blessées !

— Non, non, maman, la rassura Abrielle. Il y a plus de peur que de mal. Mais où sont-ils tous ?

— Isolde a fait préparer des couvertures mouillées pour éteindre l'incendie. Elle se fait beaucoup de souci pour toi, ajouta Elspeth à l'adresse de Cordelia.

— Je vais monter la rejoindre. Abrielle, tu restes ici ?

— C'est promis, ne t'inquiète pas.

Soulagée, son amie s'éloigna en courant.

— Où sont tous les domestiques ?

— La plupart aident à éteindre le feu ou ravitaillent en flèches les archers. Peux-tu venir couper le pain pour la collation ?

— Je serais peut-être plus utile avec les blessés.

— Il y a une guérisseuse à demeure. Elle a tout préparé, mais il y a finalement assez peu de blessés, Dieu merci. Toi, en revanche, tu as besoin de te reposer et de manger quelque chose, mon petit, ajouta Elspeth en scrutant sa fille.

Abrielle fronça les sourcils, puis :

— Vous avez deviné, n'est-ce pas ?

— Pour le bébé ? Oui, j'ai deviné. J'aurais dû me douter qu'un homme comme Raven ne perdrait pas de temps.

— Nous voulions vous le dire une fois que le calme serait revenu, afin que nous fêtions la nouvelle tous ensemble.

— Nous la fêterons, ne t'inquiète pas. C'est une merveilleuse nouvelle. Je vais devenir grand-mère au moment où je deviens mère pour la seconde fois. Et Vachel va devenir père et grand-père en même temps !

Abrielle ne put s'empêcher de sourire.

— Viens, maintenant, nous allons couper le pain et mettre la table.

Deux servantes apportaient justement d'énormes miches croustillantes. Les quatre femmes entreprirent de les découper et de disposer sur les tables les épaisses tranches, qui servaient d'assiettes. Elles travaillaient en silence, s'absorbant dans l'humble tâche qui leur aurait presque fait oublier la pluie de feu qui s'abattait sur la forteresse.

Et soudain, un hurlement strident résonna sous la voûte de la grande salle. Abrielle eut à peine le temps d'entrevoir l'imposante silhouette qui se ruait sur elle, toutes griffes dehors.

Mordea la sorcière, la sœur de Desmond de Marlé, venait réclamer vengeance.

À l'extérieur du château, Thurstan retira d'un coup sec la flèche fichée dans sa poitrine, vaguement surpris de n'éprouver aucune douleur. Il contemplait avec délectation les flammes qui s'élevaient au-dessus du donjon et attendait patiemment les lamentations des assiégés qui lui annonceraient la mort d'Abrielle Seabern. Bientôt, sa vengeance serait accomplie. Et Dieu qu'elle serait douce !

La surprise ne laissa pas à la jeune femme le temps de se défendre. La fureur décuplait les forces de la mégère, dont les doigts se refermèrent comme des serres autour de son cou gracile. Abrielle tentait follement de desserrer l'étau qui l'étouffait. En vain.

— Tu ne donneras pas naissance à un héritier pour qu'il empêche mon Thurstan de reprendre ce que tu lui as volé ! glapit la sorcière en la secouant comme un saule dans la tempête.

Les deux servantes s'étaient enfuies en hurlant, mais pas Elspeth. Attrapant sur la table une lourde cruche, elle la leva bien haut et l'abattit sur le crâne de Mordea. Le pichet se brisa, la sorcière tituba avant de s'abattre lourdement sur le sol, entraînant Abrielle dans sa chute.

Avec l'aide de sa mère, la jeune femme se dégagea en toussant. Elle se relevait péniblement lorsque Raven fit irruption dans la pièce, alerté par l'une des servantes.

— Tu n'as rien, mon amour ? balbutia-t-il en serrant sa femme dans ses bras.

— J'en serai quitte pour des bleus, articula-t-elle d'une voix éraillée. Rien de grave. Grâce à maman. Où est-elle ?

Elspeth se tenait à l'écart, pleurant à chaudes larmes. Se dégageant de l'étreinte de son mari, Abrielle la rejoignit et les deux femmes tombèrent dans les bras l'une de l'autre, tandis que valets, suivantes et soldats accouraient de toute part.

Raven retourna le corps inerte de Mordea.

— Elle est morte, annonça-t-il.

— Mais je ne voulais pas la tuer ! se récria sa belle-mère, horrifiée.

— Maman, c'était un accident, intervint Abrielle. Et c'est elle qui m'aurait tuée si tu n'étais pas intervenue.

Elspeth acquiesça au milieu de ses larmes.

— Comment a-t-elle pu entrer ? s'étonna Abrielle.

— Les serfs sont arrivés juste après nous, et nous avons fermé les portes derrière eux, souviens-toi, répondit Raven en enlaçant sa femme. Il ne lui était pas difficile de dissimuler son visage sous son capuchon et de se glisser parmi eux. Comment la remarquer dans la foule ? Mais je m'en veux de ne pas avoir été plus attentif. Les troupes de Thurstan n'étaient pas encore en vue, et je n'ai pas pensé qu'il avait pu envoyer quelqu'un. Mon imprudence aurait pu te coûter la vie, conclut-il après avoir fermé brièvement les yeux.

— N'y pense plus. Il y a mieux à faire que de se perdre en regrets, déclara Abrielle. Ce siège n'est pas encore terminé.

— Les flèches sont de moins en moins nombreuses. Ils seront bientôt à court de munitions, et beaucoup de leurs hommes sont à terre. Je compte faire savoir à Thurstan de Marlé que son plan pour te tuer a échoué. Nous verrons bien ce qu'il va faire.

— Nous devrions lui rendre le corps de Mordea, suggéra Abrielle. Je viens avec toi.

— Abrielle…

— Je ne peux pas être plus en danger avec toi que je ne l'ai été ici.

Il ne trouva effectivement rien à objecter.

Du haut des remparts, la jeune femme put enfin contempler la campagne environnante. Le spectacle de dizaines d'hommes gisant à terre lui étreignit le cœur, mais quand elle vit le toit du donjon à demi consumé, et les leurs qui s'affairaient pour étouffer les dernières flammes, elle ne songea plus à plaindre ceux qui avaient eu la mauvaise idée d'écouter le discours haineux de Thurstan.

Il ne restait plus qu'une poignée d'assiégeants pour tremper la pointe de leurs flèches dans les chaudrons de poix enflammée. Elle leva les yeux vers le ciel plombé. La pluie était leur meilleur espoir, car si le toit s'effondrait, l'incendie se propagerait à tout le donjon, et ils seraient obligés d'évacuer les lieux.

— Thurstan de Marlé ! appela Raven d'une voix forte.

Au pied des murailles, les soldats se figèrent, avant de se tourner vers un homme en noir dont le bouclier pendait d'une façon étrange. Raven comprit qu'il avait été blessé et qu'il ne tenait debout que par un suprême effort de volonté.

— Votre toit est en flammes, cria Thurstan d'une voix ricanante. Vous n'en avez plus pour longtemps, Seabern !

— Beaucoup plus longtemps que tu ne l'imagines ! Tu n'as plus qu'une poignée de combattants, et ils tiennent à peine sur leurs jambes ! Quant à nous, nous avons maîtrisé l'incendie.

Abrielle jeta un coup d'œil inquiet au donjon, en se demandant si son mari éprouvait vraiment la belle assurance qu'il affichait.

— Je suis prêt à te rendre le corps de celle que tu considérais comme ta tante et que tu as envoyée perpétrer tes basses œuvres.

L'homme en noir chancela.

— Elle a échoué ?

Incapable de contenir plus longtemps son indignation, Abrielle fit un pas en avant afin de se montrer au côté de son mari.

— Oui, elle a échoué, répondit-elle. Et je suis bien vivante, que cela vous plaise ou non.

Un instant, Thurstan parut se voûter, comme si les paroles de la femme tant haïe le frappaient plus durement que n'importe quelle flèche.

— Tu n'es qu'une traîtresse, Abrielle de Harrington ! s'écria-t-il en rassemblant ce qu'il lui restait de forces.

Son refus d'utiliser le nom de son mari fit bouillir de rage la jeune femme.

— Tu ne reverras jamais ton pays ! ajouta Thurstan rageusement en s'effondrant à genoux.

— Je me moque de vos imprécations ! rétorqua-t-elle. Raven est mon mari devant Dieu et les hommes, et je lui appartiens avec la bénédiction du roi !

Elle tourna la tête pour contempler le visage de son bien-aimé au moment où les clameurs d'allégresse des habitants du château accueillaient les premières gouttes de pluie.

— À l'avenir, je n'écouterai que mon cœur, et c'est à lui que va ma loyauté.

— Je t'aime, mon adorée, chuchota Raven d'une voix nouée par l'émotion en la prenant par la taille. Je t'aime suffisamment pour être convaincu qu'ensemble, rien ne nous est impossible. Je t'ai donné mon cœur, et j'espère garder le tien pour l'éternité.

— Moi aussi, je t'aime, mon époux chéri. Je t'aime pour ton courage et ton sens de l'honneur, pour ton obstination aussi, car je ne t'ai pas rendu la tâche facile. Comme je regrette d'avoir mis si longtemps à comprendre quel homme tu étais !

Leurs lèvres s'unirent en un long baiser.

L'orage acheva d'éteindre l'incendie et, tandis que Thurstan exhalait son dernier souffle, ses hommes s'égaillèrent dans les bois avoisinants.

Ce soir-là, une fois les blessés soignés et le toit protégé, Raven et Abrielle annoncèrent publiquement la venue d'un héritier.

Épilogue

Alors que tout le voisinage se pressait à la fête donnée par lord Cedric pour célébrer le mariage de son fils, les célibataires écossais ne quittaient pas des yeux la seule Anglaise à marier, qui irradiait d'une gaieté communicative. Ses parents ne paraissaient pas bien sévères mais, curieusement, chaque fois qu'un jeune homme entreprenait cette beauté, elle s'éclipsait à la première occasion. Seul le maître des lieux avait le don de la retenir et sa conversation semblait la captiver.

Il ne fallut pas un mois pour que les mêmes jeunes gens, aussi ébahis que dépités, se pressent aux noces de la charmante Cordelia et du seigneur qui avait le double de leur âge. L'allégresse avec laquelle la promise prononça le « oui » sacramentel ne permettait pas de croire à un mariage arrangé, ni ne laissait espérer qu'elle chercherait bientôt à se consoler dans d'autres bras.

Le marié fit d'ailleurs preuve d'une vigueur que beaucoup pouvaient lui envier en dansant toute la soirée avec sa belle sans montrer le moindre signe de fatigue.

Reginald avait exprimé tout le plaisir que lui procurait cette union par une dot qui laissa pantois tous ces jeunes gens. Et quelle ne fut pas leur stupéfaction quand le maître des lieux offrit à ses beaux-parents une terre suffisamment vaste pour y bâtir un château magnifique.

— Au cas où vous auriez envie de devenir mes voisins dans un futur proche, hasarda le marié en souriant.

— Isolde sera heureuse d'avoir une demeure où elle pourra voir grandir ses petits-enfants.

Les jeunes gens échangèrent des regards dubitatifs. Après tout, le vieux Seabern n'avait jamais engendré qu'un seul fils pendant toutes les années qu'avait duré son premier mariage.

— Notre premier-né s'appellera Reginald, annonça Cedric en levant son hanap. Et si c'est une fille, ce sera Isolde !

Assis un peu à l'écart, Abrielle et Raven savouraient leur bonheur aux côtés de Vachel et d'Elspeth.

— Je suis si contente de te voir enfin heureuse, ma chérie, soupira Elspeth, radieuse. J'ai tellement prié pour toi.

— Quand l'heure sera venue de rentrer en Angleterre, j'espère que ton cœur ne se brisera pas à l'idée de laisser ta fille, même temporairement, s'inquiéta Vachel.

— Vous ne partirez pas avant longtemps, se récria Abrielle en prenant la main de sa mère. Nous sommes à peine arrivés, et vous m'avez promis de rester jusqu'à ce que vous soyez remise de la naissance du bébé.

— Nous tiendrons notre promesse, ne t'inquiète pas, intervint Vachel. Nous pourrions même rester jusqu'à la naissance de notre petit-fils, ajouta-t-il malicieusement.

Il consulta son gendre du regard avant de revenir à sa belle-fille.

— Il faut organiser l'administration de tes biens pendant que tu séjournes en Écosse, mon petit. Nous avons encore le temps, mais il faut y songer.

— Voyez cela avec Raven, je lui fais entièrement confiance.

Le jeune homme secoua discrètement la tête en regardant son beau-père, mais Abrielle, à qui rien n'échappait, s'alarma.

— Qu'y a-t-il ?

— Raven, il n'y a plus de raison de le lui cacher, plaida Vachel.

— Me cacher quoi ?

— Voyez, Raven, vous ne faites que l'inquiéter. Écoute, mon petit, c'est à toi de prendre toutes les décisions et toutes les dispositions nécessaires en ce qui concerne les propriétés des Marlé. Tu en es la seule propriétaire.

— Mais c'était la seule dot que je pouvais apporter à Raven, protesta la jeune femme.

— Et il l'a refusée.

— Mais… Je pensais… balbutia-t-elle en se tournant vers son mari. Toute fiancée doit apporter une dot à son époux !

— Je n'en avais pas besoin, répliqua-t-il avec douceur. Si je l'avais acceptée, tu aurais toujours soupçonné que c'était là la raison pour laquelle je t'avais épousée.

— Oh, Raven, je me sens stupide !

— Non, mon amour, tu es tout sauf stupide. À présent, explique à ton beau-père ce que tu souhaites faire.

— Vachel, tout ce que je te demande, c'est de veiller à ce que les serfs soient bien traités. Je vous laisse le soin de gérer ma fortune tant que je n'en ai pas besoin pour ma nouvelle famille. Vous me rendrez des comptes chaque trimestre et vous pourrez déduire en rémunération de vos services une portion correcte des revenus. Cela vous convient-il ?

Les deux hommes échangèrent un regard étonné. De toute évidence, Abrielle avait réfléchi à la question et n'avait rien d'une novice.

— Cinq pour cent me paraîtraient convenables, suggéra-t-il.

— Dix me paraîtraient plus appropriés.

— Tu es bien trop généreuse, mon petit, mais ta confiance m'honore. Je ferai tout pour m'en montrer digne.

Satisfaite, Abrielle regarda son époux. Ils avaient fait beaucoup d'erreurs, mais elles étaient maintenant oubliées. Bien sûr, obstinés comme ils l'étaient l'un et l'autre, ils auraient encore des sujets de désaccord, mais leur amour était si profond qu'il prendrait toujours le dessus.

— Veux-tu venir avec moi dans nos appartements, ma douce, murmura Raven, j'ai quelque chose à te montrer.

Abrielle s'excusa en rougissant et, après un petit signe amical à la radieuse Cordelia, elle suivit son mari.

Elle pénétra dans leur chambre et s'immobilisa.

— Oh, Raven ! souffla-t-elle, les yeux rivés sur le berceau dont le bois poli luisait doucement à la lueur du feu. Il est magnifique.

— Je l'ai fabriqué en secret. Je voulais te faire la surprise, expliqua-t-il en lui entourant les épaules du bras. Je t'aime tellement, ma chérie ! Je n'imagine pas vivre sans toi…

En proie à une émotion sans nom, tous deux se perdirent dans la contemplation du berceau en songeant que, bientôt, il accueillerait le fruit de leur amour.

8999

Composition
CHESTEROC

Achevé d'imprimer en Italie
par GRAFICA VENETA
le 3 juin 2009.

Dépôt légal juin 2009.
EAN 9782290014363

ÉDITIONS J'AI LU
87, quai Panhard-et-Levassor, 75013 Paris

Diffusion France et étranger : Flammarion